KB239512

김대산 新무협 판타지 소설
FANTASTIC ORIENTAL HEROES

# 잡조행 雜爪行

김대산 新무협 판타지 소설
FANTASTIC ORIENTAL HEROES

# 잡조행 1

김대산 新무협 판타지 소설

초판 1쇄 찍은 날 § 2009년 2월 12일
초판 1쇄 펴낸 날 § 2009년 2월 19일

지은이 § 김대산
펴낸이 § 서경석

편집장 § 문혜영
편집책임 § 이재권
편집 § 서지현

펴낸곳 § 도서출판 청어람
등록번호 § 제1081-1-89호
등록일자 § 1999. 5. 31
어람번호 § 제2-1677호

주소 § 경기도 부천시 원미구 심곡2동 163-2 서경B/D·3F (우) 420-822
전화 § 032-656-4452  팩스 § 032-656-4453
http://www.chungeoram.com
E-mail § eoram99@chollian.net

ⓒ 김대산, 2009

ISBN 978-89-251-1682-2 04810
ISBN 978-89-251-1681-5 (세트)

# 잡초행

**1**

삼백육십관
(三百六十關)

김대산 新무협 판타지 소설



雜組行

# 目次

*작가의 말*

사람이 살아가는 과정 중에는 미리 예측할 수 있는 것보다 예측할 수 없는 것들이 더 많음이 분명하다. 그 예측할 수 없는 것들 중에서 때로 일상에서 상상으로나마 소원하던 일이 일어난다면 꽤나 재미있을 것이다.

한편, 세상에 거저 되는 일이란 없으니, 굳이 천망회회(天網恢恢)란 말을 가져다 붙이기는 좀 거창한 감이 있지만, 어쨌든 살아가는 과정 중의 모든 인연에는—설혹 그것이 우연일지라도—반드시 그에 상응하는 대가가 함께 따르는 법이 아닐까?

살다 보면 누구나 특별하다고 할 만한 사건, 혹은 변화들을 한두 번쯤은 경험할 것이다. 그런 경우 사람들은 대개, 어떤 형태로

든 그 경험에 대한 대가를 치르고 나서야 비로소 그 특별한 경험 이전에 있던 것들을 그리워하게 되는 것 같다. 이를테면 너무도 평범하여 불만스럽고 지루하게만 여겼던 원래의 일상들을 말이다.

이 이야기의 시작에는 보통의 사회적인 기준으로 평가할 때 평범, 혹은 평범 이하의 범주에 속하는 주인공이 나온다. 그리고 그 주인공을 위주로 결코 평범치 못한 이야기들이 그려진다. 왜 평범치 못하냐고 한다면? 우선 주인공이 벼락을 맞는 것으로 이야기가 시작되니까.

너무 진부(?)한 소재라고? 아니다. 비록 장르 소설에서는 흔하게 차용되는 소재일지 몰라도, 사람이 벼락을 맞는 일은 얘기 속에나 나올 법한 일이지 실제로 내게도 일어날 수 있다는 생각을 하기는 도무지 쉽지가 않다.

그러나 또한 우리는 매년 여름철이면 한두 차례씩 벼락사고에 관한 뉴스를 접하곤 하니, 벼락을 맞는 일은 우리 주변 어딘가에서 실제로 일어나고 있는 일임에 분명한 것이다. 그리고 그중에는 벼락을 맞고도 멀쩡히 살아 있는 사람도 분명히 있다.

만약에 자의(自意)든 타의(他意)든, 혹은 신의(神意)든 정말로 일어나리라고는 도무지 믿기 힘든 어떤 일이 바로 나 자신에게 일어났다면? 그리고 죽음 외에는 그것을 거부할 수 없다면? 바로 그

시점 이전의 내가 아무리 평범했더라도 그 시점부터는 결코 평범
치 못하기를 요구받게 되는 것은 아닐까?
　그럼에도 불구하고 계속 살아가려면……!

一

# 한탄(恨歎)

사방이 가파른 절벽으로 둘러싸인 분지였다. 위쪽은 보이지 않았다. 지상으로부터 겨우 오 장여 상공쯤에 구름인지 안개인지 모를 짙은 흰색의 운무층이 금방이라도 쏟아질 듯이 넘실거리고 있었다.

휘이이이!

쏴아아아!

이리저리 방향을 종잡을 수 없게 비바람이 세차게 몰아쳤다. 그 틈에 운무가 잠시 흩어지는 듯도 하였으나, 그 위로 보이느니 또다시 층층이 운무의 층이었다.

우르릉!

우르르릉!

운무 속에서 나직이 포효하는 뇌성(雷聲)이 분지의 대기를 부르르 떨어 울렸다. 그러더니 이윽고는,

번쩍!

버번쩍!

몇 가닥의 번쩍이는 섬광이 그대로 대지로 내리꽂혔다. 잇달아,

쾅!

콰릉!

천둥소리가 귀를 먹먹하게 만들었다.

신비로울 만큼 무쌍한 일기의 변화였다. 그러나 마치 하늘의 결계라도 쳐져 있는 듯 그런 장관은 그 넓지 않은 분지 안쪽에서만 일어나고 있었다.

그때였다.

"만뢰곡(萬雷谷)이라고 하더니, 거 벼락 한번 참으로 장하게도 치는구나!"

사방을 에워싼 절벽 중 한쪽 면의 아래쪽에 바짝 접하여 마치 평상처럼 평평한 반석이 하나 돌출되어 있었는데, 지금 그 위에 노인 하나가 앉아 있었다.

노인의 머리는 검은 머리카락 하나 없이 완전한 백발이었다. 얼마나 오랫동안 바깥세상을 돌아다녔는지 걸친 옷가지는 거의 다 삭아버려서 가히 걸인의 행색이었다. 다만 그런

중에도 귀밑까지 뻗어 있는 하얀 눈썹은 참으로 독특한 데가 있어서, 달리 볼품이라곤 없는 노인에게서 유일하게 기이한 기품 같은 것을 풍기고 있었다.

짐짓 무릎까지 치며 감탄을 내뱉은 늙은이의 기색은 자못 태평해서 마치 주유천하하던 중 어쩌다 이곳까지 흘러들어 와 마침 천하의 장관을 목격하게 된 듯이 보였다.

그런데 사방을 눌러보아도 온통 설벽으로 박혀 있는 이 절지에 그 늙은이는 어떻게 능히 들어올 수 있었던 것일까? 그러한 의문을 풀어주기라도 하듯 지금 늙은이가 앉은 뒤쪽으로는 사람 하나가 겨우 출입할 만한 크기의 자그마한 동혈(洞穴) 하나가 칙칙한 아가리를 벌리고 있었다.

휘이이이!

가까이서 불어온 세찬 바람이 노인의 눈썹을 휘날렸다.

노인이 문득,

"아아! 어이하면 좋으랴?"

하고 길게 탄식하며 중얼거렸다. 그리고 노인은 다시 한동안을 멀거니 벼락 치는 광경만 바라보았다. 잠시 후에야 노인은 다시 나직이 중얼거렸다.

"벼락을 맞아들이는 것으로 이 끈질긴 생의 마지막을 삼겠다 하고 지친 걸음을 간신히 옮겨왔거늘… 허허! 막상 눈앞에서 가차없이 내리꽂히는 벼락을 보고 있자니 쇠잔하여 쪼그라든 늙은이의 간담이 한순간에 십 리는 달아나 버렸구나! 저리 장엄하고도 장렬하니, 사람의 골육으로야 어찌 견뎌볼 엄두라도 내어볼 것인가? 허허허!"

사뭇 해학이라도 즐기듯 허탈한 웃음소리를 흘리던 중에 노인은 문득 다시금 길게 탄식했다.

"아아! 참으로 헛되고 헛되도다! 사람이 오고 감이 아무리 공수래공수거라고 한다지만, 그래도 일생의 모든 심력을 오로지 한 가지에만 매진하였건만, 결국 사람으로서는 실행할 수 없는 결과만을 남기고 말았으니 이보다 더 허망스러울 데가 또 있을까?"

그러나 노인은 이내 담담하게 웃는 얼굴이 되었다.

"다만 허구일 뿐이라고 해도 비록 이론적이나마 추구하던 바를 조금은 이루었다고 할 수 있으니, 그것만으로도 아주 허송세월을 한 것은 아니라고 할 것이다. 또한 그 자취조차 남길 수 없게 되었다고 해도, 일생 동안 진력(盡力)하는 삶을 살았으니 아주 만족하지 못할 바는 아닌 것이다. 허허허! 이제 모든 것을 비우고 그저 가는 데까지 가보리라! 보는 데까지 천하를 보리라! 그러다 어느 곳에서든 힘이 다한다면 그저 웃으며 한 줌 흙으로 돌아가도 좋으리라!"

그리고 노인은 다시 밝게 소리 내어 웃었다.

"하하하! 진작에 이리 정할 것을! 마음 하나 비우니 이리 편안해지는 이치를 어찌 이리 어렵게, 어찌 이리 촉박하게 되어서야 알게 되었을까? 하하하하!"

웃음소리에 자못 기세가 성(盛)하여 마치 노인의 그것이 아닌 듯하였다. 그래서인지 지금만큼은 만뢰곡을 가득 울리는 벼락 소리가 잠시 잦아들며 오로지 노인의 웃음소리만이 낭랑한 듯하였다.

그러나 노인이 미련없이 몸을 일으켜 동혈 안쪽으로 걸어 들어가는데, 그 뒷모습은 다시 지치고 힘없는 늙은이에 지나지 않았다.

노인의 모습이 사라진 뒤, 더 이상 보는 이 없건만 만뢰곡의 일대 장관은 여전하였다. 사람의 행사에 무관하게 헤아릴 수 없이 오랜 세월 동안 변함없이 그래 왔던 것처럼.

우르릉!

쾅!

우르르릉!

콰앙!

# 二
## 비애(悲哀)

### 1

그의 이름은 강산(江山)이다. 강 씨(江氏)가 흔한 성(姓)은 아닌데다, 산 자(山字)까지 따라붙고 보니 제법 거창하달 수 있는 성명이 되고 말았다. 그가 어렸을 때 돌아가신 선친께서 말씀하시기를, 한평생 즐기면서 잘 먹고 잘살라는 의미로 지은 이름이라고 했다. 왜 노랫가락에도 있지 않은가?

'만고강산(萬古江山) 유람할 제! 어쩌고저쩌고……!'

그러나 현실의 강산이 사는 모습은 그런 이름의 의미와는 좀 많이 달랐다. 조금 더 솔직히 말하자면, 그런 의미와는 사뭇 반대로 별로 즐겁지도 않고 별 볼일도 없는 그저 그런 삶을 그럭저럭 살고 있을 뿐이다.

우선 그는 아직까지 총각이다. 아직까지……?

강산의 나이 올해로 나이 서른셋이다. 부잣집 귀한 자식으로 태어났더라면, 그래서 열다섯쯤에 장가라도 들었다면, 또 그래서 대 이을 손(孫) 독촉이라도 받아 생산 활동에 열심을 떨었더라면 능히 손자를 두고도 남았을 나이다. 그러니 총각 중에서는 유달리 늙은 총각이라고 할밖에.

물론 그는 누군가 간혹 미심쩍은 투로 물어오는 사람들에게, 자신이 그렇게나 늙은 총각으로 있는 데에 특별히 어떤 결격사유가 있는 것은 절대로 아니라고 굳이 강변하곤 했다. 하지만 솔직한 심정을 터놓자면, 모든 것이 그 스스로가 별 볼일 없는 처지이기 때문이라고 슬그머니 오그라들고 마는 것이었다.

강산에게도 큰소리칠 때가 아주 없진 않았다. 딱 한 가지. 바로 그가 사해상단(四海商團)에 소속되어 있다는 사실을 말할 때이다.

사해상단은 천하에서 가장 규모가 큰, 말 그대로 천하제일의 상단이다. 그 사해상단의 천하삼대 단(團) 중에서도 항주본단(杭州本團)에 몸담고 있다는 것은 강산이 거의 유일하게 가지는 자부심이었다.

그러나 사실은 그것 또한 자세한 사정을 모르는 사람들에게나 내세울 수 있는 그저 대외용의 자부심일 뿐이었다. 막상 사해상단 항주본단 내에서의 그의 처지는 결코 자부심을 가

질 만하지가 못했다. 자부심은커녕 참으로 암울한 신세라고
해야만 했다.

강산이 열넷의 어린 나이 때부터 사해상단에 몸을 담아 지
금까지 근 이십여 년간을 나름대로는 열정을 다 바쳐 일해왔
다. 그러나 그의 직책은 여전히 서기(書記)였으니, 상단 내에
서 최말단인 행원(行員) 급에 불과한 것이다. 자그마치 이십
년 차의 경력임에도 불구하고 말이다.

웬만큼 늦다고 하더라도 보통 십 년이면 초급 간부인 행
두(行頭) 직까지는 다 올라간다. 강산의 동기 중에는 행두 다
섯을 거느리는 행장(行長) 직에 올라 있는 놈이 이미 둘이나
있었고, 못해도 행두 직은 다 차고앉아 있었다.

민망한 것은 강산의 후배들 중에서도 상당수가 이미 행두
직에 올라 있다는 것이다. 나이 어린 상사들과 매일매일 부대
껴야 하는 만년 말단의 고충. 겪어보지 않은 사람이 그 처절
한 비애를 어찌 알랴?

"선배님!"

행두인 후배 놈들이 그래도 대우해 준답시고 강산을 부르
는 호칭이다.

그런데 그게 처지가 처지라서 그런지, '님!' 소리를 듣고도
영 찜찜하다. 더욱이 기분이 좋지 않은 것은 그게 무슨 대단
한 예우라도 되는 양, 이건 새카만 신입들까지도 꼬박꼬박
'선배님, 선배님' 하고 외쳐 부를 때이다.

강산이 상단에서 맡고 있는 업무는 내사부(內事部)의 잡다한 장부들을 정리하는 일이다. 가장 단순한 종류의 엽무인 셈이다. 당연히 아무리 열심을 떨어도 생색은 나지 않고, 해도 해도 도무지 끝이 보이지 않는 지겹기 짝이 없는 종류의 일이다.

다행히도(?) 강산의 한 해 입사 선배인 행장은 가끔씩 그를 추켜준다. 강산이 하는 일이야말로 상단의 가장 근간이 되는 업무로, 누군가는 반드시 해야만 하는 정말 정말 중요한 일이라고.

'염병!'

이십 년 '짠밥'의 강산이다. 그동안 모신 행장만 벌써 네 번째이다. 그런 추킴이 상사들이 부하 관리용으로 으레 쓰곤 하는 기본 공식이란 걸 안 지는 이미 오래전인 것이다.

2

요 며칠 상간에는 아침 조회 때마다 상단의 전반적 경영 상황이 어렵다는 얘기가 자주 나오고 있었다. 그런 얘기에 으레 뒤따르는 것이 단호한 경영 혁신이니 구조 조정의 단행이니 하는 일련의 공식화된 조치들이 곧 뒤따를 것이라는 소문들이다.

그러나 강산은 그다지 개의치 않았다. 사실상 그런 것들은 그와는 별 상관이 없는 얘기인 것이다.

그동안 이미 몇 차례나 겪어보기도 했거니와 경영 혁신이니 구조 조정이니 뭐니 하는 것들은 다만 반짝 허리춤을 조였다가는 금방 다시 푸는 요식행위 정도에 불과하였다.

일정 숫자만큼의 모가지를 기필코 쳐내고 말겠다는 비장한 목표를 잡고서 칼날 같은 구조 조정이 단행된다고 하더라도, 그것이야 어디까지나 간부급을 대상으로 한 단행일 뿐인 것이다.

아마 행수 급? 주로는 행장 급에서 몇 사람? 뭐, 칼날이 좀 더 매섭다면 행두 급까지 손을 댈 수도 있을 것이다. 그러나 아무리 대폭이라고 하더라도 결코 행원 급까지 내려올 칼날은 아니었다. 적어도 강산이 겪어온 지난 이십 년간에는.

三

## 낙뢰(落雷)

1

"고문님!"

강산이 유이(有二)하게 듣는 또 하나의 '님' 소리다. 그저 하는 소리가 아니라 실제로 강산은 항주본단 내(內) 세 개의 타구(打毬) 놀이패 중 내사부(內事部) 놀이패의 고문(顧問)을 맡고 있었다.

사실 강산은 타구에 그다지 흥미를 가지고 있지 않았다. 그 뿐만 아니라 공을 멀리 쳐내지도 못하고, 그렇다고 공을 잘 다뤄 와아(窩兒:공을 들여보내는 구멍) 안으로 집어넣는 기술에 능한 것도 아니고, 한마디로 타구에는 영 젬병이었다. 그러니 그가 타구 놀이패의 고문을 맡을 타당성이란 별로 없었다.

그럼에도 강산이 떡하니 그런 명예직을 차지하게 된 데는 그래도 고참으로서의 강산의 입장을 예우해 주려는 배려가 어느 정도는 작용하였을 것이다.

그러나,

'닝기리!'

그러한 배려에 대한 강산의 속마음은 한마디로 그랬다.

'고문님!' 소리 역시 그저 입에 발린 예우일 뿐인 것이다. 강산이 고문으로서 하는 일이라고는 고작 놀이를 위한 사전 준비였다.

이를테면 놀이 장소를 사전에 확보해 놓고, 공과 공채—공을 치는 끝이 조금 구붓한 막대기—등의 놀이 기구들을 챙기고, 놀이 중간이나 후에 먹고 마실 간단한 음식과 음료를 준비하고, 또 한바탕 놀이가 끝난 뒤에는 제반 뒷정리를 하는 따위의 참으로 자질구레하기 짝이 없는 일들인 것이다.

상단에 들어온 순서로 따진다면 새카만 후배인 치들은 궂은일을 할 때 '고문님! 고문님!' 하고 짐짓 곰살맞게 굴며 은근히 강산의 등을 떼밀면서 저네들은 슬쩍슬쩍 뒤로 빠졌다.

그러다가 막상 놀이에 접어들어서는 제대로 공을 못 다룬다고 대놓고 고문(顧問) 아닌 고문관(拷問官) 대접을 할 때는 속에서 뜨거운 뭔가가 확 솟구치곤 하는 것이었다.

'이 새X들이 참자 참자 하고 있으니까 사람을 아주 호구X으로 보나?

그러나 강산은 결국, 아니, 언제나 잘 참아냈다. 아주 잘!

항주본단의 타구 놀이패는 본단 내의 삼대 업무 조직인 외사부(外事部), 내사부(內事部), 그리고 호부(護部) 간 업무의 벽을 허물어 소통을 원활히 하고, 나아가 직원들 간의 화합을 통해 전체적인 조직력의 결속을 다지자는 좋은 취지에서 본단 대행수가 직접 장려하는 업무 연장선상의 과외활동이었다.

그러나 어느 조직에서나 대개 그렇듯이 윗선에서야 좋은 취지였겠지만, 아래쪽까지 똑같이 그 좋은 취지를 공감하기를 기대하기는 어려운 법이 아니던가. 예외없이 의무적으로 놀이패 활동에 참여하라고 하니 마지못해 흉내 낸다는 식으로 되고 만 것이다.

기껏 두어 달에 한 번 정도 두 개 부(部)씩 번갈아 가며 공터에서 타구 시합을 가지는데, 그야말로 행사 실적을 남기기 위한 형식적 활동에 불과했다.

하는 둥 마는 둥 공채는 어깨에다 대충 걸치고서 삼삼오오 어영부영 왔다 갔다 하다가 시간 되면 그냥 근처의 풀밭에 퍼질러 앉아서 돈육에 탁주 몇 잔 걸치면 행사는 끝이었다.

2

펙!

"와아!"

퍼억!

"와하하하!"

공채로 공을 치는 소리, 때때로 터지는 함성과 웃음소리 등으로 주변은 한바탕 왁자지껄한 중이었다.

그런데 오늘 따라 강산은 도통 맥을 못 추고 있었다. 뱃속에서 무슨 탈이 났는지 속은 잔뜩 쓰리고 눈앞에는 노란색이 섞여 보였다. 그러니 서 있는 것만으로도 힘겹기만 했다.

강산이 웃고 떠드는 사람들과는 멀찌감치 뒤쪽으로 처져서 흐느적거리며 겨우겨우 버티고 있는데 누군가 곁으로 지나치며,

"고문님, 혹시 어제 너무 무리하게 밤일하신 거 아닙니까?"

하고 슬쩍 농을 던졌다. 강산이 힘겹게 눈을 들어보니 외사부에 속한 장(張) 행두 녀석이다. 입단(入團) 기수로 치자면 새파란 후배 놈이었다. 그러니 당장에,

'X자식! 니가 언제 무리할 건수나 한번 만들어줘 봤냐?'

하는 말이 목구멍까지 치미는 것이었다. 그러나 엄연히 상위 직급이었다. 그런 험한 말을 입 밖에까지 내놓을 수는 없었다.

어차피 누구도 승패에 관심있어 하는 시합은 아니었다.

퍽!

퍼억!

애꿎은 공이 저쪽으로 날아갔다 다시 이쪽으로 날아왔다 하고 있었지만, 공이야 어디로 날아가든 굴러가든 사람들은 크게 관심이 없어 보였다. 그러는 중에 내내 맑던 하늘이 갑작스레 어둑어둑해지는가 싶더니,

우르릉!

우르르릉!

하며 그다지 멀지 않은 곳에서 울리는 것처럼 은은한 우렛소리가 들렸다. 그러더니 이윽고는,

후두둑!

제법 기세 좋게 빗방울이 떨어지기 시작했다.

"제기랄! 날씨 한번 X랄 같네!"

마침 공터 구석 쪽에 혼자 처져 있던 강산은 괜스레 투덜대며 열댓 걸음쯤 떨어져 있는 커다란 정수리나무 밑을 향해 종종걸음을 쳤다. 그런데 바로 그때였다.

빡!

저쪽에서 어떤 놈인지 갑작스럽게 비 맞는 심통으로 오지게도 공채를 휘두른 모양이었다. 허공 높이 날아온 공이 강산의 머리 위를 훌쩍 넘더니 저 뒤쪽 멀리까지 가서 떨어졌다.

'어떤 새X야?'

절로 목구멍을 넘어오려는 욕을 겨우 삼키며 강산이 보니, 아까 실없는 농을 지껄여 사람 기분을 상하게 만들었던 바로

그 외사부의 장 행두 자식이다.

"빌어먹을 자식!"

강산이 이번에는 대놓고 욕을 뱉었다. 그러나 이제 막 본격적으로 쏟아지기 시작한 소나기 속에서 그쪽까지 욕이 들릴 리는 만무하였다.

잠시 망설인 끝에 강산은 잰걸음으로 공이 있는 쪽을 향해 뛰었다. 가죽으로 만든 공은 꽤나 비싼 물건이라 그대로 비에 흠뻑 젖도록 두었다가는 나중에 좋은 소리 들을 일이 없을 것이기 때문이다.

그런데 강산이 막 허리를 숙여 땅바닥의 공을 잡는 바로 그 순간이었다.

우르릉! 쾅!

바로 귓가에서 제대로 벼락 치는 소리가 울렸다 싶은 순간, 강산은 무언가 화끈한 열기가 그대로 전신을 관통한다고 느꼈다. 동시에 그는 정신을 놓고 말았다.

저쪽에서 비를 피하고 있던 사람들이 그 광경을 보고,

"사람이 벼락에 맞았다!"

"내사부(內事部) 서기(書記) 강산이다!"

사람들이 저마다 놀라 소리치고, 그중 일부는 경황 중에도 재빠르게 강산을 향해 뛰어오고 하며 아주 난리가 났다. 그런데 그때였다.

우르르릉! 콰앙!

굉음이 다시 터지는데 좀 전과는 비교도 할 수 없이 컸다. 백여 걸음이나 떨어진 사람들의 귀까지 먹먹하게 만들어 버릴 만큼 엄청난 벼락이었다.

그런데 그 두 번째의 벼락은 하필이면 좀 전에 때렸던 그 자리를 다시금 때렸다. 바로 강산의 몸에 정통으로 다시 내리꽂히고 만 것이다. 순간 강산의 몸이 펄쩍 튀어 올랐다가,

털썩!

하고는 다시 땅바닥으로 떨어졌다.

첫 번째 벼락에서 이미 정신을 놓았던지 죽고 말았던지 하였을 것이기에, 강산은 비명은커녕 마치 도살된 고깃덩어리처럼 사지를 축 늘어뜨리고 바닥에 널브러진 모습이었다.

"아악!"

"아아!"

비명과 경악은 오히려 그 광경을 본 사람들에게서 터져 나왔다. 사람들은 아예 하얗게 질린 얼굴들이 되어 있었다. 그리고 잠시가 지난 후에야 눈앞에 벌어진 참경에 대해 생생하게 실감이 몰려드는지,

"죽었다!"

"사람이 죽었다!"

"아이고! 저를 어째?"

하고 저마다 비명처럼 외치는 것이었다. 이 사람 저 사람이 우왕좌왕하는 중에, 그래도 간부들이 앞으로 나섰다.

"응급조치할 줄 아는 사람 없나? 맥도 좀 짚어보고 가슴도 좀 주물러 보고 해봐!"

"누가 빨리 의국(醫局)으로 가서 의원을 데리고 와라!"

"총국(總局)으로도 가서 사고 상황을 전해!"

내사부와 외사부의 두 행수며 행장들이 빗물인지 식은땀인지 모르게 얼굴을 훔쳐 가며 중구난방으로 이런저런 명령들을 내려 우선 급한 대로의 상황을 수습하고자 하였다.

그런데 그때였다. 꼼짝없이 시체가 되어 누워 있던 강산의 손끝이 까딱거리며 움직이는 것을 보고서 누군가 크게 외쳤다.

"몸이 움직인다! 아직 안 죽었다! 살아 있다!"

그러자 사람들이 저마다 화들짝 놀라며,

"뭐야?"

"어디? 어디?"

하며 섣불리 강산의 손발을 주물러도 보고, 혹은 눈을 까뒤집어 보고도 하며 야단법석을 떨었다.


강산이 깨어났을 때, 가장 먼저 느낀 감각은 온몸에 진하게 감돌고 있는 저릿저릿함이었다. 소나기는 그쳐 있었고, 언제 그랬느냐는 듯 하늘은 맑게 개어 있었다. 누운 채로 바라보는 하늘은 얼굴에 바로 와 닿을 듯했고, 또한 눈부시도록 푸르렀다.

　머리가 닿은 땅바닥이 질척거린다는 것을 뒤늦게 알고 나서 강산은 주변에 우르르 몰려들어 자신을 내려다보고 있는 사람들에 대해,

　'에라, 이 몹쓸 인사들아! 사람이 빗물 바닥에 쓰러졌으면 우선 일으켜 앉혀주는 것이 인지상정이지, 무슨 신기한 구경이라도 났나?'

　하고 원망하는 마음부터 드는데, 그때 강산의 직속상관인 조(曺) 행장이 바짝 얼굴을 들이대며,

　"이봐! 괜찮아?"

　하고 물었다. 그에 강산이 두 손으로 젖은 바닥을 짚고 허리를 일으켜 세워 앉으면서 되레 되물었다.

　"어떻게 된 겁니까?"

　그러자 조 행장이 짐짓 두 눈을 부릅떴다가는 고개를 설레설레 저으며 말했다.

　"그거야 내가 묻고 싶은 말일세. 세상에 잇달아 두 방이나 벼락을 맞다니 그게 도대체 있을 법하기나 한 일인가? 허허! 그러고도 멀쩡히 어떻게 된 거냐니? 이거야 원, 기가 막혀서……!"

　그리고 조(曺) 행장은 가느다랗게 한숨을 불어 내쉬었다. 어쨌거나 적이 안심이 된다는 기색이었다.

　강산이 벼락 맞은 일이 자신의 죄야 아니겠지만 직속상관으로서, 그리고 어쨌든 타구놀이 중에 벌어진 사고이니만큼

행사에 대한 감독 책임에서 자유로울 수 없는 간부의 한 사람으로서 딴에는 된통 걱정을 하였던 모양이다.

강산은 슬그머니 미간을 찌푸리고 말았다. 자신에게 쏠려 있는 호기심 어린 눈빛들에 대해 영 계면쩍기도 하고 한편으로는 묘한 짜증과 반발심마저 드는 때문이었다. 강산이 힐끗 푸른 하늘을 올려다보며,

"제기랄! 도대체 내가 무슨 짓을 했다고 한 방도 아니고 두 방씩이나 벼락을 갈겨?"

하며 짐짓 쏘아붙였다. 그러자,

"큭!"

"허허!"

하고 주위에서 몇몇이 피식거리거나 헛웃음을 뱉었다.

이어 강산이 천천히 몸을 일으킨 다음에 팔을 돌리고 다리를 굽히고 해보는데, 딱히 어디에 이상이 생긴 것 같지는 않았다. 그래 강산이,

"자자! 이러고들 있지 말고 가서 탁배기나 한잔씩 걸칩시다."

하며 마치 아무 일도 없었던 것처럼 사람들에 앞장서서 먹고 마실 거리를 준비해 놓은 쪽으로 향했다.

그런데 사람들 속에 어울려 돼지고기 수육에 탁주 몇 잔을 마시던 중에 강산은 어쩐지 조금씩 몸에 이상 증세가 생기는 것만 같았다. 온몸에 미열이 있는 것 같았다. 그리고 왠지 모

르게 두 발이 허공중에 붕 떠 있는 것 같기도 했다.

정말로 무슨 이상이 있는 것인지, 아니면 다만 느낌으로만 그런 것인지, 어쨌든 사람들 틈에서 희희낙락할 기분은 아니었기에 강산은 적당히 눈치를 보아서 먼저 자리를 떴다.

뒷정리를 몰라라 하고 내빼는 것이 찜찜하긴 했지만, 설마하니 방금 전에 벼락 맞은 놈한테, 그것도 두 방이나 연달아서 맞은 놈한테 '너 왜 농땡이를 치느냐?' 하고 따질 독한 놈은 아마 없을 거라는 얄팍한 요량이 있기도 했다.

# 四
## 주사(酒邪)

### 1

　벼락 맞은 후유증인가? 강산이 그날 밤부터 슬슬 몸이 가렵기 시작하더니 그 정도가 점점 심해져 사나흘 뒤쯤에는 밤낮을 가리지 않고 수시로 온몸이 가려워지는데, 나중에는 견디기 어려울 정도였다.

　일하는 중에도 주위의 눈치를 보아가며 옷 속으로 손톱을 세워 때가 끼도록 벅벅 긁어댔지만 도무지 시원치가 않았다.

　그건 긁는다고 시원해질 성질의 가려움이 아니었다. 피부가 아니라 그 아래 뼛속 깊숙한 곳, 혹은 혈관의 안쪽이 간질거리는 듯한, 도무지 정의하기조차 불명확한 그런 종류의 가려움이었다. 어쨌거나 피가 나도록 긁어도 영 후련해지지를

않으니 강산으로서는 그야말로 미치고 팔짝 뛸 노릇이 아닐
수 없었다.
　어제는 평상시에 조금 안면을 트고 지내는 의국(醫局)의 말
단에게 증상을 말하여 바르는 연고와 내복약을 조금 얻었다.
　그러나 하루치를 죄다 먹고 발랐는데도 역시나 조금의 효
과도 없었다. 강산이 의국의 그자에게 무슨 억하심정이 있을
것도 없으면서도 가려움증을 참을 길이 없어,
　"에이! 돌팔이 새X! 필시 아는 안면에 각박하게 거절은 못
하고 싸구려 약재들로 대충 생색만 냈구나. 니미럴 놈! 평생
의국에서 말단이나 해 처먹어라!"
　하고는 괜한 악담을 내뱉고 마는 것이었다.


2


　강산에게 벼락의 후유증이지 싶은 현상이 또 하나 있었다.
그 현상이란 것은 견디다 못해 술에라도 취하면 그나마 가려
움이 좀 덜해질까 싶은 마음에 강산이 업무를 파한 뒤 주루에
들렀다가 우연히 발견한 것이었다.
　술이 세진 것이다. 전에 비해 확연할 정도로 주량이 늘어났
다. 평소 강산의 주량은 죽엽청 두어 잔에 얼큰히 취할 정도
였는데, 이상하게도 벼락 맞은 그날 이후로는 홀짝홀짝 한 병
을 다 비워내고도 그다지 취했다는 느낌이 안 들었다.

덕분에 강산은 처음으로 술을 즐긴다는 게 뭔지를 좀 알게 되었다. 그가 요 며칠째 퇴근 후 곧장 서호(西湖) 변의 단교주루(斷橋酒樓)로 직행하는 것에는 그런 까닭이 있었던 것이다.

상유천당, 하유소항(上有天堂, 下有蘇杭)!
하늘에 천당이 있고, 땅에는 소주와 항주가 있다고 하지 않았던가? 거기에 다시 서호십경(西湖十景)이다. 창밖 어디로 시선을 주어도 절경 아닌 곳이 없는 서호의 한가로운 야경을 두 눈 가득 담고서 느긋하게 술잔을 기울이는 정취라니…….
이때만큼은 그토록 지독히도 강산을 괴롭히던 가려움도 잠시 누그러지는 것이었다.
홀짝!
술잔이 사뭇 가볍게 비워졌다. 덩달아 중간 크기의 술병도 벌써 반이나 비워졌다.
그 여인은 강산이 앉은 곳에서 네 개의 탁자를 건넌 창가 자리에 다소곳이 앉아 있었다.
칙칙한 회색의 경장(輕裝) 차림인데, 옷 입은 맵시가 풍성해 보이는 것이 마치 승복(僧服) 같았다. 긴 머리를 대충으로 질끈 묶어서 등 뒤로 늘어뜨려 놓았고, 그밖에도 달리 일부러 꾸민 데라곤 없어서 여인은 소박한 인상이었다. 다만 등에 멘 한 자루 검과 콧등까지 가린 은빛의 면사가 그녀의 소박함에 대해 부자연스러워 보였다.

면사 위로 보이는 여인의 한 쌍 봉목(鳳目)에 서린 눈빛은 마치 별빛과도 같이 초롱초롱하였다. 그럼으로써 혹여 면사 속 그녀의 얼굴이 지극히 못생겼다고 하더라도, 그 눈빛 하나만으로도 충분히 매력적일 것이라는 생각을 하게 만드는 것이었다.

그런 모든 것들이 모여 그녀에게서는 약간의 신비스러움까지 풍겼다. 그래서인지 몇몇 주객들의 시선은 벌써부터 힐끔힐끔 면사여인 쪽으로 쏠리고 있는 중이었다. 강산 또한 저도 모르게 면사여인 쪽을 힐끔거렸다.

그러고 있던 중에 강산은 문득 이상한 광경 하나를 목격하였다. 점소이였다. 녀석이 키가 큰데다 어깨가 쩍 벌어지고 두 눈에는 필요 이상으로 힘이 뻗쳐 있어서 제법 힘깨나 쓸 법하니 보였다. 나이가 못 되어도 서른을 넘겨 보이니, 점소이들 중에서는 고참 급일 듯했다. 그런데 놈의 시선은 안 보는 척하면서도 슬쩍 옆눈길로 줄곧 면사여인에게로 향해 있었다.

강산이 놈에게 주목한 것은 주방에서 새롭게 한 잔의 차가 나왔을 때다. 그것을 받아 들면서 놈의 검지와 중지 두 손가락이 슬쩍 찻물에 담기는 것을 하필이면 목격하고 만 것이니, 대번에 분개하는 마음이 들지 않을 수가 있으랴.

'저런! 쳐 죽일 놈!'

주루나 객잔의 점소이들 중에 간혹 반반하게 생긴 여자 손님들이 주문한 차나 음식에 손가락을 넣거나, 심지어는 침을 뱉는 놈들까지 있다는 얘기를 강산도 들은 적이 있었다. 놈들은 제 놈들이 그런 몹쓸 짓거리를 해놓은 것을 여자 손님들이 마시고 먹는 광경을 보면서 흥분과 쾌감을 느끼는 변태들이라는 것이다.

보다 더 험악한 얘기도 있었다. 시정(市井)의 힘 좀 있다는 건달들 중에는 점소이들에게 뒷줄을 대고 있는 놈들이 있는데, 간혹 그놈들이 주루에 온 여자 손님을 점찍는 경우가 있다는 것이다. 그러면 점소이가 그 여자 손님의 음식에 몽혼약이나 춘약(春藥)을 타서 정신을 뺏고, 뒤이어 건달 놈이 여자를 납치하여 몹쓸 짓을 한다고 하였다.

그러나 다음 순간 마침 점소이 놈이 이쪽으로 오기에 놈과 혹여 시선이라도 부딪칠까 봐 강산은 얼른 눈을 내리깔고 말았다.

비겁? 아니다. 이럴 때는 현실적이라고 하는 것이다. 물론 남의 일에 굳이 간섭할 용기와 열의가 없는 것이지만, 그보다는 막상 간섭한다고 했을 때 그다음에 닥쳐올 수도 있는 험한 상황을 감당할 능력이 그에게 없다는 지극히 현실적인 문제를 잘 알고 있기 때문이다.

꼭 이런 경우가 아니더라도, 매사에 그런 측면으로 현실적이 되는 것에 대해 강산이 익숙해진 지는 이미 오래였다. 그리고 사실 그런 것이야말로 지금의 강산이 세상을 살아가는 주요한 가치관의 하나였다.

　강산이 앉은 탁자를 지나 면사여인에게로 다가간 점소이 놈이 익숙한 몸짓으로 찻잔을 내려놓았다. 놈은 태연하기 짝이 없었고, 입가에 떠올려 놓은 미소는 마치 찍어낸 듯이 건조하고도 사악해 보였다.

　면사여인은 친절하게도 놈에게 가볍게 고개를 숙여 감사를 표하기까지 했다. 그리고는 곧바로 찻잔을 입으로 가져갔다.

　순간 강산은 자신도 모르게 두 주먹을 불끈 쥐고 말았다. 마치 면사여인이 점소이 놈에게 지금 바로 흉악한 짓을 당하고 있기라도 하는 것처럼 안타까웠다.

　동시에 면사여인에게 점소이 놈의 몹쓸 짓거리를 소리쳐 알려줄 엄두조차 내지 못하고 있는 자신의 지나치게 현실적인, 아니, 사내로서 비겁하기 짝이 없는 처세에 대해 진한 자괴감을 맛보지 않을 수 없었다.

　그리고 언제나 그랬던 것처럼 자포자기, 패배 의식, 허무, 자조 등등으로 이어지는 일련의 자기 정당화의 과정들이 줄줄이 뒤따랐다.

　'제기랄! 이딴 일이 도대체 나하고 무슨 상관이 있다는 거야? 남은 남이고, 나는 나일 뿐이잖아?'

　'아아! 난 사내도 아니야! 난 왜 이렇게밖에 안 되나? 나 같은 인간은 도대체 왜 사는 거지?'

‘그냥 안 본 걸로 치는 거야! 여기 사내가 나 하나밖에 없는 것도 아닌데. 그리고 점소이 놈의 흉악한 짓거리를 눈치챈 게 분명 나 하나만은 아닐 텐데 누구 하나 알은체하는 놈이 없잖아? 그런데 왜 굳이 내가 나서야 해? 그런 것은 힘있고 돈 많고 줄도 빵빵한, 소위 잘난 놈들이나 할 수 있는 짓이잖아? 나같이 힘없는 쭉정이가 감히 엄두라도 내볼 수 있는 일이 아니잖아? 쥐뿔 아무 능력도 없으면서 괜히 자청해 욕을 볼 이유는 없는 거잖아?'

그나마 다행인 것은 면사여인이 살짝 한 모금만을 마신 후 찻잔을 내려놓았다는 것이다. 이어 여인은 느긋하게 서호의 야경에 시선을 두고 있었다. 그런 여인의 자태는 너무도 그윽하고 고왔다.

강산은 시선이 자꾸만 여인에게로 향하는 것을 어쩔 수가 없었다. 모른 체하자 하면서도 자꾸만 신경이 쓰였다. 다른 여인은 몰라도 저렇게나 곱고 기품있는 여인이 더러운 치욕을 당해서는 안 된다는 생각이 자꾸만 불뚝거리며 솟구치는 것이었다.

물론 의분이나 정의감 따위는 결코 아닐 터였다. 아마도 어느새 한 병을 다 비워 버린 술기운이 불러온 객기인가? 어쨌거나 그런 불뚝거림은 점점 더 강해져서, 이윽고는 강산의 마음에 강렬한 압박과 충동으로 작용하고 말았다.

‘에이, 씨X! 모르겠다!'

한순간 강산은 벌떡 자리에서 일어섰다. 그리고 면사여인이 앉아 있는 탁자를 향해 성큼성큼 걸어갔다.

무슨 대단한 결단이 있는 것은 아니었다. 다만 앉아서 이럴까 저럴까 죽어라 고민만 하다가는 정말로 애가 타서 죽을 것만 같았기에, 그럴 바에는 나중에 무슨 욕을 당할지언정 일단은 저지르고 보자는 무모한 호기였다.

사실은 순간적으로 잔머리를 굴린 것이 없지는 않았다. 측간에 가는 척하며 면사여인에게 접근하자는 요량을 세운 것이다. 측간을 가자면 내실 쪽으로 난 통로로 나가야 했는데, 그러자면 자연적으로 면사여인의 탁자 옆을 지나야 했고, 그때 무슨 수를 내보자 하는 요량이었다.

그러나 강산이 짐짓 천연덕스럽게 면사여인의 탁자 옆에까지는 잘 갔는데 막상 무엇을 해보지는 못하고 그저 잠시간 주춤거리다가는 그냥 내처 걸어가고 말았다. 막상 뭘 해볼 뾰족한 수가 없었던 때문이다.

슬쩍 귓속말을 한다? 초면의 여인에게 그런 짓 하다가는 따귀 맞기 십상이다. 아니, 등에 멘 검이나 얼굴에 쓴 면사로 보아 분명 무림의 여인인데, 따귀 정도가 아니라 다짜고짜 시퍼렇게 날 선 칼이 날아올지도 모를 일이다.

그렇다고 점소이 놈이 눈에 쌍심지를 돋우고 지켜보고 있는 중에 점잔을 빼며,

'이보시오, 처자! 당신은 지금 돌이킬 수 없는 치욕을 당할

위기에 처해 있소이다!'

라고 격조있게(?) 알려줄까?

아니면 슬쩍 여인의 찻잔에 손가락을 적셔 탁자 위에 '위험(危險)! 요주의(要注意)!' 라고 경고를 해준다?

그것도 결과가 뻔했다. 역시나 처음 보는 여인의 찻잔에다 갑자기 손가락을 푹 담근다면, 탁자에 글을 쓰기도 전에 먼저 그 황당한 무례에 대한 응보(應報)를 받기 십상일 것이다.

강산은 벌써 두 차례나 측간엘 다녀왔다. 그러나 결국 아무 짓도 하지 못하고 그냥 왔다 갔다만 하고 말았다. 괜한 짓을 했다는 자조와 기껏 그 정도의 수밖에 내지 못하는 자신에 대한 초라함은 그를 지레 지치게 했다.

그런데 그때였다. 언뜻 시선 하나를 느끼는 순간 강산은 흠칫 오그라들고 말았다.

잇달아서 측간을 들락거리는 강산의 실없는 행동에 점소이 놈이 무슨 수상한 낌새를 느낀 모양이었다. 강산을 보는 놈의 눈빛이 마치 독사새끼마냥 차갑게 번들거렸다.

대번에 물밀듯 밀려오는 후회.

'아아! 괜한 짓을 해가지고……!'

점소이 놈이 씩 웃었다. 그 미소에 의심과 더불어 은근한 압박이 담겨 있었다.

이윽고 놈이 천천히 다가오자, 강산은 그만 부르르 온몸에 전율을 일으키고 말았다.

그런데 중간쯤 다가오던 점소이 놈이 멈칫 섰다. 그리고 크게 떠진 놈의 두 눈에 언뜻 당황이 비쳤다. 강산이 얼떨결에 놈의 시선을 따라가자 그곳에 한 명의 여인이 막 주루로 들어서고 있었다.

그런데 그 여인의 행색은 거의 완벽하달 정도로 창가의 면사여인과 닮아 있었다. 비슷한 체형에다 풍성해 보이는 회색의 경장 차림, 질끈 묶어 등 뒤로 늘어뜨린 긴 머리, 등에 멘한 자루의 검, 그리고 은색의 면사까지.

새로운 면사여인은 주루 안을 한 번 살피더니 곧장 창가의 면사여인에게로 다가섰다. 그녀들은 일행이었던 것이다.

나중의 면사여인은 마침 갈증을 느끼던 참인지 자리에 앉자마자 찻잔부터 집어 들었다. 그리고는 단숨에 비워 버렸다. 그 모습에 마주 앉은 처음의 면사여인의 눈가로 잔잔한 미소가 떠올랐다.

두 면사여인은 잠시 이런저런 얘기를 주고받았다. 가까운 사이인지 정겨운 모습이었다. 그런데 얼마 안 있어 나중의 면사여인은 문득 어딘가 불편한 기색을 보였다. 갑자기 어지럽거나 혹은 몹시도 더위를 느끼는 모양으로.

그러다 안 되겠던지 여인은 뭐라고 말하며 자리에서 일어섰다. 그 당황스러운 모양새로 보아 아마도 세안을 하거나, 혹은 잠시 바깥바람을 쐬고 오겠다고 하는 것 같았다.

처음의 면사여인이 함께 따라 나서려 하였지만, 나중의 면사여인은 굳이 마다하고 혼자서 급하게 주루를 나섰다. 아마도 자신의 불편한 모습을 보여주고 싶지 않은 듯했다.

그때 점소이 놈은 당황하는 기색이 역력하여 주루 바깥쪽을 보다가 또 남아 있는 면사여인을 보다가 하고 있는 중이었다. 그러더니 놈은 엉뚱하게도 갑자기 강산에게로 매서운 눈길을 향하는 것이었다. 아마도 무슨 급한 꿍꿍이가 있는 모양인데, 아무래도 강산의 존재가 껄끄러운 듯이 보였다.

성큼성큼 강산의 탁자로 걸어오더니 놈은 우선 꾸벅 고개를 숙여 보였다. 이어 똑바로 강산과 눈을 마주치며 말했다.

"손님, 다음에도 꼭 다시 저희 주루를 이용해 주십시오!"

공손했으나 한마디로 눈에 거슬리니 그만 나가 달라는 얘기였다. 번들거리는 놈의 눈빛에는 그런 노골적인 위협이 담겨 있었다.

그런데 비록 위협일지언정 놈의 가장된 공손함은 강산에게 잠깐이나마 반항(?)할 여지를 주는 데가 있었다.

"뭐요?"

그러나 그것이 강산이 해볼 수 있는 반항의 한계였다. 그 짧은 한마디조차 그 끝이 가늘게 떨리더니 슬그머니 목구멍 안으로 기어들어 가버리는 것이었다.

곧바로 강산은 마치 뱀과 마주친 개구리처럼 잔뜩 오그라들다 못해 아예 온몸이 굳어버렸다. 점소이 놈이 슬쩍 들었다가 놓는 허리춤의 옷자락 사이로 스쳐 보이는 칼자루 때문이었다. 비수였다.

강산은 다소곳이 자리에서 일어섰다. 이런 종류의 놈들은 그가 감히 찍소리라도 할 수 있는 상대가 아닌 것이다. 주루에서는 점소이지만 일단 주루를 벗어나면 곧바로 거친 건달로 돌변할 놈이었다.

혹여 놈이 앙심을 품고서 어두운 밤 골목길에 지켜서 있기라도 한다면? 아아! 생각만으로도 온몸의 뼈마디가 시려오는 것이었다.

비칠거리는 걸음으로 주루를 나서면서 강산은 감히 면사여인 쪽을 돌아볼 엄두도 내지 못하였다. 부끄럽고 치욕스러움에.

3

강산은 빠른 걸음으로 서호변을 따라 걸었다. 그렇게 해서라도 이 더럽고도 더러운 기분을 떨쳐 버리고 싶었다. 그런데 그럴수록 기분은 점점 더 더러워지고, 적당히 올라 있던 취기마저 어느새 확 깨어버렸다.

그때 마침 눈에 들어오는 주(酒) 자 깃발이 하나 있었다.

잔설주루(殘雪酒樓)!

그 이름에서 어떤 홍취를 떠올리거나, 혹은 고급인지 싸구려인지를 따질 겨를도 없이 강산은 무작정 그 안으로 몸부터

밀어 넣었다.

"화주(火酒) 한 병 주시오! 큰 걸로!"

앉자마자 점소이에게 주문부터 뱉어놓고 보니 실내는 꽤
나 시끄러웠다. 항주 뒷골목의 온갖 잡인들은 이곳에 다 모여
있는 듯이 사방은 있는 대로 목청을 틔운 소리들로 그야말로
난전이 선 것처럼 왁자지껄하였다. 더 이상 돌아볼 것도 없이
싸구려 주루였다.

마침 술이 나왔기에 강산은 잔에 따를 필요도 없이 그냥 병
째로 나발을 불었다, 마치 술에 걸신들린 사람처럼. 금방 확
취기가 오르는 걸 보니 과연 화주였다.

이제는 주위의 시끄러움도 외려 좋았다. 나아가 그 시끄러
움에 편승하여 그 또한 내키는 대로 목소리를 내보고 싶었다.
무엇보다도 그런 욕구 정도는 굳이 자제하지 않아도 좋은 분
위기였다.

"X팔!"

조그맣게 소리 내어 중얼거린 데 대해 과연 아무도 신경 쓰
는 사람은 없었다. 강산은 목소리에다 은근히 힘을 주었다.

"개X끼! 다음에 만나면 넌 그냥 사망이야, X꺄!"

강산이 이윽고는 목청을 돋우었다.

"X꺄! X만 한 새X가 말이야! 감히 내가 누군 줄 알고 말이
야!"

적나라하게 뱉는 욕지거리에 옆쪽 탁자에서 고개를 처박

고 있던 장한이 벌떡 머리를 쳐들었다. 붉게 충혈된 장한의 두 눈이 언뜻 강산을 향해 초점을 맞추었으나 잠시일 뿐이었다.

쿵!

장한의 고개는 다시 탁자 위로 처박히고 말았다.


강산은 그야말로 대취(大醉)했다. 항주 변두리의 미로처럼 얽힌 좁고 꾸불꾸불한 골목길을 어떻게 헤치고서 집까지 도착했는지, 취한 와중에도 참으로 용하다 싶을 따름이었다.

그의 집은 방 한 칸, 부엌 한 칸의 작으나마 독채였다. 사실 강산의 처지에서는 그런 정도도 호사였다. 그러나 변두리 중에서도 외진 뒷골목이라 누릴 수 있는 호사였다.

아침에 정리하지 않고 나간 잠자리가 그대로였다. 무너지듯이 털썩 쓰러지자 감당할 수 없는 취기가 확 몰려왔다.

드르릉!

코를 골며 강산은 정신없이 곯아떨어졌다.

## 五
## 실종(失踪)

1

사해상단 항주본단의 심처. 늦은 밤인데도 총수 집무실에는 불이 밝혀져 있었다.

의자에 앉아 있는 사람은 칠십 정도로 보이는 노인이었다. 정갈하게 다듬어진 백염, 단정히 틀어 올린 반백의 머리. 대체적으로 평범한 인상이었으나, 넓은 이마와 큰 귀, 그리고 불그레하니 혈색 좋은 얼굴이 후덕해 보이는 데가 있었다.

그는 바로 천하제일의 부를 가졌다는 사해상단의 총수 유직(柳織)이었다. 그런데 세상 사람들이 말하기를, 지닌 배포의 크기 또한 지닌 부만큼이나 될 것이라는 유직이었으나 지금 그는 초조한 기색이 역력했다.

그때 방문이 조용히 열리며 중년 사내 하나가 안으로 들어섰다. 마른 몸매에 특징적으로 깊은 눈빛을 지닌 사내였다. 그는 바로 사해상단의 실세 중 하나이자, 총수의 최측근이라고 할 수 있는 비서조장 도순학(度純學)이었다.

그런데 평상시 상단 내에서 진중하기로 정평이 난 도순학 역시도 지금은 당황과 다급함을 애써 추스르고 있는 듯한 기색이었다.

"어찌 되었나?"

유 총수가 급하게 묻는 바람에 도순학이 미처 인사를 차리지도 못하고 대답부터 했다.

"지금 고 조장의 지휘 하에 경호조와 호부(護部)의 인력이 총동원되어 서호 주변 일대를 샅샅이 수색하고 있는 중입니다."

"그래서? 뭐 좀 나온 게 있나?"

"아직까지는……."

도순학이 죽을죄라도 지은 사람마냥 말끝을 흐리고 말자 유 총수는 탄식해 마지않았다.

"허! 이게 도대체 무슨 일이란 말인가? 오후 무렵에 항주에 잘 도착했다는 소리를 들었거늘 난데없이 종적이 사라지다니……."

도순학이 조심스럽게 말했다.

"서호변에 있는 단교주루까지의 행적은 확인이 되었다고

합니다.”

“주루라니? 그 아이가 집을 코앞에다 두고서 주루에는 왜 갔다는 말인가?”

“아마도 해염항(海鹽港)에서 배를 내려 잠시 헤어졌던 사저(師姐) 분과 그곳 주루에서 다시 만날 약속이 되었던 듯합니다.”

“하면 그 사저의 행적에 대해서는 조사된 게 있나?”

“아가씨와 사저 분이 주루에서 만난 것은 확인이 되었습니다. 그런데 그 사저 분께 무슨 급한 일이 생긴 듯 아가씨에 앞서 서둘러 주루를 나갔다고 하는데, 그 이후로의 종적은 역시 아직까지…….”

도순학이 다시금 슬머시 말끝을 흐리자 유 총수는 무거운 침음성을 뱉었다.

“으음!”

그때 도순학이 문득 생각났다는 듯이 덧붙였다.

“그런데… 그 주루에서 한 가지 우연찮은 일이 있었다고 합니다.”

“우연찮은 일?”

“아가씨께서 주루에서 나가셨을 때를 전후해 주루의 점소이 하나가 아무 말 없이 사라져 돌아오지 않고 있다고 합니다. 이 일과는 전혀 무관할 수도 있지만, 혹시나 해서 그 점소이의 행방을 찾는 데도 사람을 붙여놓았다고 고 조장이 보고

해 왔습니다.”

“이런! 이런! 아무래도 심상치가 않아! 분명 무슨 사단이 생겼음이야!”

유 총수의 근심이 더욱 깊어지자, 도순학이 문득 표정을 다소간 가볍게 하며,

“아가씨와 그 사저 분이 모두 세상에 드물다는 보타암(普陀庵)의 고절한 무공을 수련하신 터인데 설마 무슨 일이야 있겠습니까?”

하고 말하였다. 도순학이야 유 총수의 걱정을 조금이라도 덜어보려고 하는 말이었겠지만, 유 총수는 다급한 마음에 괜한 책망을 하였다.

“어허! 지금의 몇 가지의 정황들만으로도 이미 뭔가 사단이 생겼다는 것은 짐작하고도 남을 일이거늘, 자네는 어찌 그런 태평한 소리나 하고 있는가?”

이어 유 총수는 다시 자책하는 투로 되었다.

“아아! 처음부터 호위를 붙였어야 했던 것을! 그 아이가 번거로운 것이 싫다고 한대서 그냥 하자는 대로 두어서는 아니 되었던 것을! 아아! 이 일을 어찌한다? 나이 스물이 넘었다고는 하나, 철들기 이전부터의 오랜 수련을 마치고 이제야 처음으로 세상에 나왔으니 간단한 세상 물정조차 제대로 모르는 아이가 아니던가?”

그리고 유 총수의 말은 다시 단호한 명령조로 바뀌었다.

"찾아라! 관부(官府)를 포함해서 동원 가능한 모든 인력과
수단을 모조리 가동해! 어떠한 경우에도 그 아이의 털끝 하나
라도 다치지 않게 해서 노부의 앞으로 데려와!"

그 밤. 온 항주가 발칵 뒤집혔다. 그뿐만 아니라 주변 사방
백 리 이내에 한 여인을 찾기 위한 거대한 수색망이 급박하
게, 그러나 소리없이 펼쳐졌다.


2


청년은 부채를 펼쳐 얼굴을 가리고 있었다. 새하얀 백의에
또한 새하얀 부채였다. 부채는 보통의 것보다 조금 더 큰 편
이라 청년의 얼굴 전부를 가리기에 충분했다.
청년은 늘씬한 체격을 지녔고, 서두는 법 없이 여유 만만한
행동거지에서는 은연중 몸에 익은 귀(貴)태가 엿보였다.
청년의 옆에 있는 인물은 나이 지긋해 보이는 노인이었다.
방립을 깊숙이 눌러썼으니 짐작하기에 마땅하지 않으나 풍기
는 느낌이 그랬다.
"공자, 이제 그만 괜한 미련은 버리시오!"
방립노인은 청년에 대해서 시종 지극히 공손한 태도였으
나, 문득 꺼내는 그의 말에는 청년을 만류하고자 하는 간곡한
의지가 녹아 있었다.

그런데 그 순간 청년의 분위기가 확연히 바뀌었다. 딱히 무엇이 바뀌었다고 꼬집기는 어려우나, 어쨌든 첫인상으로 느껴졌던 귀태가 간데없이 사라져 버린 것은 확실했다.

"그럴 수야 있나요? 엉뚱한 계집으로 인해 헛물을 켜긴 했지만, 그래도 원래 점찍었던 계집의 맛은 꼭 보아야지요."

청년의 목소리에는 마지못해 말을 한다는 듯 완연한 짜증이 녹아 있었다. 그리고 비록 농 삼아 하는 투였지만, 청년의 말에는 어떤 집요한 욕구 같은 것이 물씬 풍겼다.

방립노인이 이번에는 가만히 청년을 타이르는 투가 되었다.

"공자, 장차 거대 가업을 이끌어가자면 지금 젊을 때의 일분일초라도 아껴 큰 뜻을 세우고 또한 가다듬어 나가야 하는 것인데, 어찌하여 자꾸만 이런… 작고 사소한 일에 그토록 집착을 하시오?"

그러자 청년은 돌연히 버럭 화를 냈다.

"관(關) 노사(老師)! 노사가 그래도 내 나이 어릴 적 한때는 나의 스승이었고, 이후로도 지금까지 나와 떨어져 보낸 때가 거의 없다시피 한데, 노사가 지금 나를 몰라서 하는 그런 말을 하는 것입니까? 그럼 노사의 말대로 하자면, 지금 내가 품은 뜻이 크지 않다는 것입니까? 굳이 가다듬어야 할 만큼 거칠고 부족하다는 뜻입니까?"

청년이 이윽고는 결연한 분기까지 띠며 안광을 번뜩이는

데, 그 기세가 참으로 차갑고도 날카로운 데가 있어서 감히 마주하기 어려울 정도였다. 방립노인, 관 노사가 언뜻 움츠러 드는 기색으로,

"음, 공자! 노부의 말은……."

하고 발명을 하려는데, 청년이 그 말을 끊고 더욱 기세를 날카롭게 하며 자신의 말을 이었다.

"천하의 이름난 준재(俊才)며, 기재(奇才)며, 천재(天才)며, 소위 후기지수들이라 불리는 자들을 막론하고, 그들 중에서 나보다 더 뛰어난 자질을 가진 자 누구며, 나보다 더 뛰어난 성취를 이룬 자 누굽니까? 나보다 더 큰 뜻을 품고 있는 자는 또 누굽니까? 감히 나를 능가한다고 말할 수 있는 자가 그 누구냔 말입니다!"

그때 청년의 기세는 차라리 광오(狂敖)하였다. 넓디넓은 천하에 세상을 놀라게 할 기재와 천재가 어찌 적다고 할 것인가? 한데 그 누가 있어 감히 청년과 같이 유아독존의 오만을 부릴 수 있을 것이며, 또한 뉘라서 그 오만을 있는 그대로 인정해 줄 것인가?

그런데 관 노사는 지금 비록 청년의 광오한 태도에 대해서는 나무라는 빛이 있으되, 다만 청년의 자부에 대해서는 별 거부감 없이 그대로 인정한다는 듯한 기색이었다.

그때 청년이 문득 기세를 거두었다. 그러더니 이내 그 태도를 가볍고도 경박하기까지 한 것으로 일변시키는 것이었다.

“그리고 기왕에 침까지 발라놓은 계집인데 최소한의 책임
은 져주는 것이 사내로서의 도리가 아니겠습니까? 안 그렇습
니까? 흐흐흐!”

음소를 흘리는 청년을 보며 관 노사는 잔뜩 어두운 얼굴이
되었다. 그렇게 잠시 침묵을 지키던 관 노사가 문득 표정을
바꾸며 말했다.

“그런데 주변 분위기가 아무래도 좀 이상하게 돌아가고 있
는 것 같습니다.”

“그건 또 무슨 얘깁니까?”

“반 시진 전쯤부터 상당수의 무리가 은밀하게 이곳 주변
일대를 탐색하고 있는 중인데, 점차로 그 무리의 규모가 커지
고 있는 듯 보입니다.”

그러나 청년은 별 대수로울 것이 없다는 듯 반문했다.

“그래서요? 그것이 우리와 무슨 관련이라도 있다는 겁니
까?”

“꼭 우리와 관련되었다고 볼 수야 없겠지만, 어쨌든 자칫
일이 엉뚱하게 꼬여 공자의 행적이 알려지기라도 한다면 크
든 작든 곤란함을 피하기는 어려울 것이니 일단은 이곳을 빠
져나가는 것이 좋겠습니다. 그리고 어차피 내일 아침에는 일
찍 배를 타야 하니 포구 근처로 가서 숙소를 잡도록 하지요.”

순간 청년은 다시금 돌연히 버럭 성질을 부렸다.

“아니, 고작 그런 이유로 지금 나보고 그 계집을 포기하란

말입니까?"

"허! 글쎄, 지금은 그럴 때가 아니라고 하지 않습니까? 그리고 그 여인이 아무리 천하절색이라도 얼마든지 다시 구하지 못할 공자가 아니거늘 왜 꼭 그 여인이어야만 한다는 것이오?"

그때 청년이 다시 변화무쌍하게도 표정을 바꾸며 끈적한 음소를 흘렸다.

"흐흐흐! 내가 언제 한번 점찍은 계집을 그냥 포기하는 걸 본 적이 있습니까? 내 걸로 만들지 못할 바엔 차라리 부숴 버린 적은 있었어도 말이지요. 그리고 그 빌어먹을 점소이 놈이 명줄 놓기 전에 분명히 말하지 않았습니까? 그 계집이 분명 차 한 모금을 마셨다고. 일 푼을 녹여 그 한 모금이면 능히 한 시진 이내에 득도한 고승조차도 발정난 개로 만들고 만다는 광춘산(狂春散) 아닙니까? 그렇다면 그 계집, 결코 멀리 가지는 못했습니다. 어쩌면 지금쯤 욕정에 미쳐 어느 엉뚱한 놈의 품 안에서 발광을 해대고 있을지도 모르지요. 흐흐흐!"

순간 청년은 생각만으로도 흥분이 고조되는지 전율처럼 부르르 몸을 떨었다. 청년의 눈빛이 집요한 빛으로 번뜩이고 있었다. 억제하기 힘든 욕정의 빛이었다. 그리고 이어 청년의 눈빛은 잔혹하게 바뀌었다.

"그런 꼴이 되도록 둘 수는 없는 일이지요. 내가 한번 점찍은 물건인데 만약 다른 놈이 어부지리로 먼저 가졌다면 난 그

부정(不貞)한 년과 염치없는 놈 둘 모두를 갈기갈기 찢어 죽이고야 말 겁니다.”

관 노사가 아무런 대꾸도 하지 못하고 그저 무거운 얼굴이 되고 마는데, 청년은 다시 빙그레 웃는 얼굴이 되었다. 기이하도록 차가운 웃음이었다.

“하여튼 나는 그 계집을 보기 전에는 절대로 이곳을 떠나지 않을 것이니, 노사가 정히 걱정되는 바가 있다면 그 계집을 찾을 궁리부터 하는 것이 우선일 겁니다.”

관 노사가 안타까운 눈빛으로 다시 잠시간 청년을 바라보고 있다가 이윽고,

“휴우……!”

하고 가느다란 한숨을 내쉬었다.

그것은 체념이었다. 멀쩡하다가도 어느 순간 발작처럼 찾아오는 청년의 변태적 음욕이었다. 일단 그 음욕이 발동하고 난 다음이면 세상의 누구도, 그 어떤 것으로도 청년을 제지하기 어려웠다. 만약 강압으로 청년이 원하는 것을 채우지 못하도록 막는다면 그 후엔 더욱 비정상적인 파격이 뒤따른다는 것을 아는 때문이었다.

‘아아! 저 몹쓸 버릇만 없다면 천하에 다시없을 완벽한 기재이거늘……!’

관 노사가 내심 깊이 탄식하고 난 뒤, 낮게 가라앉은 목소리로 말했다.

“마땅히 부릴 만한 자들을 당장에 구하기는 어렵습니다. 그러니 어느 정도의 번거로움을 감수하고라도 이곳 사정에 밝은 자들의 힘을 빌려보는 수밖에 없겠습니다.”

청년이 득의의 표정이 되며 물었다.

“어디 적당한 곳이라도 있습니까?”

“한번 알아보아야지요.”

“음! 서두르세요, 정말로 어느 엉뚱한 놈 횡재시키기 전에!”

# 六
## 횡재(橫財)

### 1


　강산은 혼곤(混困)한 잠 속에서 언뜻 한 가닥의 정신을 차리고 있었다.

　'새벽인가?'

　힘겹게 벌린 눈까풀 새로 방 안의 어둠이 진하게 밀려들었다. 강산은 다시 눈을 닫아버렸다. 그리고는 습관처럼 입안으로 웅얼거렸다.

　'니미!'

　또 그곳이 잔뜩 불뚝거리며 팽팽한 천막을 쳐놓고 있었다. 근래 들어 새벽마다 겪는 일이었다. 이것 또한 벼락 맞은 후유증 중 하나일 것이라고 추측이 되는 바였다.

　사실을 말하자면 강산은 이날 이때까지 딱지를 떼지 못한 그야말로 숫총각이었다. 용불용(用不用)이라던가? 강산이 나이 서른을 넘길 즈음부터 그게 영 시원치 않더니, 작년 즈음부터는 새벽이 되어도 영 서지를 않았다.

　그 때문에 여자에 대한 의욕이 더욱 없어진 건지도 모를 일이다. 아니면 여자에 대해 의욕이 없어지니까 그게 안 서게 되었던지. 어쨌든 강산이 그것을 '후유증'이라고 생각하듯이, 현실적으로 그것은 강산에게 그다지 좋은 일만은 아니었다. 발딱발딱 서면 뭘 할 것인가? 써먹을 데가 없는 처지인데. 외려 아침마다 괴롭기만 하였다.

　그렇게 의식의 반은 여전히 자는 중이고 나머지 반은 깨어 있는 어중간한 상태에서 강산은 문득 묘한 느낌 하나를 받았다. 방 안에 자신 외에 또 다른 누군가가 있는 것 같은.

　'뭐지?'

　순간 본능처럼 묘한 섬뜩함이 전신으로 음습해 들었다.

　'죽은 듯이 있자!'

　강산이 감히 눈을 떠볼 생각조차 못하고 있는데, 문득 얼굴에 한 가닥의 따뜻한 바람이 느껴졌다.

　"훅!"

　그것은 숨결이었다. 아니, 억제되었다가 힘겹게 불어내는 거친 숨소리였다. 금방이라도 확 터지고 말 듯한 달뜨고도 거친 숨소리. 그리고 향긋했다. 순간 강산의 전신으로 한 가닥의 전율이 짜릿하니 치달렸다.

'여자?'

강산의 전율은 더 이상 두려움이 아니었다. 야릇한, 그리고 터질 듯한 흥분이었다. 그때였다, 바르르 떨리는 가냘픈 목소리 하나가 들린 것은.

"죄송해요."

목소리는 무언지 모르게 힘겨워하고 있었다. 그리고 그런 중에도 한편으로 수치심과 부끄러움에 잔뜩 기어들어 가고 있었다. 묘한 열기가 녹아 있는 목소리였다. 뭐랄까, 청순과 요염의 절묘한 부조화랄까?

그 목소리는 순간적으로 강산을 극도의 흥분 상태로 몰아넣고 말았다. 그의 본능이 거세게 살아나고 있었다.

'괜찮소! 나는 괜찮으니 당신 좋을 대로 하시오! 그게 무엇이든지!'

간절히 말해주고 싶었다. 그러나 강산은 감히 입을 열지는 못하였다. 입을 열면 곧바로 심장이 펄떡이며 입 밖으로 쏟아져 나올 것만 같았으니까. 강산의 심장은 마구 뛰놀다 못해 이제는 숫제 터져 버릴 지경이었다.

여인은 수없이 주저주저하고 주춤거리는 듯했다. 그러나 그것은 지극히 짧은 동안에 불과했다. 곧바로 이어진 그녀의 행동은 막상 다급하고도 거칠었다.

한순간 여인은 그대로 강산에게로 덮쳐들었다. 그리고는

간단히 거추장스러운 방해물들을 벗겨냈다. 이어 거침없이 강산을 타고 앉은 그녀의 몸이 격렬하게 물결을 타기 시작했다.

"아!"

"흑!"

누구의 입에서 나온 것인지 알 수 없는 고통과 희열의 단음들이 속절없이 터져 나왔다. 강산은 도저히 참을 수 없는 충동 속으로 몰입되고 말았다.

그런데 몸 위의 격렬함에 대해 또한 격렬함으로 동조하려던 강산은 문득 자신의 전신이 마비되어 꼼짝도 할 수 없는 상태라는 것을 깨달았다. 순간 언뜻,

'꿈인가?'

하는 생각이 떠올랐으나, 강산은 이내 두 눈을 부릅떴다. 짙은 어둠 속, 그의 바로 눈앞에서 희끄무레한 동체의 윤곽이 미친 듯이 요동치고 있었다. 부서질 듯이, 부술 듯이 펄떡이는 격렬한 율동이었다.

"아아!"

여인의 가녀린 교성이 고통스러운 듯이 힘겹게 흐르고 있었다. 아아! 이건 결코 꿈일 수 없었다. 이 생생함, 이 터질 듯한 쾌락이 결코 꿈일 수는 없는 것이었다. 생생한 현실이었다. 그것은 광풍이었다. 거센 비바람의 태풍이었다. 아니, 그것은 격렬한 전쟁이었다.

　꼼짝도 하지 못한 채 두 눈만 부릅뜬 채로 누워 있는 강산의 위에서는 지금 한편의 역사가 이루어지고 있었다.

　여인은 정말로 대단했다. 그야말로 엄청난 색정(色情)이었다. 아마도 그녀는 희대의 요녀(妖女)일지 몰랐다. 만약 강산에게 벼락의 '후유증'이 없었더라면 그는 벌써 전에 견디지 못하고 토정(吐精)하고 말았을 것이다.

　"아아아"

　여인이 긴 흐느낌을 토해낸 것은 족히 반 시진은 더 지나고 난 다음이었다. 그리고 그와 동시에 강산 역시 사내의 본능적 의무감으로 참고 참았던 한줄기 거센 분출을 일으켰다.

　"으음!"

　여인은 한동안이나 부르르 몸을 떨었다. 그러더니 강산의 몸 옆으로 굴러떨어져서는 마치 실신이라도 한 것처럼 축 늘어지고 말았다.

　강산에게도 분출은 황홀함의 극치였다. 그러나 그것은 지극히 짧게 지나갔다. 그러나 강산은 지금 극도의 피로감을 느끼는 중에도 또 다른 만족감을 만끽하고 있는 중이었다.

　정복! 우월! 성취! 뭐 그런 것들이었다. 아주 세상을 다 가진 거 같았다. 새삼 감회가 생기기도 하였다.

　'아아! 여인을 가진다는 것은 이런 느낌이었나?

　문득 걱정 같잖은 걱정이 들기도 하였다.

　'혹시 이번 한 번으로 약발이 끝이면 어떻게 하지? 한 번 더 벼락 맞을 방도를 찾아봐야 하나?

그렇게 시답지 않은 잡생각들을 좀 더 하다가 강산은 모르는 사이에 깊은 잠에 곯아떨어지고 말았다.


2


부스럭!

문득 옆에서 들리는 조심스러운 기척에 강산은 언뜻 잠을 깼다. 몸은 여전히 마비된 채로 움직일 수가 없었다. 눈을 크게 떠 눈알을 굴려보는데, 그의 머리맡에 누군가 앉아 있었다.

그 희미한 동체의 윤곽에 강산이 흠칫 놀랐다가는 곧 긴장을 풀었다. 바로 그 여인이었다. 비록 윤곽만이었지만 강산은 언뜻 여인에게서 넋을 놓은 망연자실함을 읽었다. 그리고는 괜히 그 또한 까닭 모를 착잡한 심정으로 되었다.

그러나 바로 그 순간, 그의 단전 아래가 영문도 없이 불끈 솟구쳤다.

아직도 새벽이 오지는 않은 모양이었다. 긴 머리에 갸름한 얼굴. 어둠 속에서 희끄무레한 윤곽만으로 보이는 여인에게서 강산은 문득 절세의 미모를 상상했다.

상상이야 마음대로 아닌가? 어쨌든 하룻밤 운우지정을 나눈 사이이니 상상으로라도 천하제일미녀를 그려보는 일은 더

할 나위 없이 뿌듯한 데가 있었다.

사실 강산은 여인의 정체에 대해 이미 나름 짐작을 해보고 있는 중이었다.

'인근 어느 유곽(遊廓)의 기녀이리라. 갑작스럽게 발동한 춘정(春情)을 이기지 못하고 사내를 찾아 나온 것이리라.'

그렇지 않고는 그에게 아닌 밤중에 이런 횡재가 얻어 걸리는 일이 어찌 생겼겠는가? 그때 여인이 나직하고도 긴 탄식을 뱉었다.

"아아!"

이어 여인은 어둠 속에서 다소곳이 몸을 일으켰다. 그리고 돌아서는 모양새가 그대로 방을 나갈 기세였다. 순간 강산은 다급해졌다.

"이, 이봐! 아가씨! 잠깐만!"

여인이 멈칫 움직임을 멈추었다. 그러나 강산은 막상 더 이상 할 말이 없었다. 기왕에 기녀일 것이라고 짐작한 터이고 더욱이 살까지 섞은 터이니 그냥 편하게 말을 하고 싶었다. 그러나 그것이 평소에 한 번도 안 해본 짓이니 그만 말문이 턱 막히고 만 것이다.

그때 여인이 가만히 뒤돌아섰다. 문득 여인치곤 제법 큰 키여서 늘씬하다는 느낌이 들었다. 방문 밖으로 어렴풋이 후광으로 드리우는 달빛 때문에 여인의 얼굴은 더욱 짙은 그림자 속에 있었다.

“휴우~!”

길게 한숨부터 내신 후에 여인은 가만히 입을 열었다.

“오늘 제가 간악한 자들의 흉계에 당해 참으로 곤란하기 이를 데 없는 상황에 처했었는데, 귀공의 은혜를 입어 겨우 모진 목숨이나마 건질 수가 있었습니다.”

차분하면서도 참으로 고운 목소리였다. 왠지 모를 기품이 서린 것도 같았다. 그러나 그 내용에 선뜻 공감이 되지 않으니 강산은 당혹스럽기만 했다.

잠시의 틈을 두었다가 여인은 다시 말을 이었다.

“저는 오래전부터 부처님께 귀의하기로 결심하였던 몸이니 오늘의 일 또한 부처님의 뜻으로만 여길 작정입니다. 하여 이 방을 나서는 순간 저는 귀공을 잊을 것입니다. 그러니 귀공께서도 부디 오늘의 일을 잊도록 하십시오. 우리에겐 아무 일도 없었던 것입니다. 저는 귀공을 모르고 귀공 또한 저를 모르는 것입니다. 그것이 귀공을 위해서도, 저를 위해서도 좋을 것입니다.”

‘난데없이 웬 부처님?’

강산이 잠시 어리둥절하였다. 그러나 눈칫밥이라면 누구보다 오래 먹은 사람이라 자부하는 처지가 아닌가. 그는 금방 대충의 감을 때려잡았다.

‘오호라! 제법 비싼 몸이라 이거지? 그러니까 하룻밤 횡재한 걸로 만족하고 언감생심 두 번의 공짜 떡을 바라지는 말아라? 괜히 멋모르고 껄떡대다가는 다치는 수가 있다? 결국 내가 이런 데 산다고 자기 같은 고급 기녀와는 감히 어울릴 꿈도 꾸지 못할 하찮은 인생쯤으로 보인다… 뭐 그런 얘기라 이거지?

억하심정이랄까, 아니면 자격지심이랄까? 강산은 잠시간 괜히 울컥하는 심정이 되었다.

그사이 여인은 방문을 열고 살포시 문턱을 넘어가고 있었다, 한줄기 산들바람처럼 야속하게.

순간 강산은 다시금 다급해졌다. 어쨌든 이대로 보낼 수는 없었다. 여인에게는 단순히 하룻밤 춘정에 불과했을지 모르나 그에게는 그렇게 단순할 수만은 없는 것이다.

좋은 인연이든 나쁜 인연이든 어쨌든 서른세 해를 고이고이(?) 간직해 온 동정을 바친 여인이다. 최소한 누구인지, 어느 기루에 속해 있는지 정도는 알아야만 한다는 심정이었다. 그리고 최소한 그럴 자격(?)은 있다는 불뚝한 심정이기도 했다.

"나는 사해상단의 항주본단에 다니는 강산이라는 사람이오."

급한 마음에 불쑥 그렇게 뱉어놓고서 강산은 이내 머쓱해지고 말았다. 말해놓고 보니 그 뜻인즉슨,

'내가 아주 하찮은 놈은 아니다. 그래도 제법 괜찮은 밥줄을 가진 사람이다. 그러니 다음에 언제 한번 더 찾아와라!'

하는 정도의 상당히 이상한 의미로 들릴 소지가 다분했던
것이다.

불쾌했던 것일까? 여인의 뒷모습이 잠시 굳어지는 듯했다.
그러나 그녀의 모습은 이내 방 밖으로 사라졌다.

"이런 제길!"

강산이 속절없이 닫힌 방문을 향해 불퉁거렸다. 그러나 이
내,

'하긴 내 복에……'

하는 심정으로 체념하고 말았다. 그러다 다시,

"흐흐흐흐흐!"

하고 슬그머니 소리 내어 웃었다.

사뭇 묘한 그 웃음소리였다. 그 속에는 아쉬움과 그런 중에
다시 흐뭇함, 그리고 아릿하게 남아 있는 흥분과 쾌락의 잔재
등등이 뒤섞여 있었다.

# 七
## 지옥(地獄)

1

 

 

강산의 꿀 같은 단잠은 어떤 알 수 없는 기척으로 인해 조금씩 깨어지고 있었다. 잠결에도 왠지 스산한 느낌이 드는 기척이었다. 강산은 이내 무언지 모를 위협과 다급함에 쫓겼다. 악몽에서 벗어나기 위해 억지로 허리와 어깨, 팔, 목 등을 조금씩 움직였다. 강산이 이윽고 힘겹게 눈을 뜨며 저도 모르게,

"휴우!"

하고 길게 안도의 한숨을 내쉬었다. 가장 먼저 떠올린 생각은,

'마비는 저절로 풀린 모양이군!'

하는 것이었다. 어둠은 희미하게만 남아 있었다. 새벽이었다. 그런데 눈의 초점이 제대로 맞아지는 순간 강산은 기겁하여 헛바람을 토하고 말았다.

"으헉!"

머리 위. 세 사람이 둘러선 채로 그를 내려다보고 있었다.

새벽의 미명 속에서 그린 듯이 조용한 모습으로 자신을 내려다보고 그들에 대해 강산은 우선 저승사자나 귀신 따위를 떠올렸다.

그때 세 사람 중에서 중년 사내가 히죽 웃었다. 누렇고 들쑥날쑥한 치열이 그대로 드러나는 징그러운 웃음이었다. 더욱이 사내의 두 눈은 약간 짝눈이었는데, 사내가 웃자 그 두 눈의 짝 지는 정도가 확연해졌다.

짝눈의 중년 사내 외의 두 사람 중 하나는 방립을 눌러썼고, 또 다른 하나는 커다란 흰 부채로 얼굴을 가리고 있었다. 그러나 강산은 느낌으로 그중 하나가 노인이며, 또 다른 하나는 청년일 것이라는 짐작을 해볼 수 있었다.

그런 짧은 관찰 덕분에 강산은 조금이나마 공포를 덜어낼 수 있었다. 최소한 그들이 저승사자나 귀신은 아니라는 사실은 알 수 있었으니까.

2

"여자는 어디로 갔나?"

짝눈의 사내가 물었다. 여전히 히죽거리는 웃음에 빙글거리는 목소리였다.

그때 사내의 목소리까지를 듣고 나서야 강산은 문득 이곳이 바로 자신의 방이며, 세 사람이 지금 그의 방에 함부로 난입해 있다는 상황을 새삼 인식할 수 있었다.

아울러 '여자' 라는 그 한마디에 나름대로의 전후 사정을 굴려볼 수도 있었다. 역시 그에게 하룻밤의 횡재를 안겨준 그 여인은 인근 어느 유곽의 기녀였던 것이다. 그리고 지금 이자들은 함부로 기방을 벗어난 그녀를 잡아들이기 위해 이곳까지 쫓아온 것이리라.

순간 강산은 가슴속에 꽉 찬 두려움을 제치고 슬그머니 솟아오르는 그 무엇을 느꼈다. 그것은 일종의 뻐근함 같은 것이었다. 이전에는 한 번도 느껴보지 못했으되, 사내로서 한 번쯤은 꼭 누려보고 싶었던 것이기도 했다.

사내로서 누구를 보호해야 한다는 책임감. 사내로서 누구를 위해 위협에 맞서야 한다는 의무감. 사내로서의 최소한의 자존심. 여하튼 언뜻 정의하기 어려운 그러한 종류의 느낌들은 강산에게 문득 전에 없던 대범함과 함께 약간의 삐딱함(?)을 부여해 주었다.

강산이 천천히 몸을 일으켜 세웠다. 그리고 떨리는 가슴을 억누르고 애써 침착한 채,

"여보쇼들! 당신들은 대체 누구요? 지금 남의 방에 함부로 들어와서 도대체 무슨 짓을 하고 있는 거요? 그리고 난데없이 여자라니? 그건 또 무슨 자다가 봉창 두드리는 소리요? 아무튼 당장들 나가시오? 안 그러면 관가에 고하여……."

하고 점차 목소리에 힘을 주어가려는 순간인데 갑자기,

짝!

하고 고개가 홱 돌아가는 것이었다. 눈앞에 별이 번쩍한 것은 그다음이었고, 뭔가 강한 충격에 온 머리통이 다 얼얼하다는 느낌은 다시 그다음이었다. 이어 우악스러운 손아귀 하나가 그의 멱살을 잡아서는 달랑 위로 들어 올렸다.

"이 새X가 감히 누구 앞에서 어쭙잖은 설레발을 치려고 해?"

바로 짝눈사내였다. 사내의 기세 거칠기와 완력의 대단함이라니! 강산은 기겁하였다. 대항할 생각 같은 것은 감히 엄두조차 내지 못하였다. 허공에 대롱거리며 매달린 채로 숨 막혀하며 강산은 곧바로 사정하였다.

"켁! 이, 이 보시오! 이거 좀 놓고… 우리 말로 합시다, 말로!"

그러자 짝눈사내는 일단 강산의 멱살을 놓았다. 그리고 바닥의 요를 확 걷어 올려서는 강산의 얼굴에다 바짝 갖다 대며,

"봐라, X꺄! 여기 묻은 거 안 보이냐? 이 어르신께서 보기

에 이건 앵혈(鸚血)이 분명한데, 여기에 여자가 없었으면, 그럼 이건 네 몸에서 나온 거냐?"

하고 표독스럽게 윽박질렀다. 순간 강산은 자신이 처한 다급한 처지도 잊고서 한 가지 강한 의혹에 사로잡히고 말았다.

'앵혈? 앵혈이라고?'

그런데 강산의 그 잠깐의 딴 짓을 반항하는 것으로 여겼던지 짝눈사내는 대번에 살벌한 표정이 되었다.

"하여간 이런 새X들은 일단 뒈지게 맞고 나야 말이 통한다니까!"

하더니 강산이 뭐라고 호소라도 해볼 겨를도 없이 다짜고짜 후려패기 시작했다.

퍽!

퍼퍽!

콱!

콰직!

그야말로 무차별의 주먹질과 발길질이었다.

"악!"

"아악!"

강산이 자지러지게 숨넘어가는 비명을 내지르는데도 사내는 도통 성에 차지 않는 모양이었다. 사내가 독살스럽게,

"너 이 새X, 오늘 임자 제대로 만났다!"

하고는 더욱 거칠게 때리고 치고 차고 찍고 하는데, 조금도

사정이 없었다.

빽!

퍽!

빡!

팍!

이윽고 강산은 비명 소리도 내지 못하게 되었는데, 그때 나직하게 방 안을 울리는 차가운 목소리 하나가 있었다.

"그만!"

부채청년이었다. 그의 짧은 한마디로 짝눈사내의 주먹질은 즉시 멈추었다.

강산은 이미 만신창이가 되어 바닥에 널브러져 있었다. 어디가 부러지고 터졌는지 옷으로 가려진 그 안쪽의 사정이야 알 수 없었지만, 형편없이 터져 나간 입술이며, 다섯 구멍 모두에서 피가 흘러 온통 피투성이가 된 얼굴만으로도 몹시 처참한 형상이었다.

"당신은 그만 가보시오."

이번 부채청년의 말은 마치 수하를 대하듯이 하는 확연한 명령조였다. 짝눈사내의 미간이 일시 가만히 좁혀졌다. 그러나 사내는 이내 빙글거리며 물었다.

"계산은?"

부채청년의 시선이 힐끗 한 걸음 물러서 있던 방립노인에게로 향했다. 그에 짝눈사내가 또한 방립노인을 향하며 칙칙한 웃음소리와 함께 은근히 목소리를 깔았다.

"흐흐흐! 알다시피 이 일에 동원된 아이들의 대가리 수가 오십이 넘소. 게다가 두 시진이 훨씬 넘게 불알에 요령 소리 나도록 뛰어다녔으니 땀이라도 식히려면 싸구려 술 한잔씩은 걸쳐야 할 것 아니오?"

방립의 얼기설기한 틈 사이로 노인의 눈빛이 언뜻 굳어졌다. 그러자 슬쩍 눈치를 보던 짝눈사내가 얼른,

"아아! 뭐 그렇다고 더 얹어달라는 얘기는 아니고… 괜히 한 푼이라도 깎을 생각 같은 건 아예 말라는 얘기요. 대신 약조한 대로 우리 쪽에서도 확실하게 입막음을 할 테니까."

하는데, 방립노인의 눈빛으로 다시금 한 가닥의 냉기가 언뜻 스쳐 갔다. 덩달아 사내의 눈알도 빠르게 굴렀다. 이어 사내는 다소 과장되게 투덜거리는 투로,

"하긴 쥐뿔이나 뭘 아는 게 있어야 입을 닫고 말고 하지! 제기랄! 이 바닥에서 이십 년 넘게 안 해본 짓 없이 다 해봤지만 오늘처럼 아무 영문도 모르는 채로 X나게 뛰어다녀 보기는 또 처음일세!"

하고는 슬쩍 방립노인의 눈치를 살피는데, 그 기색이 비굴한 듯하면서도 일면 예리하고도 치밀한 데가 있었다.

그때 방립노인이 문득 눈빛에서 냉기를 거두며 소매 속에서 전표 한 장을 꺼내 사내에게 건네주었다. 사내가 얼른 전표를 받아 들고 확인해 보더니 퍼뜩 놀라는 얼굴로,

"이건 너무 큰데? 지금 이 시간에 거슬러 줄 돈을 당장에 구해오기도 그렇고."

하고 슬쩍 눙치는 기색으로 되었다. 그러자 방립노인이 차가운 빛으로 가볍게 손을 내저었다.

짝눈사내는 크게 만족스러운 표정으로 누런 이를 드러내더니 재빠른 걸음으로 방을 나갔다. 방문이 닫히기 전에 사내의 뒷모습에 꽂힌 방립노인의 눈빛에 다시금 한 가닥의 냉기와 짧은 갈등의 빛이 돌았다. 그러나 노인은 이내 체념하는 기색이 되었다.

3

부채청년은 방바닥에 늘어져 있는 강산의 머리를 가죽신 발끝으로 툭툭 건드리고 있었다. 마치 그런 데서 재미를 느낀다는 듯이 보였다. 그러다 청년은 문득 가벼운 투로 말을 꺼냈다.

"한 가지만 묻겠다."

강산은 잔뜩 공포에 질려 있었다. 그러니 청년이 무엇을 물어봐 준다는 것만으로도 숨통이 트이는 기분이었다. 부르르 몸서리나게 진저리를 치고 난 다음 강산은 한편 대답하며 한편 호소하였다.

"무엇이든… 무엇이든 다 물어보십시오! 하지만 이것만은 부디 알아주십시오! 저는 당신들에게 죄를 지은 게 없습니다. 전 감히 그럴 용기도 없는 졸렬하기 짝이 없는 위인입니다. 그러니 여기에는 분명 뭔가 오해가 있는 것이 틀림없습니다.”

부채 너머 청년의 눈빛은 담담했다. 더욱이 그가 짐짓 고개까지 끄덕였기에 강산은 자신의 호소가 어느 정도 통한 것으로 생각하여 약간이나마 안도가 되는 심정이었다. 그때 청년이 불쑥 물었다.

“했나?”

나직한 목소리였다. 그에 강산이 반사적이다시피,

“예?”

하고 멍하고도 애매한 반문을 뱉는데, 청년이 가만히 눈살을 찌푸리며

“했느냐고 물었다.”

하고 재차 확인해 주었다. 여전히 차분한 목소리였다. 그러나 이번에 청년의 목소리에는 시리도록 차가운 느낌이 녹아 있었다. 강산이 불에 덴 듯 화들짝 놀라며 다급하게 되물었다.

“하다니요? 뭘 했다는 건지……?”

순간 청년은 기색을 일변시키더니,

“죽고 싶나?”

하고 더욱 가라앉은 목소리로 속삭이듯이 말하는 것이었

다. 그 목소리에서는 순간적으로 지독한 차가움이 확 풍겼다. 그에 강산이 아예 진저리를 치며,

"아… 아닙니다! 하지만 도대체 무엇에 관해 묻는 것인지 알아야……?"

하다가는 차라리 애원을 했다.

"제발! 제가 원체 모자라서 머리도 둔하고 눈치도 느려 터지다는 소리를 자주 듣습니다. 그러니 제발 한 번만 더… 조금만 더 자세히 물어주십시오. 그러면 성의를 다해서… 정말로 성심껏 대답을 드리겠습니다."

그때 지켜보고 있던 방립노인이 조심스럽게 청년을 일깨웠다.

"공자, 시간이 많이 되었습니다. 이제 그만 떠나야 할 시간입니다."

강산이 당장에 노인을 향해 애처로운 눈길을 보냈다. 노인이 부디 청년을 좀 말려주기를 자신의 모든 염원을 다해 간절히 빌었다. 그러나 노인은 담담한 기색을 조금도 바꾸지 않고서,

"흔적들을 깨끗이 지울 시간도 필요합니다."

하고는 슬쩍 강산을 스쳐보았다.

순간 강산은 본능적으로 느낄 수 있었다. 노인의 눈빛에 서린 차가운 살의(殺意)를. 노인이 지우겠다는 흔적에는 강산 그 자신도 포함되어 있다는 것을.

"알아서 할 것이니 자꾸 재촉하지 말라고 하지 않았습니까?"

노인에게 하는 청년의 말에는 다분한 짜증이 배어 있었다. 이어 청년은 다시 강산을 향했다.

"자! 그럼 우리 얘기를 다시 시작해 볼까?"

그때 강산도 절박한 심정으로 염두를 굴리고 있는 중이었다. 청년이 자신에게서 무엇을 원하는지는 분명치가 않았다. 그러나 최소한 지난밤 그와 동침했던 여인에 관한 것이라는 것만큼은 분명하였다. 강산은 표정에다 최대한의 성의와 애절한 애원을 담았다. 그러나 표정이나 절박한 심정과는 다르게 강산은 막상,

"저는… 저는 다만 유곽에서 기녀 하나를 샀을 뿐입니다. 어제는 간만에 꼭지가 돌도록 술에 폈는데, 술김에 아랫도리가 하도 불끈거리기에……."

하는 엉뚱한 말을 주절거리고 말았다. 그 스스로도 전혀 예정치 않은 말이었다. 그러나 기왕에 뱉어진 말에 대해 감히 후회하는 기색을 보일 수는 없었다.

청년은 허리를 숙여 부채를 사이에 두고 강산과 똑바로 두 눈을 맞추었다. 지독히도 맑은 눈빛이었다, 너무나 맑아 투명하다는 생각이 들 정도로.

순간 강산은 그대로 얼어붙고 말았다. 갑자기 지독한 공포가 확 밀려왔다. 스스로도 왜 그랬는지 모르게 꾸며 말해 버

린 것에 대한 후회와 그 결과로 감수해야 할 대가에 대한 공포 때문만은 아니었다.

그보다는 청년과 눈빛을 마주한 순간 까닭없이 받았던 어떤 섬뜩한 느낌 때문이 더 컸다. 그것은 뭐랄까? 잔뜩 비틀린 분노? 지독한 불만? 혹은 끈적거리는 원색의 욕구? 여하튼 강산이 청년에게서 받은 그 섬뜩한 느낌은, 정점을 향해 점점 더 커져 가는 촉발직전의 극렬한 위험과도 같은 것이었다.

그때 청년이,

"호오! 기녀를 샀다? 그런데 기녀에게서 앵혈이라? 오라! 동기(童妓)였던가 보군? 그런데 동기라면 꽤나 비쌀 텐데? 이런 데 사는 처지치곤 제법 형편이 좋은가 보네?"

하고 말했는데 노골적인 조롱의 투였다.

강산은 그대로 말문이 콱 틀어막히고 말았다. 그러나 기왕에 해놓은 거짓말을 들키지 말아야 했다. 그걸 들켰을 때 감수해야 할 모진 꼴을 스쳐 상상하는 것만으로도 강산은 새로이 모골이 송연해지는 것이었다.

강산이 절박한 심정으로 생각을 짜내는 한편으로 허겁지겁 주워섬겼다.

"아아! 정말입니다. 요 앞에 소로(小路) 세 개 건너쯤에 홍화루(紅花樓)라고 있습니다. 바로 거깁니다. 거기서 기녀를 샀습니다. 정말입니다. 날이 밝는 대로 알아보시면 금방 확인이 될 일인데 제가 감히 조금이라도 헛말을 할 수 있겠습니까?"

강산의 목소리가 심하게 떨려 나왔다. 지금 강산에게는 오로지,

'어떻게 하든 날이 밝을 때까지만 버티는 거다. 날만 밝는다면 이 말도 안 되는 상황을 벗어날 어떤 방도가 분명히 생길 것이다.'

하는 한 가지의 바람뿐이었다.

그때였다. 청년의 전신에서 문득 기이한 기세가 슬금슬금 풍겨져 나오기 시작했다. 그것은 형언할 수 없도록 기이한 차가움이었다. 강산은 저도 모르게 전신을 부르르 떨었다.

그것은 지금까지와는 비교할 수 없는 새로운 공포였다. 잔인독랄! 다만 청년의 그 기이한 기세만으로도 이윽고 강산은 치를 떨고 말았다.


청년이 가만히 강산의 눈을 들여다보았다. 그 눈이 다시 묻고 있었다. 똑같은 질문을.

'했나?'

극도의 공포감에 강산은 뇌 속이 온통 마비된 듯했다. 그러나 와중에도 강산의 염두는 다시금 치열하게 돌아갔다. 오로지 살기 위해. 이제부터의 한마디 한마디에 그야말로 사활이 걸렸다는 본능적 직감 같은 게 있었다. 뻔한 거짓말을 할지언정 청년이 듣고자 하는 대답을 해서는 절대로 안 될 것 같은.

"안 했습니다! 결코! 맹세코! 절대로 안 했습니다! 사실 지

난밤에는 너무 많이 취해서 아무런 기억도 나지 않습니다!"

부채 뒤에서 청년의 눈이 묘하게 웃었다.

"그래? 그런데 아무래도 아닌 것 같은데? 내 느낌이 안 좋아. 너희들이 진도를 어디까지 나갔든 말든 내 느낌이 안 좋다는 게 더 중요하거든?"

그러더니 청년은 갑자기 발작적인 분노를 표출했다.

"너 따위가 감히 내 여자를 건드려? 어떻게 죽여주랴? 전신의 뼈를 하나하나 부러뜨려 줄까, 아니면 칼로 한뜸 한뜸 살을 저미어줄까?"

그러다 청년은 다시 순간적으로 차분함을 되찾았다. 청년이 보이는 그 예측 불가의 변화무쌍함이라니! 참으로 살이 떨리는 불안과 공포를 주는 것이었다. 청년은 그런 강산의 심정을 즐기는 듯했다.

"그러나 그렇게 하기에는 시간이 많이 걸리겠지? 음! 그럼 어떻게 하는 게 가장 좋을까?"

하고 의논이라도 하듯이 묻는 청년에 대해 강산은 절박한 목소리로 부르짖었다.

"잠깐! 잠깐만요! 무엇이든… 무엇이든 다 하겠습니다! 그러니 살려만 주십시오!"

그러나 청년의 가벼운 손짓 한 번에 강산은 말을 잇지 못하였다. 온몸이 저릿하더니 이내 마비가 되어버렸다. 강산으로서는 그 내막을 자세히 알 리 없으나 아혈(啞穴)과 마혈(麻穴)

을 동시에 제압당한 것이었다. 강산은 극도의 당황과 공포로
질려 버렸다. 그때 청년이 한쪽 무릎을 세워 앉으며,

"이봐, 난 소란스러운 건 싫어."

하고 빙그레 웃었다. 강산은 눈빛으로나마 간절히 애원했
다. 청년이 즐기듯이 느긋하게 보고 있다가,

"흠! 우선은 맛보기로 이건 어떨까? 혹시 분근착골(分筋搾
骨)이라고 들어봤나?"

하였다. 그러더니 곧 안타깝다는 듯이 고개를 가로저으며,

"이런, 이런! 모르는 눈치인걸. 그렇다면 맛보기를 생략할
수가 없지."

하고는 친절히 설명해 준다는 듯이 덧붙였다.

"분근착골은 무림에서도 꽤나 이름이 난 고문 수법이야.
짧은 순간에 아주 화끈한 고통을 선사해서 강골의 무림인 중
에서도 견딜 수 있는 자가 거의 없다고 하지."

곧바로 청년의 손이 빠르게 움직였다. 동시에 뼈마디 부딪
치는 소리가 섬뜩하게 방 안을 울리기 시작했다.

우둑!

두두둑!

우두두둑!

마혈이 제압되어 있는데도 강산의 몸은 심하게 뒤틀렸다.
마치 물결이 치는 듯 심한 기복을 일으켰다. 온몸의 골격과
근육이 제멋대로 뒤틀리고 있는 것이다.

강산의 얼굴은 눈물과 콧물로 온통 뒤범벅이 되었다. 그의 입이, 그리고 눈이 처절하게 외치고 있었다. 살려달라고. 아니, 차라리 죽여달라고. 소리없는 비명이요, 절규였다.

청년은 문득 손을 멈추었다. 그리고는 짐짓 감탄스럽다는 듯이,

"호오? 보기보다는 제법 강단이 있는걸. 기절하지 않고 버티는 걸 보니 말이야. 하긴 편하게 기절하도록 놓아두지도 않겠지만."

하고 말했다. 강산의 안면이 부들부들 떨렸다. 청년이 빙글거리며 이어 말했다.

"차라리 죽고 싶겠지? 흐흐흐! 그건 안 되지. 그럼 재미가 없지. 아직 들어야 할 대답도 듣지 못했는데 말이야."

청년은 다시금 손을 쓸 태세이더니 문득 멈추었다. 그리고는 넌지시 물었다.

"어때? 이제는 대답할 마음이 확실히 생겼나?"

강산은 온 힘을 다해 대답했다. 절절한 눈빛으로. 혹시 청년이 알아채지 못할까 봐 눈물까지 철철 쏟았다.

청년이 가볍게 손가락을 튕겼다. 아혈이 풀리자마자 강산은 목에 꽉 차 있던 절규의 긴 울부짖음부터 토해냈다.

"흐으으으으… 으흑흑흑!"

그리고 온몸으로 그가 할 수 있는 모든 성의를 다해 애원

했다.

　"살려주십시오! 제발! 제발! 한 번만! 으흐흐흑! 제발! 제발……!"

　순간 청년은 다시 손가락을 튕겼다. 다시 강산의 아혈을 제압하며 청년은 차갑게 말을 뱉었다.

　"아무래도 아직 견딜 만한가 보군. 누가 그런 헛소리나 지껄이라고 했나? 내가 묻는 말에만 대답하란 말이야!"

　청년은 무심한 표정으로 다시 손을 놀리기 시작했고, 강산의 몸에서는 뼈마디 부딪치는 소리가 요란하게 울렸다.

　우두둑!

　두두두둑!

　우두두두둑!


　강산의 온몸은 흠뻑 젖어 있었다. 줄줄 흘러내리는 땀으로 인해 그가 나뒹굴고 있는 바닥 주변까지도 온통 흥건하였다. 사람의 몸에서 그렇게나 많은 땀을 흘릴 수 있을까 싶었다.

　강산의 이마에는 송골송골 맺힌 콩알만 한 땀방울은 연 노란색이었다. 그런데 그것이 이미 젖어버린 피부에서도 쉽게 흘러내리지 않고 방울로 맺혀 있으니, 분명 보통의 땀은 아닌 진액 같은 종류의 것일 터였다.

　한순간 강산은 고통을 넘어서고 있었다. 아무리 울부짖고 애원해도 일말의 자비조차 기대할 수 없는 상황. 그리고 처절을 극한 고통. 그 너머에 있는 것은 바로 포기와 좌절이었다.

이어 믿을 수 없게도 반발이 생겼다. 어느 순간 고통을 비집고 나온 그 반발은 처음에는 미약하고도 힘겨운 것이었다.

'왜? 도대체 내가 뭘 잘못했기에?'

강산은 고통에 겨워하기보다는 차라리 그 미약한 반발에 매달렸다, 필사적으로.

그것이야말로 그에게 있어 고통을 조금이라도 줄일 수 있는 유일한 방법이었다. 그럼으로써 그의 반발은 급격히 증폭되어 갔다. 그때 문득 봉쇄되었던 아혈이 풀렸다.

"흐으으으으!"

강산은 짐승 같은 울부짖음을 토해냈다. 청년이 예의 그 차분한 음색으로 물었다.

"했나?"

강산은 눈알을 굴려 청년을 보았다. 그의 눈빛은 더 이상 공포에 질린 눈빛이 아니었다. 살려달라고 몸부림치는 애원의 눈빛도 아니었다. 증오로 사무친 활활 타오르는 불꽃이었다. 이윽고 강산은 발작적으로 외쳤다.

"그래, 했다! 어쩔래, XX끼야?!"

순간 청년의 눈빛이 이채로움으로 가득 찼다. 연이어 그의 눈빛에는 기이한 웃음기가 녹아들었다. 청년이 담담하게 웃는 빛으로,

"재미있군!"

하더니 이내 눈빛을 차갑게 만들었다.

"또한 고맙군. 덕분에 처음으로 욕을 들어보았어. 호호호! 하면 보답을 해주어야겠지? 좋아! 널 살려주지! 본래는 떠나기 전에 너의 목숨을 끊어놓으려는 생각이었지만, 일단은 유보하는 것으로 해주지. 아아! 그리 못 믿겠다는 눈빛을 할 건 없어. 분명히 널 살려둔 채로 이 방을 나갈 것이고, 다시 돌아오지도 않을 것이고, 또한 다른 누구를 이 방으로 보내지도 않을 테니까 말이야."

순간 강산의 눈빛이 어쩔 수 없이 흔들렸다. 그것을 보고 청년의 눈이 하얗게 웃었다. 그리고 다시 이어지는 청년의 목소리에서는 지금껏 없었던 기묘한 열기가 녹아 있었다.

"대신 말이야, 자세하게 말해줘야 해. 했다고 했지? 그래, 어떻게 했나? 앞으로? 뒤로? 옆으로도 했나? 기분은 어땠나? 자세히 하나도 빼놓지 말고 자세히 말해줘."

그때 지켜보던 방립노인의 기색이 확연히 무거워졌다. 그러나 그는 청년의 이런 모습에 대해 이미 익숙한 듯이 슬며시 한쪽 벽면으로 시선을 돌려 버렸다. 그리고 그는 이내 무심해졌다. 마치 자신은 지금 방 안에서 벌어지고 있는 광경과 전혀 무관하다는 듯이.


강산은 최대한 자세히 얘기했다. 아니, 최대한 과장했다. 그 자신은 막상 한 번도 해보지 못했지만 그동안 숱하게 들어

왔던, 그리고 춘화 따위를 통해 보았던 숱한 체위들에 대해 상상력까지 덧붙여 실감나게 묘사했다.

그중에는 만약 청년이 그런 쪽에 대해 해박했더라면 금방 그것이 가능하지 않다는 것을 알아챌 수 있을 기기묘묘한 상상의 체위에 대한 것도 있었다. 또한 하룻밤 새에 다 했다고 하기에는 도무지 믿지 못할, 다양하고도 초인적인 체력을 요하는 행위들에 관한 것도 있었다.

청년은 점차 강산의 말에 빠져들고 있었다. 그의 눈빛은 기이하게 번들거리고 있었다.


'더러운 변태X끼!'

강산은 지금 결코 청년에 대해 굴종이나 애원을 하기 위해 그런 따위의 성도착적인 말들을 꾸며내고 있는 것은 아니었다. 그는 다만 그가 할 수 있는 최대한의 복수를 하고 있었다. 또한 청년에 대해 최대한의 저주를 퍼붓고 있는 것이었다.

이미 청년의 비정상적인 면모를 볼 만큼 본 다음이었다. 그러니 그가 아무리 애원하고 비위를 맞춘다고 해도 그에 대한 청년의 처분이 달라지지는 않으리라는 사실을 짐작하는 것은 그다지 어렵지 않았다.


어느 순간 청년의 눈빛에 주체하기 어려운 흥분이 서렸다. 점차로 호흡이 거칠어지더니 이윽고는 그의 한 손이 허리춤

안으로 들어갔다.

　"음!"

　"으음!"

　청년의 입을 비집고 가느다란 신음이 새어 나왔다. 쾌락의 뒷자락을 숨 가쁘게 쫓아가는 신음 소리였다.

　방립노인은 차라리 청년을 등지고 벽을 향해 뒤돌아 서 있었다. 그리고 잠시 후,

　"헉!"

　짧고도 급한 숨을 뱉으며 청년은 부르르 온몸을 떨었다. 그리고 찰나간의 쾌락이 사라지고 난 뒤, 청년의 눈빛에는 한 가닥 짙은 수치심이 떠올랐다.

　하필이면 그때 청년은 강산과 눈빛을 마주쳤다. 강산의 눈빛이 진득하니 웃고 있었다. 순간 청년의 두 눈이 활활 타올랐다. 지독한 분노였다. 그러나 다음 순간 청년은 타오르는 눈빛 그대로인 채 차분하게 가라앉은 목소리를 뱉었다.

　"좋아!"

　그리고 청년은 곧바로 손을 뻗어 강산의 맥문을 움켜잡았다.

　순간 강산은 흠칫 온몸을 떨고 말았다. 맥문을 통해 한 가닥의 기이한 기운이 흘러들고 있었다. 그러나 강산은 이내 두 눈을 감고 말았다. 이제부터 그가 당해야 할 참혹함이 어떤 것이든지 간에 그로서는 저항할 방법이 조금도 없었다. 그때

청년이 비릿하게 웃으며,

"흐흐흐! 사실 너는 이 순간에 대해 영광스러워해야 마땅하다. 지금 너에게 베풀어지고 있는 것이야말로 이전에도 없었고, 앞으로도 없을 전무후무 고금 최고의 신공이니 말이다."

하고 말하였다. 그때 방립노인이 급하게 청년을 불렀다.

"공자!"

노인의 짧은 부름 속에는 청년에게 더 이상 자세한 말을 하지 말 것을 주지시키는 의미가 강했다. 그러나 청년은 개의치 않는다는 듯이,

"괜찮습니다. 어차피 죽을 놈 아닙니까? 더욱이 인간 세상에 다시없을 지극의 고통을 겪다 죽을 불쌍한 목숨인데 마지막으로 자신이 어떻게 죽을지에 대해 약간의 설명 정도는 해 주는 것이 최소한의 도리가 아니겠습니까?"

하고 여전히 웃는 얼굴로 말하였다. 노인의 눈빛이 더욱 무거워졌다. 그러나 그는 더 이상 청년을 말릴 기색을 보이지는 못했다. 그때 청년이 강산의 맥문으로부터 손을 떼며,

"이제부터 너는 지상 최고의 고통을 맛보게 될 것인데, 아마도 그 고통은 앞으로 대략 이삼 일 동안 계속될 것이다. 흐흐흐! 그 고통에 대해 말하자면, 한마디로 지옥의 고통이 될 것이다. 차라리 죽고자 하나 마음대로 죽지조차 못하는 그런 처절한 고통 말이다. 그리고 일단 이 수법이 발동이 된 이상,

천하의 그 누구도 네 고통을 멈추게 하거나, 혹은 조금도 덜어주지 못할 것이다. 설령 수법을 베푼 나 자신이라고 해도 그것은 마찬가지이다. 그리고 이삼 일의 고통 뒤 마침내 너의 전신 혈맥은 산산이 파열될 것이다. 전신의 일곱 구멍 모두로 줄줄이 피를 토하게 되겠지. 후후! 쉽게 말해 피X 싸고 뒈진다는 말이다. 네가 더욱 억울해야 할 것은 네 주검을 보고도 아무도 네가 왜 그 같은 처참한 형상으로 죽어야만 했는지 짐작조차 하지 못할 것이란 사실이다."

말하고는 다시 그 말끝에다,

"흐흐흐!"

하고 잔인한 음소를 달았다.

강산은 공포를 보이기보다는 차라리 입가에다 희미한 웃음기를 만들었다. 허탈한 미소였다. 그것이 그가 할 수 있는 유일한 저항이었다. 그리고 바로 그 순간,

"끄윽!"

강산은 발작적으로 신음을 토하고 말았다. 갑작스레 극통이 찾아온 것이다. 청년이 말한 그 지옥의 고통이 마침내 시작된 것이리라. 온몸이 마구 뒤틀리기 시작했다. 입이 비틀리고 혀가 말려들어 가려 하였다. 더 늦기 전에 강산은 외쳤다.

"개XX! 지옥에 가서도 네놈을 저주할 것이다! 귀신이 되어서라도 반드시 복수하고야 말 것이다."

청년이 가볍게 손가락을 튕겼다. 강산의 아혈을 짚어버린

것이다. 이어 청년은 마치 지금까지의 그와는 전혀 다른 사람
이라도 된 듯이 단정한 기색으로 돌변하더니,

　"서둘러야겠습니다. 생각 외의 일로 많이 지체하였으니 자
칫 배편을 놓칠 수도 있겠습니다."

　하고 차분한 음색으로 노인에게 말하는 것이었다. 그리고
청년은 조금의 주저함도 없이 앞장서서 방을 나섰다.

　뒤에 남은 노인이 가만히 고개를 가로저었다. 그러나 노인
또한 곧바로 청년을 뒤따라 방을 나갔다.

　닫힌 방문 틈으로 희미한 신음 소리가 새어 나왔다.

　"끄으으!"

　"흐으으으!"

　"끄으으으으!"

　처절을 극한 그 소리는 기진맥진하여 마지막 발버둥을 치
는 짐승의 울부짖음과 같았다.

# 八
## 주문(呪文)

### 1

강산은 서서히 깨어났다. 눈을 뜨고 난 뒤에도 잠시간 그의 의식은 마치 그의 몸뚱이를 벗어나 있는 것 같았다. 그러나 이내 확연해지는 것은 그가 살아 있다는 사실이었다.

얼마나 오랫동안 그 지옥 같은 고통에 시달렸는지는 알 수 없었다. 그는 마지막까지 기절하지 않았다. 아니, 기절하지 못했다. 그에게 가해진 고통이 너무도 지독하고 끔찍하였기에.

그 처절한 고통은 어느 순간 마치 거짓말처럼 스르르 사라졌다. 그리고 그 순간 그는 그대로 죽음과도 같은 깊은 잠에 빠져들고 말았던 것 같았다. 아니, 고통에 울부짖던 내내 차라리 죽게 해달라고 그가 아는 모든 신들에게 애원하였기에, 그때 그는 그것이 정말로 죽음인 줄로만 알았다.

그러나 그는 지금 다시 깨어났다. 그는 여전히 살아 있는 것이다. 그 분명한 증거는 우선 냄새였다. 지독히도 고약한 냄새. 그러고 보니 방바닥과 이불은 온통 오물과 배변투성이었다. 그가 토하고 싸놓은 것일 터이다.

"X팔!"

이유도 없이, 누구를 향한 것도 아닌, 그냥 욕이 뱉어졌다. 그리고,

"크흐흐흐!"

뒤이어 그는 툴툴거리며 웃었다.

살아 있다는 희열은 아니었다. 차라리 허무였다. 끝없는 고통과 공포, 절망과 처절한 울분이 지나가고 난 다음의 허탈감. 그런 허무.

"으흐흐흐흐!"

웃고 싶지 않았다. 그런데도 웃음은 멈추지 않았다. 두 눈에서 흘러내린 눈물은 이미 그의 가슴까지 흠뻑 적셔놓고 있었다. 눈물 속의 웃음이었다.

그가 당장에 할 수 있는 일은 아무것도 없었다. 그저 웃다가, 울다가, 또 멍하니 있다가 하기를 되풀이하는 것 외엔. 그렇게 그는 그냥 방바닥에 나뒹군 채로 있었다.

그가 겨우 몸을 추슬러 볼 생각을 하게 된 것은 대략 반나

절쯤이나 더 지나고 나서였다. 몸은 의외로 큰 무리 없이 움직여 주었다. 그러나 그런 것 따위는 그에게 그다지 특별하다는 감을 주지 못했다. 그가 이미 겪은 것들에 비하자면.

방문을 열었다. 저녁이었다. 그러나 그때로부터 며칠이나 지난 저녁인지는 알 수 없었다.

강산은 방 밖으로 나섰다. 우물에서 한 바가지의 물을 퍼 올렸다. 그리고 손을 담그는 순간,

부르르!

그는 모질게도 진저리를 치고 말았다. 차가운 기운이 전신의 뼈마디를 시리게 만들었다. 온몸에서 소름이 돋았다. 그것은 다만 그가 매일 아침 행하는 아주 익숙한 차가움일 뿐이었지만, 지금 그에게 그것은 고통이었다. 아니, 그것 자체는 고통이 아니었음에도 그의 내면에 새롭게 자리 잡은 지독히도 어둡고 뿌리 깊은 공포가 만들어내는 반사적인 고통이었다.

"흐으으으!"

고통에 진저리치며, 이 악물고 비명과 울음을 삼키며 강산은 얼굴을 씻었다. 천천히, 고통스럽게.

다시 방으로 돌아온 강산은 대충 주변을 치우고 난 다음 동경 앞에 앉았다. 그리고 찬찬히 얼굴을 살폈다. 그리고 웃옷을 벗고 몸을 살폈다. 얼굴과 몸 곳곳에 터지고 멍든 자국이 남아 있었다.

그러나 그건 강산이 겪었던 고통의 진짜 흔적은 아니었다.

그 짝눈의 중년 사내에게 맞은 자국인 것이다. 정작 그를 지옥으로 몰아넣었던 청년의 고문 흔적은 조금도 남아 있지 않았다. 적어도 겉으로는.

강산은 본래 그런 습관이 있기라도 했던 것처럼 욕을 앞세우며,

"에이! X팔! 그놈의 총각딱지 한번 비싸게 뗐네!"

하고는 다시 입이 쭉 찢어지도록 억지웃음을 만들었다. 그러자 그의 두 뺨 위로 뜨뜻한 것이 흘러내렸다. 눈물이었다.

"니미! 웃는데 왜 자꾸 눈물이 나오나? 지랄맞게스리!"

강산의 혼잣말이 괜스레 공허했다.

2

"허! 무단결근에다 행색을 보아하니 술 자시고 쌈질까지 하신 것 같은데? 거참! 이런 거 저런 거 아실 건 다 아실 만한 양반이 참⋯⋯. 아무리 선배님이라도 이렇게까지 막 나가시면 저로서도 상당히 곤란해집니다?"

사흘 만에 출근한 강산을 장(張) 행두(行頭)는 오늘 아주 노골적으로 깼다.

뒤이어 강산은 그 윗선의 조(曺) 행장(行長)에게 다시 한 번을 더 깨져야 했다. 아주 박살 수준으로.

그러나 강산은 내내 고개를 숙인 채,

'처분만 바랍니다!'

하고 조신(操身)하게만 있었다.

사실은 상사의 질책에 대해 당연히 있어야 할 미안하단 생각도, 섭섭하단 생각도, 혹은 그 꾸지람이 야기할 평가상의 불익에 대한 걱정도 그저 무덤덤하게 여겨질 뿐이었다.

그런 강산의 무덤덤함에 대해 조(曺) 행장은 한참이나 더 잔소리를 한 다음 절레절레 고개를 젓고 말았다.

퇴근 후 저녁.

강산은 골목 하나 건너에 있는 주인집을 찾았다. 급한 사정으로 이사를 해야겠다고 말하기 위해서였다.

지난달 월세를 내고 아직 열흘이 채 지나지 않았지만, 그것에 대해 그냥 한 달로 셈을 쳐주겠다고 하자 주인은 별 이의를 달지 않았다.

옮길 짐이래야 봇짐 하나로 충분했기에 미룰 것 없이 강산이 그날 밤으로 상단 내 독신자 숙소로 이사를 했다. 독신자 숙소란, 타지(他地) 출신 독신자들의 거주 편의를 위해 상단에서 실비로 숙소와 식사를 제공하는 숙소였다.

사실은 일 년여 전까지만 해도 강산 역시 줄곧 그곳에서 지내다가, 매일의 그날이 또 어제의 그날 같은 지독히도 단조롭고도 권태로운 일상에 조금이라도 변화를 꾀해보겠다는 시도로 바깥으로 이사를 했던 터다.

　강산이 독신자 숙소를 담당하는 행장과 오랜 안면이 있거니와 마침 빈자리가 생긴 참이기도 해서 그가 다시 숙소로 들어가는 데는 별문제가 없었다.

　강산의 일상은 다시 흘러갔다. 지난 이십 년간 상단에서의 수많은 나날들이 그렇게 흘러갔던 것처럼. 출근. 퇴근. 출근. 퇴근. 출근. 퇴근…….

　굳이 특이하달 거리를 짚어낸다면, 상단의 구조 조정에 관한 얘기가 점차로 제법 실감나게 돌고 있다는 정도랄까. 이전과는 사뭇 강도가 다를 것이란 소문이었다. 단위 부처별로 최소한 한두 명씩은 강제로 할당할 것이라나.

　그러나 강산은 그저 무덤덤하기만 했다. 전처럼 말단인 자신과는 무관할 것이라는 따위의 계산 때문은 아니었다. 굳이 이유라면, 이제 그의 남은 인생에서 그가 새롭게 맛볼 놀라움이나 두려움은 더 이상 없을 것이라는 생각 때문이었다. 그는 이미 극단의 놀람과 두려움을 겪어보았거니와 그 어둡고도 공포스러운 기억은 그의 내면 깊숙한 곳에 시커먼 심연(深淵)처럼 자리 잡고 있었으므로.

3

다시 어느 퇴근 후 저녁.

강산은 서호변의 한 주루에 있었다. 여기저기서 있는 대로 목청을 틔운 소리들로 왁자지껄한 싸구려 주루. 바로 잔설주루(殘雪酒樓)였다.

"화주(火酒) 한 병 주시오! 큰 병으로!"

"안주는?"

"아무거나 적당한 걸로!"

주문하고 얼마 지나지 않아 술과 안주가 나왔다. 강산이 안주에는 손도 대지 않은 채 연거푸 몇 잔을 들이켰다. 마치 소갈(消渴) 들린 사람처럼.

이삼 일 전부터 강산은 한동안 잠잠하던 가려움증에 다시 시달리고 있는 중이었다. 피가 나도록 긁어도 시원해지지 않는 피부 아래 몸 깊숙한 곳에서 피어나는 그 지독하고도 고약한 가려움 말이다.


"젊은이! 합석 좀 해도 되겠소?"

옆에서 누군가 그렇게 말한 것은 강산이 대략 화주 반 병 정도를 비웠을 때였다.

백발의 노인이었다. 중키에 몹시도 야윈 몸매인데, 비렁뱅이를 겨우 면했다 싶을 정도로 그 행색이 남루했다.

노인은 손가락으로 강산이 차지하고 앉은 탁자의 맞은편 빈자리를 가리키고 있었다. 강산이 설핏 주위를 둘러보니, 그

가 들어올 때는 그래도 서너 개 정도 비어 있던 내부가 어느
새 주객들로 가득 차 있었다.

솔직히 강산은 내키지 않았다. 반병 너머 마신 화주에 이미
얼큰하게 취기가 오르고 있거니와 몇 잔 더 마시고 나서는 혹
시,

'에이, X팔!'

하고 요즘 들어 아주 입에 배어버린 욕을 뱉게 될지도 몰랐
다. 혹은,

'개X끼! 죽여 버린다!'

하고 고래고래 고함을 내지를지도 몰랐다. 기분이 그랬다.
사실은 그가 굳이 이 싸구려 주루를 다시 찾아온 것은 반드시
그래볼 작정을 마음에다 품고서였는지도 몰랐다.

그러나 아무리 취한다 해도 바로 앞자리에 사람을 마주하
고서, 그것도 백발이 성성한 노인을 두고서는 차마 그런 패악
까지는 치지 못할 일이니.

'뭐 트집 잡을 거리가 없을까?'

하고 강산은 새삼 노인의 모습을 뜯어보았다.

젊어서는 반듯반듯 날이 섰을지 몰라도, 지금은 그저 둥글
둥글 밋밋한 윤곽의 오관(五官). 어디에서든 흔히 볼 수 있는
평범하기 짝이 없는 노인이었다. 수염은 아예 없었고, 백발처
럼 역시나 하얗게 센 눈썹이 귀 부근까지 길게 뻗었다. 그런
데 그런 형상의 눈썹은 흔히 볼 수 없는 것이어서, 노인의 평

범하기 짝이 없는 모습 중에서는 유일하게 자못 인상적으로
보이는 데가 있었다. 그러다 문득 강산은,

　'아!'

하고 내심의 놀란 탄성을 흘리고 말았다. 언뜻 보아서는 잘
보이지 않는 것인데, 트집 잡고자 뜯어보다 보니 문득 보이는
것이 있었다. 주름이었다.

　'자글자글하다!'

는 말로는 태부족이다. 모르긴 모르되 노인은 세상에서 가
장 주름이 많은 사람일 것 같았다. 굵은 것은 하나도 없이 모
두가 아주 가늘디가는, 그야말로 실주름인데 얼굴은 물론이
고 목과 손 할 것 없이 밖으로 드러난 피부가 숫제 그런 실주
름으로만 이루어진 것 같았다.

　다시 보니 노인의 나이를 짐작해 보는 일은 어림짐작으로
도 쉽지가 않았다. 눈이 마주치면 어색한 빛도 없이 입을 벌
리고 웃는데, 그럴 때 보면 이가 숫제 하나도 없이 벌건 잇몸
뿐이다. 그런데도 볼이며 입 주변의 윤곽이 아주 허물어지지
않은 걸 보면 죽을 날 받아놓은 정도는 또 아닌 듯하였다.

　그럼으로써 차마 어떤 트집을 잡기가 어렵게 되어버린 강
산이,

　'제기랄! 하는 수 없군!'

하고 마침내 포기하지 않을 수 없게 된 것은 마침 다가온
점소이 때문이었다. 점소이는 강산을 향해 능청스러운 웃음

을 보인 뒤,

"술 드릴깝쇼?"

하고 노인에게 주문할 것을 요구했다. 노인은 마치 그것으로써 자신이 구해야 할 양해를 모두 받은 것으로 받아들이는 듯했다. 슬그머니 의자에다 엉덩이를 붙이고 앉더니,

"화주 젤루 작은 거 하나!"

하고 태연스럽게 주문을 내는 것이었다. 점소이가 다시,

"안주는 뭘로 올릴깝쇼?"

하자 노인은 짐짓 못마땅하다는 듯이 얼굴을 찡그려 보이며,

"쯧! 노부는 본래 술 마실 때 안주를 안 먹는데……."

하며 슬쩍 눈치를 보는 기색이었다. 점소이가 영악하게 생글생글 웃으며,

"아이구! 저희들도 먹고살아얍지요. 술이야 이문 없이 나가는 것이고, 그나마 안주에서 남는 걸로 겨우겨우 가게 문 안 닫고 장사하는 형편입지요."

한다. 노인이 잠깐 망설이는 체하다가는 마지못한 듯이,

"쩝! 그럼 말이지… 소채(蔬菜) 무침으로……."

하는데 미처 말을 맺기도 전에 점소이가,

"옙!"

하고는 돌아서서 횅하니 주방 쪽으로 갔다. 그 등 뒤에다 대고 노인이 얼른 덧붙였다.

"젤루 작은 접시로!"

강산과 노인은 서로 상관하지 않고 각자의 술만 마시는 중이었다. 강산이 곁눈질로 노인이 하는 양을 보니, 급하지 않게 홀짝홀짝 술을 마시는 품이 마치 격조라도 차리는 체 보여서,

'화주란 게 본디 단숨에 툭 털어 넣는 다음 입안과 목구멍을 화끈하게 태우며 넘어가는 그 맛으로 마시는 건데……'

하고는 괜한 참견을 내심 해보았다. 그러나 노인은 강산이 속으로야 무슨 참견을 하든 말든 지그시 두 눈까지 감고서 천천히, 아주 천천히 음미하듯이 술잔만 기울이고 있었다. 그 모습이 마치 일부러 강산 보란 듯이, 혹은 노인 자신만이 아는 싸구려 화주의 또 다른 음주법이 있노라 하고 은근한 유세를 하는 듯이 보이기도 했다.

또 노인이 안주를 씹을 때는 그다지 우물거리는 표시도 없이 쉽게 쉽게 삼켰다. 그걸 보면서 강산은 이 없으면 잇몸으로 산다는 세상 이치를 오늘 제대로 보고 있는 듯했다.

한편 강산은 온통 자글자글한 잔주름으로 뒤덮이다시피 한 노인의 얼굴과 손등을 새삼 보며, 문득 노인의 신세 또한 자신과 마찬가지로 참으로 고단해 보인다는 생각이 들어,

'아아! 산다는 것은 대체 뭘까? 옛 성현께서 말씀하시기를, 생명은 그 어떤 경우에도 생명 자체로 존엄하다고 했다지만

저 노인처럼 저렇게, 혹은 나처럼 이렇게 사는 것도 과연 존
엄하다고 할 수 있는 것일까? 차라리 스스로 생을 마감시키는
것이 인간으로서, 생명으로서 최소한의 존엄성을 지키는 것
은 아닐까?
　하는 우울한 심정이 되고 말았다.
　그런데 그렇게 우울해지던 중 어느 순간 예기치 못하게도
강산의 심정은 갑자기 격렬한 분노로 바뀌었다. 그 때문인지
잠깐 수그러졌다 싶던 가려움증이 돌연 다시 극성을 부리기
시작했다. 그때였다.
　"허! 자네는 어쩌다가 그렇게 되었나?"
　천천히 화주 잔을 기울이던 노인이 부득요령(不得要領)의
한마디를 툭 던지는 것이었다.
　강산이 그때의 제 얼굴이 자못 험악해 보일 정도로 일그러
져 있는 것은 미처 생각지 못하고, 찡그린 중에도 다시 힐끗
노인을 흘겨보았다. 그런데 노인은 처음의 인상과는 의외다
싶게 수수한 입담으로 다시 얘기를 풀어나갔다.
　"어허! 자네 안색을 가만히 보아하니 아마도 근래에 무슨
큰일을 겪은 것 같은데……?"
　짐짓 탄식까지 섞어 하는 노인의 말에 강산이,
　'꽤나 오지랖이 넓은 노인네로군!'
　생각하면서도 문득 약간의 호기심은 생기는 것이었다.
　딴은 그랬다. 벼락을 두 방이나 잇달아 맞았고, 난데없는

횡재(?)를 하였고, 연이어 지옥의 고통을 맛보기까지 했으니,
천하에 그보다 더 큰일을 겪어본 사람이 또 있을 것인가. 물
론,

'이현령비현령(耳懸鈴鼻懸鈴)이라. 귀에 걸면 귀걸이, 코에
걸면 코걸이.'

라고 노인이야 그저 한마디 툭 던져 놓고서 눈치를 보겠다
는 요량임에 분명했다. 그러나 어쨌든 노인의 말이 맞기는 맞
는 것이다.

'돌팔이 관상쟁인가?'

하면서도 강산은 어차피 마주 앉은 처지에 어색함도 벗고,
또 그때쯤에는 가려움에 아주 몸이 배배 꼬이는 지경이라 잠
시 신경을 다른 데로 돌려보자 하는 심산으로,

"참 용하십니다. 사실은 제가 지난해까지 들 삼재, 누울 삼
재, 날 삼재까지 삼재(三災)도 무사히 넘긴 터에 요즘 들어 왜
이리 인생이 팍팍하고 고달파지는지 모르겠습니다."

하며 들은풍월에 짐짓 한탄까지 풀어가며 노인의 말에 관
심이 쏠리는 체를 하였다.

노인이 대번에 반색을 하였다.

"어디 이쪽으로 좀 와보게."

"예?"

"아! 내 옆자리로 와 앉으란 말일세. 그래야 맥이라도 한번
짚어볼 게 아닌가?"

그에 강산이,

'허! 이제는 돌팔이 의원 행세까지 할 셈인가?'

내심 실소를 참지 못하면서도 기왕에 시작한 짓이라 못이긴 체 일어나 노인의 옆자리로 옮겨 앉았다. 노인이 제법 권위있는 체를 하며,

"손!"

하기에 강산이 슬쩍 손목을 맡겼다. 그런데 노인은 잡아보겠다던 맥은 잡지 않고서 마치 죽을 날 받아놓은 뒷방 늙은이가 회춘하려고 들인 어린 계집종 다루듯이 슬금슬금 강산의 손목이며 팔뚝이며 어깨까지를 가볍게 어루만지는 것이었다.

강산이 좋은 기분일 리는 만무했다. 그러나 노인이 어디까지 하나 잠시 참아보자 하고 있는데,

"쯧쯧쯧!"

강산의 팔 어루만지기를 그만두며 노인이 가볍게 혀를 찼다. 그에 강산이,

"무엇이 많이 안 좋습니까?"

하고 짐짓 긴장하는 체했다. 노인이 다시 탄식하며 참으로 안되었다는 듯이 말했다.

"허! 얼굴은 이제 삼십 즈음이나 되어 보이는데 뼈와 근육은 노쇠하였고 기는 쇠퇴하여 오륙십은 족히 되었구나. 어쩌다 이리되었누? 어찌 이리 게을리 살았누?"

강산이 그 말을 곧이곧대로 들을 까닭은 없었다. 듣기에 좋을 리도 없었다. 그러나 한편으로 아주 인정하지 않을 수도 없는 말이기도 해서, 그만 저도 모르게 민망한 입맛을 다시고 말았다.

"쩝!"

그때였다. 새롭게 무슨 특별한 것이라도 발견했다는 듯이 노인이 표정을 기묘하게 만들었다. 그러더니 덥석 강산의 손목을 잡아 맥을 짚는 것이었다. 그리고는 차분히 맥을 살피는 기색도 없이 이내 놀라운 듯이 탄식하며 말했다.

"허! 참으로 기이하다, 기이해! 어찌 산 사람의 기혈이 이럴 수 있다는 말인가?"

강산이 듣고 보니 노인의 그 말이 또한 불쾌하기가 좀 전이나 마찬가지였다. 해서 강산이,

"영감님도 참! 무슨 말씀을 그렇게 하십니까? 산 사람의 기혈이 아니면 그럼 제가 죽은 사람이라는 말씀입니까?"

불퉁하니 따지듯이 하였다. 그러나 그때 노인은 더욱 진중한 듯이 표정을 지으며 답했다.

"허허! 그러니 기이하다는 것이 아닌가? 자네의 맥을 살펴볼 것 같으면 몸 안의 기(氣)란 기는 산산이 흩어져서 전신 구석구석의 미세 혈맥 깊숙한 곳으로 숨어버려 그 자취조차 찾기 어려운 지경일세. 그런 고로 산 사람에게는 의당 있어야 할 생기가 거의 드러나지 않고 있으니 기실 죽은 몸이나 별반

다를 것이 없다고 할 것이야. 그런데도 이리 멀쩡히 술도 마시고 말도 하고 있는 걸 보면… 허허! 이 늙은이는 그저 놀랍고 신기할 따름이네."

강산의 이맛살이 절로 찌푸렸다. 노인의 기색이 진중한 것을 보니 뭔가 그럴듯한 게 있나 싶기도 했다. 그러나 반면에,

'이 망할 놈의 영감이? 처지가 안됐다 싶어 잠시 유치한 수작을 좀 받아주었더니 아주 사람을 가지고 놀려고 해?

하고 괘씸한 마음도 들었다.

그런데 그때 노인은 더욱 심각한 기색이 되며,

"이대로라면 자넨 당장 오늘 밤을 넘긴다고 장담할 수가 없겠네."

하고 내친김이라는 건지 아예 한술 더 뜨고 나오는 것이었다.

그런데 사람의 마음이 약하기 이를 데 없는 것이라고, 그런 말까지 듣고 보니 강산은 언뜻 찜찜한 마음이 되기도 하였다.

안 그래도 그 '변태X끼'에게 이삼 일 내로 '피X' 싸고 죽을 거라는 말을 들은 바가 있거니와 이제 또다시 처음 보는 영감에게서 그와 비슷한 말을 들었으니 어찌 아니 그렇겠는가.

그때 노인이 문득 목소리를 낮추며,

"이보게, 내 누구에게도 이런 말은 하지 않기로 진작에 결심한 바가 있네만, 이렇게 만난 것도 인연이라 이제 자네의

처지를 보고는 안타까운 마음을 금하기 어려워 말하고 마는
것인데……."

　하고 말끝을 흐리는 것이었다. 은근히 떠보려는 것일 텐데,
그러나 노인의 그 같은 수작에 대해 강산은 이제쯤 슬슬 관심
이 가시는 중이었다. 그런 눈치를 챈 듯 노인이,

　"사실은 이 늙은이에게 자네의 죽은 몸을 온전히 살려낼
수 있을지도 모를 한 가지 특별한 비방이 있긴 한데… 한번
들어보겠는가?"

　하고 마치 큰 생색이라도 낸다는 듯이 잘라놓았던 뒷말을
슬그머니 이어냈다.

　그런데 그 말을 듣고 강산은 다시금 조금의 관심이 슬쩍 동
하는 것이었다. 금세 요랬다 저랬다 바뀌는 마음이 참으로 간
사스럽다고 할 것이나, 기왕에 노인에게 죽느니 사느니 하는
말까지 들은 판이 아닌가.

　마침 특별한 비방이 있다고 하니 일단 들어봐서 손해 볼 것
이 있겠느냐. 뭐, 딱히 기대를 하는 것은 아니지만, 막상 들어
보니 역시나 시시껄렁한 수작이더라고 해도 그냥 술안주 삼
아 몇 마디 들어봤다고 치면 될 일이었다.

　"뭐, 한번 들어나 보는 것으로 하지요."

　하고 강산은 시큰둥하니 말을 받았다.

　노인은 빙그레 웃으며 반색하는가 싶더니, 이내 슬쩍 미간
을 찌푸렸다.

"그런데 세상에 아주 공짜는 없는 법이 아니겠나? 사실을 말하자면 그 특별한 비방을 완성시키기 위해서 이 늙은이는 근 이백 평생을 꼬박 바쳤다네."

강산은 피식 웃고 말았다. 노인의 말발이 점점 더 빤한 수 작으로 진전되고 있었기 때문이다. 그러나 강산은 역시 기왕 에 시작한 거, 맞추는 데까지 한번 장단을 맞춰보자 하는 기 분이 되어,

"이백이요? 이야! 정말 엄청난 공을 들이셨군요?"

하고 사뭇 과장된 놀라움을 표시하고 나서 다시,

"그래, 제가 얼마나 대가를 쳐드리면 되겠습니까?"

하고 노인의 입맛에 딱 맞을 만하게 말을 이어주었다. 노인 은 별 쑥스러운 내색도 없이 태연히 수작을 이어갔다.

"허허! 공수래공수거라고 하지 않던가? 이제 죽을 날짜를 코앞에 받아둔 처지에 무슨 대가까지를 바라겠나?"

"아직 정정해 보이시는데 어인 말씀이십니까?"

"그냥 해보는 말이 아닐세. 노부의 남은 명운(命運)은 이제 사흘뿐일세."

"에이, 영감님도! 사람이 어찌 자신이 죽을 날짜를 미리 알 수 있답니까?"

"허허허! 노부만큼 지겨울 정도로 오래 살아보게. 그러면 스스로의 명이 다하는 날을 저절로 알게 될 때가 있을 걸세. 흠! 어쨌거나 자네가 굳이 대가를 치르고 싶다면 그저 술이나

한 병 사도록 하게."

강산이 곧바로 크게 소리쳐 점소이를 부른 다음 분주 큰 것 한 병과 돼지 수육 한 접시를 새로 시켰다.

사실 분주라면 평상시 강산 자신도 잘 마시지 못하는 술이었다. 제법 고급에 속하는 술인 때문도 있지만, 그보다는 웬만한 주당이 아니고는 두세 잔이면 나가떨어질 만큼 독주(毒酒)인 때문이었다. 그러니 잠시 기분을 내는 것치고는 과다한 지출이라는 생각이 안 드는 건 아니었지만, 결국은 그 자신이 거의 다 마시게 되리라는 계산도 솔직히 있었다.

주문한 분주와 수육이 나왔다. 강산이 슬쩍 눈치를 보니 노인은 적이 만족해하는 기색이었다.

강산이 먼저 노인에게 한 잔을 가득 따르고 나서 자신의 잔도 채웠다. 술잔 속의 액체는 맑은 가운데 은은하게 불그스름한 빛이 도는 게 역시나 고급스러워 보였다.

술잔을 들어 가볍게 입술을 축인 노인은 짐짓 입안에 감도는 주향(酒香)을 음미한다는 듯 잠시 두 눈을 지그시 감았다 다시 뜨며,

"향이 좋군."

하고 기분 좋은 듯이 말하고는 이어,

"자! 자네가 술을 샀으니 이제는 노부가 자네에게 값을 치를 차례일세."

하며 문득 정색이 되었다.

그때 강산은 분주 한 잔에 기분이 꽤 괜찮아져 있었으므로,
'괜찮으니 그냥 술이나 드시지요.'
하고 말을 하려다가, 노인의 하는 모양이 어쩐지 제법 진지
한 데가 있어 보였기에 잠시 그냥 두고 보기로 하였다. 노인
이 빙그레 웃으며 다시 말을 이었다.

"나의 그 비방이란 바로 삼백육십 가지의 주문(呪文)일세.
삼백육십관(三百六十關)이라고 하지."

다시금 가관으로 빠지는 노인네의 수작에 강산이 가벼이
실소하며 대꾸했다.

"하하하! 참나! 아니, 제가 무슨 귀신에라도 씌었답니까?
난데없이 또 주문은 무슨 주문이랍니까?"

그러다 강산은 문득 흠칫하고 말았다. 노인의 분위기가 다
시 달라져 있었다. 딱히 무어라고 표현하기 어려운 분위기인
데, 아무튼 함부로 대하기는 어려운 분위기였다.

"그리 함부로 말할 게 아닐세. 자네의 몸이 이미 죽은 몸이
나 별반 다를 게 없다고 했던 노부의 말은 있는 그대로의 사
실이거니와 이대로라면 자네는 타고난 명대로 살지 못할 것
이며, 그나마의 일생도 골골거리며 잔병치레하기 바쁠 것이
야. 하니 이 일은 자네가 제 명대로 살 방도를 찾을 수 있는
유일하면서도 마지막의 기회라고 해도 좋아. 물론 이것이 실
제의 기회가 되기 위해서는 자네가 능히 그 삼백육십 가지의
주문을 다 외워야 하는 것이 우선이고, 그런 다음에 다시 어

떤 기이한 조화가 생겨 그중 몇 개의 주문이라도 발동을 해야
만 한다는 참으로 쉽지 않은 전제 조건이 붙는 것이지만 말일
세. 그리고… 이 일은 또한 노부에게도 마지막의 기회가 되는
일일세. 비록 이미 모든 것을 체념한 바지만, 그래도 일생을
매달려 온 일이기에, 이제 우연히 자네의 특별한 처지를 만나
고 보니… 허허허! 한 가닥 희미한 기대로나마 노부가 이 세
상에 살다 간 약간의 흔적이라도 남기고 싶은 욕심이 생기
니… 허허허!"

강산은 얼떨떨해지고 말았다. 노인의 엄숙함이 좀 지나친
것이다.

술은 이미 얼큰한 정도를 지나 제법 취기가 돌고 있었다.
그런 중에 노인이 하는 말들은 도시 생경하기만 하였다. 그러
니 그 말의 태반 이상은 귓전에서 흘러버리고 마는 것이었다.
그것이 조금은 미안하기도 하여서 강산은 일부러 소리 내어
웃으며 짐짓 너스레를 떨었다.

"하하하! 영감님께서는 아마도 소싯적에 경극 배우를 하셨
나 봅니다. 그러니 이처럼 말씀을 재미나고도 실감나게 하실
수 있는 게지요. 그런데 도대체 그 주문이란 게 무엇입니까?
어떤 것이기에 그리도 거창하게 말씀을 하십니까?"

그러나 노인은 여전히 진지하기만 했다.

"아주 특별한 주문이지. 사실 노부는 천하에서 그 주문을
외울 수 있는 사람이 없을 것이라고 아주 포기를 하고 있던

중이었네. 그런데 오늘 자네를 보고서 다시 약간의 희망을 가져 보게 된 것이지."

강산이 다분히 과장된 몸짓으로 손사래를 쳤다.

"어이구! 그 말씀만으로도 영감님은 한참 잘못 찍으신 겁니다. 저란 놈은 절대로 그렇게 머리 좋은 인간이 못되거든요. 본래 문장 같은 걸 외우는 데는 영 소질이 없는데다, 더욱이 무슨 삼백하고도 다시 몇십 가지나 더 되는 주문을 어떻게 다 외운단 말입니까? 에이! 그건 애당초 가능한 얘기가 아니지요!"

노인은 가만히 미소를 떠올렸다. 그 덕분에 노인에게서는 비로소 그 지나치다 싶을 정도의 엄숙함이 조금은 걷히는 듯 보였다. 노인이 다시 차분한 목소리로 입을 열었다.

"그런 것이 아닐세. 만약 머리로 외울 수 있는 주문이었다면 진작에 노부가 외우고 말았지 무엇 하러 천하를 떠돌았겠는가? 노부가 지금은 이래 보여도 옛날 한때는 천하에서 가장 머리가 좋다는 얘기를 들은 적도 있는 사람일세. 더욱이 평생을 바쳐 그 주문들을 만든 장본인이니 왜 그것들을 외워보려고 온갖 노력을 다해보지 않았겠나?"

강산이 이제 벌겋게 오르는 취기 중에도 도시 수긍하지 못하겠다는 표정이 되고 말았다.

"허참, 이거야 원 도대체 무슨 말씀이신지? 아니, 영감님께서 직접 만드신 주문이라면서 막상 영감님이 못 외운다는 건 또 무슨 도깨비 뿔 잡아 뽑는 말씀입니까?"

"허허허! 그것이… 머리가 아니라 몸으로 외우는 주문이기 때문일세. 이를테면 몸에다 주문을 봉인시켜 두는 것이라고 할 수 있지."

강산이 이윽고는 절레절레 고개를 젓고 말았다.

"에이! 됐습니다. 저는 별생각이 없으니 이제 그만하시고 술이나 드시지요."

그러자 노인은 버럭 역정을 내는 것이었다.

"어허! 이 사람 좀 보게? 지금 멀쩡한 사람을 졸지에 몰염치한 사람으로 만들 셈인가?"

"예? 아니, 그건 또 무슨 억지십니까?"

"그렇지 않은가? 자네가 노부를 위해 이런 고급술을 샀는데 어찌 노부에게는 그 대가를 치르지 못하게 하느냐 말일세."

"허!"

"여러 말 할 것 없네. 노부는 절대로 빚을 지고 사는 사람이 아닐세."

노인의 강변(强辯)에 강산은 일시 어이없음을 넘어 당황스럽기까지 하였다. 이러다 자칫 젊은 놈이 힘없는 늙은이 괴롭힌다고 오해받을 수도 있겠다 싶기도 했다. 노인은 금방 자리를 박차고 일어서기라도 할 것 같은 기세였다. 강산은 일단 예봉(銳鋒)을 피하고 볼 셈으로 슬쩍 한발 물러섰다.

“아, 알겠습니다. 예!”

하고 나서 강산이 슬며시 물었다.

“그런데 그 주문을 외운다고 해서 도대체 무엇이 달라진다는 것인지 저는 도통 모르겠습니다.”

강산의 그 말에 노인의 눈가에 잠시 실없는 웃음기가 드리워졌다. 그제야 지금까지 자신이 진지하게 했던 말들에 대해 강산이 그저 건성으로 듣는 시늉만 했을 뿐이란 것을 짐작해 낸 것이다.

“주문을 외우는 것으로야 달라질 것도 없지.”

노인은 조금 노여운 듯이 대충으로 말을 받았다. 강산이 꼬투리를 잡았다는 듯이 바로 이어 물었다.

“그럼 뭐 하러 그런 번거로운 일을 합니까?”

“혹시 아는가? 무슨 일이 생길지.”

서로의 시답잖은 주고받음이 그쯤에 이르자 강산은 슬며시 인상을 그리고 말았다. 그때 노인이 싱겁게 웃으며,

“아아! 주문을 외우는 것만으로는 아무것도 달라지지 않지만, 만약 이후에 외워놓았던 그 주문들이 터지기 시작한다면 그때는 얘기가 또 완전히 달라지지.”

하고 슬쩍 말의 방향을 돌려놓았다. 도시 대중치 못할 그 말에 강산이 다시금 끌려드는 기분으로,

“터져요? 그게 무슨 폭약이라도 됩니까? 터지게?”

하고 톡 쏘아 말하였다. 그러나 노인은 빙그레 웃음기를 떠

올렸다.

"폭약이라면 폭약이지. 그것도 아주 엄청난. 그리고 관(關)이라고 하지 않았던가? 그러니 터지든지 깨지든지 해야만 하는 것이지."

"참나. 뭐, 그건 그렇다고 해두죠. 그런데 그렇다고 해서 또 뭐가 달라지는데요?"

"사실 그 뒤의 일은 나도 잘은 몰라."

"예?"

"아아! 자세히는 모른다는 것이고, 주문이 봉인되면서 어떤 조화로 생성되는 힘이랄까? 기(氣)랄까? 아니면 능력이라고 할까? 뭐, 하여간 그런 것들이 주문이 터지면서, 아니, 관(關)이 돌파되면서 열 배? 백 배? 뭐, 하여간 엄청나게 증폭되는 거지. 그러니 일단 주문을 외워 몸의 각 부분에 삼백육십 개의 관문(關門)이 이루어지고, 그런 다음에 다시 그 관문들이 차례로 돌파되기 시작한다고 하면, 그 순간부터 자네의 몸은 아주 완전하게 새로운 몸으로 개조된다고 보면 되는 것이지."

노인의 말이 이윽고는 벽촌 어느 토담집 뒷방 늙은이가 '옛날 옛날 아주 오랜 옛날, 개호주 담배 피던 시절에…' 로 시작하는 '전설 따라 구만 리' 식의 이야기로 귀결되어 가고 있는 듯하였다. 그런 생각을 하며 강산은 아주 썩 재미있지는 않고 그저 심심한 이 안줏거리에 조금쯤은 더 맞장구를 쳐주어도 괜찮겠다는 마음이 되었다.

"이야! 완전히 새롭게 개조가 돼요? 그래, 개조가 된다고
치면 그때는 또 뭐가 좋아지는데요? 전 무식하게 힘이나 세져
서 천하무적이 되고 어쩌고 하는 건 별로 안 좋아하는데…….
혹시 정력이 그렇게 세진다면 또 몰라도… 흐흐흐흐!"

말끝에 강산은 짐짓 음흉한 웃음소리를 이어 붙였다. 그러
나 노인은 웃지 않고 제법 정색인 채로 능청스레 받아넘겼다.

"정력? 그거야 관문만 제대로 돌파된다면 자네 바람대로
천하무적, 아니, 지금까지 없었고 앞으로도 없을 전무후무의
정력가가 될걸."

그에 강산이 '쭉!' 소리가 제대로 나도록 술잔을 빨아 깨끗
이 비우고는 짐짓 흥이 난다는 듯이 소리를 높였다.

"오호라! 그거 갑자기 확 당기는데요? 하하하! 영감님도
참! 진작에 그렇게 말씀을 하셨어야지요! 그랬다면 번거롭게
이런저런 말씀하실 필요도 없었을 것 아닙니까?"

자고로 남자들의 수다거리로 정력에 관한 것만 한 게 있겠
나? 강산은 이제까지의 노인의 짧지 않은 수작이 엎어치나 메
치나 결국은 술자리의 농지거리요, 안줏거리에 불과하였구나
하고 나름의 결론을 내릴 수 있었다.

그때 노인이 다시 슬그머니 정색을 하며 말했다.

"흠! 그랬던가? 하면 우리가 이제라도 서로의 말이 통했으
니 일단 가볍게 시도를 한번 해보는 것이 어떻겠는가?"

순간 강산은 멈칫하는 기색이 되고 말았다. 그러나 곧 절레

절레 고개를 흔들며,

"허! 이거야 원! 영감님 고집도 참말로 어지간하십니다. 아! 알았습니다, 알았어요. 그래, 그 주문인가 뭔가 그거, 어떻게 하면 되는 겁니까?"

짐짓 항복을 선언하고 말았다. 노인은 대번에 환하게 웃는 얼굴이 되어 술잔을 높이 치켜들며,

"자! 우리 일단은 한잔 쭉 들이켜세!"

하고는 그 독한 술을 정말로 쭉 들이켰다. 그리고 강산이 잔을 비우기를 기다렸다가 다시 느긋하게 덧붙이는 것이었다.

"그냥 간단하네. 자네는 그저 잠시간 나에게 손을 맡기고만 있으면 돼."

그것은 어떤 기운도 아니고 감각도 아닌, 그냥 느낌 같은 것이었다. 맥문을 통해 스며들어 오는 그 한 가닥의 아주 미약하고도 희미한 느낌에 대해서 강산은 그것이 실제의 느낌이 아닌데도 자신이 괜히 어떤 느낌 같은 것이 있다고 착각 내지는 상상하고 있는지도 모르겠다는 생각을 했다.

노인이 두 눈을 지그시 감고 꼼짝도 않은 채 강산의 맥문을 잡고 있은 지는 어느덧 일각여가 넘어가고 있었기에 강산이 벌써 아까부터,

'이거, 내가 지금 무슨 엉뚱한 짓에 장단을 맞추고 있는

건가?

하는 회의가 생기는 중이었다. 지겹기도 하였다.

그러나 강산은 이리저리 어깨와 허리를 슬쩍슬쩍 비틀기도 하고 오른손으로는 술잔도 홀짝이고 하면서도, 노인에게 잡힌 왼손만큼은 그대로 고이 맡겨두고 있는 중이었다. 괜히 손을 뺐다가는 또 한바탕의 귀찮은 시비를 감수해야 할 것이 뻔했으므로.

'이러다 제풀에 지치겠지.'

하며 강산은 아예 왼손이 없는 양했다. 그리고 오른손만으로 술잔을 비우고, 따르고, 멍하니 있다가 다시 술잔을 비우고 하기를 계속하였다.

그러는 중에 강산의 생각 또한 허무한 공전(空轉)을 수도 없이 하고 있었다. 스스로의 처지에 대해 생각하고, 화가 나고, 우울해지고, 자포자기에 빠지고, 다시 스스로의 처지에 대해 생각해 보고, 역시나 화가 나고, 우울해지고, 자포자기에 빠지고…….

문득 술병이 가벼웠다. 강산이 언뜻 정신을 추스르고 보니 술병이 거의 밑바닥에서 찰랑거리고 있었다. 혼자서 홀짝거리는 중에 어느새 그리된 것이다. 문득 취기가 확 돌았다. 자신도 모르는 새 얼큰하니 올라 있는 취기가 마치 남의 것인 양 낯설었다.

그새 시간이 얼마나 지난 걸까? 주위를 둘러보니 탁자들마

다 가득 찼던 손님들은 거의 다 나가고 두어 개의 탁자에만
취객 몇이 고개를 처박고 있었다. 저쪽 계산대 부근에서 점소
이가 이쪽으로 눈치를 주고 있었다. 그의 눈초리가 샐쭉한 것
으로 보아 느끼지 못하는 새에 아마도 한 시진 이상은 훌쩍
지나가 버린 것 같았다.

강산의 왼 손목은 여전히 노인에게 잡혀 있었다. 노인은 그
의 맥문을 짚은 채로 처음과 조금도 변하지 않은 표정과 자세
로 지그시 두 눈을 감고 있었다. 아니, 노인의 기색은 오히려
처음보다 더욱 진지해져서 아주 엄숙하게까지 보였다.

'노인네가 참 용하기도 하지!'

강산이 내심 탄복할 때였다.

"휴우~!"

하고 노인이 긴 한숨을 내쉬었다. 큰 죄 지은 것도 없이 강
산이 괜히 움찔하고 마는데, 노인이 천천히 두 눈을 떴다.

노인의 얼굴에 갑작스럽게도 지극한 피로가 엿보였다. 그
리고 사뭇 복잡한 감정들이 스쳐 가는 것처럼 보였다. 허탈
함, 다행스러움, 기대, 허무 등등.

문득 강산과 눈길을 마주친 노인이 나직이 소리 내어 웃었
다.

"허허허! 다 되었네!"

강산이 의아한 빛으로,

"예?"

하고 묻자 노인은 다시금 빙그레 웃으며 말했다.

"자네가 마침내 삼백육십 개의 주문을 다 외웠다는 말일세."

그에 강산이 새삼 멍해지는 기분이 되어,

"예? 외우다니요? 언제요? 아니, 제가 대체 뭘 외웠다는 말입니까?"

하고 마치 따지기라도 할 듯하자, 노인은 짐짓 애매하다는 표정을 지어 보이는 것이었다.

"그러게 말일세. 생각해 보니 노부 또한 이상하고도 신기하기 짝이 없는 일이로세. 자네 스스로 말했거니와 노부가 척 보기에도 자네의 머리는 그다지 좋은 편이 아닌 것 같은데, 자네는 도대체 무슨 수로 그 많은 주문을 다 외울 수 있었나?"

그에 강산이 놀림받는 기분이 되어,

"허! 이거야 원!"

하고 잔뜩 이마를 찡그리고 마는데, 노인이 소리 내어 웃으며 덧붙였다.

"허허허! 농담일세, 농담이야! 노부가 미리 말하지 않았나? 이 주문들은 머리가 아니라 몸으로 외우는 것이라고. 그러니 자네는 외우지 못했어도 자네 몸은 이미 외운 것일세. 그리고 자네가 죽지 않는 한 자네 몸은 이 주문들을 영원히 기억할 것이네. 아주 제대로 각인이 되어버렸으니 말일세."

이어 노인은 문득 가볍게 탄식하였다.

"아아! 그러나 참으로 아쉽다고 하지 않을 수 없는 것은, 자네가 그 주문을 외운 처음이자 마지막의 사람이 될 것이라는 점일세. 노부는 이미 살날이 다하였거니와 자네 또한 비록 몸에는 그 주문들이 각인되었으나 막상 그 주문을 알지는 못하니 후인에게 전해줄 방도가 없지 않겠는가."

그러나 노인은 이내 기색을 일변하여 자못 통쾌하다는 듯이,

"하하하하!"

하고 호탕한 대소를 터뜨렸다. 노인이 그 순간만큼은 조금도 늙은이답지 않아 보였다.

그때 노인의 심중에 담긴 심사가 어떠한지는 강산으로서는 짐작할 길이 없었다. 대신 강산은 언뜻 묘한 생각을 하였다. 자신의 몸에 정말로 뭔가 평범하지 않은 일이 일어나지나 않았나 하고. 그러나 그 같은 생각은 언뜻 상상으로 해보는 것일 뿐, 노인이 끝까지 어림없는 수작을 부리고 있다는 생각은 여전히 분명하였다.

강산이 농 삼아 슬그머니 떠본다는 식으로,

"그런데 영감님, 그 주문인가 관문인가 하는 것들이 터지는 데 무슨 수십 년간 뼈를 깎는 노력을 바쳐야 하느니, 혹은 무슨 하늘의 도움을 받아야 하느니 하는 따위의 뻔한 조건들이 따라붙는 건 설마 아니겠지요?"

하고는 짐짓 우스꽝스럽게 콧등을 찡그려 보였다. 그런데 그때 노인의 기색은 좀 전까지와는 또 달라져 있었다. 무덤덤하달까, 아니면 초탈하달까?

"얼마나 걸릴지 노부로서는 짐작조차 할 수 없는 일이지. 하늘의 도움? 허허허! 그런 게 필요할 수도 있겠지. 하지만 그럴 일은 아예 없을 것이라고 생각하는 게 마음이 편할 것이야. 십 중 십 관문은 안 터질 테니까."

"십 중 십이요?"

강산이 짐짓 불만스럽게 말을 받고는 다시,

"그러니까 역시 처음부터 아예 어림없는 수작이었던 셈이로군요?"

하며 노골적으로 투덜거렸다. 사실 강산이 그럴 줄 익히 알고는 있었지만, 그렇다고 티끌만큼이라도 기대를 안 가져 본 것은 또 아니었다. 그러니 괜스레 억울한 느낌이 조금은 들었다.

그러나 그때 노인은 강산의 불경스러움에 대해서는 그다지 상관하지 않는 듯이 혼잣말처럼 다시 말을 꺼내고 있었다.

"그게 되고 안 되고는 무슨 수련으로 되는 것도 아니고 깨달음으로 되는 것도 아니야. 사람의 의지와 노력으로 되는 게 아니란 거지. 만약 된다고 하면 그냥 저절로 되기가 쉬울 것인데, 때가 되고 조건이 맞으면 그냥 관문들이 저 혼자 알아서 터질 테지. 그리고 이미 말한 바 있거니와 노부가 그 주문들을 만들기는 했지만 그것을 외우는 것이 과연 실제로 가능하다는 것조차 지금에야 확인을 한 마당이니 나중에 그 주문의 효능이 과연 노부가 기대하는 대로 무궁무진할지, 혹은 전혀 무용지물일지에 대해서야 이제 곧 한 줌 부토(腐土)로 돌아갈 노부가 어찌 알 것이며, 또한 상관해 무엇 할 것인가?"

노인이 말끝에,

"허허허."

하고 사뭇 허무한 듯이 웃음소리를 달아냈다. 그것을 보고 강산이 또한,

"허허허!"

하고 흉내 내듯 따라 웃고 말았다.

사람의 마음이 참으로 간사하다고, 잠시 전까지만 하더라도 자신에게 그놈의 주문인가 뭔가를 외우게 하지 못해 안달을 하던 노인네가 막상 이제 와서는,

'내 볼일 다 보았으니 이제는 너 알아서 해라!'

하는 식으로 무덤덤하게 태도를 일변하니, 강산은 내심 뭔가 허전해지면서 괜스레 없던 심통이 생기기도 하는 것이었다. 해서 강산이,

"만약에… 만약에 말입니다. 그 열이면 열 안 터질 그 관문이… 정말로 터지기 시작한다면, 딱 깨놓고 말해서 저한테 조금이라도 좋은 일이 정말로 생기기는 생기는 겁니까?"

해놓고 연이어,

"에이! 그 무슨 오래 산다느니 천하제일로 정력이 세진다
느니 하는 실없고도 허무맹랑한 말씀을 다시 하실 것 같으면
아예 말씀을 마시고요."

하고 지레 입막음을 해두었다. 노인은 잠시간 제법 심각한
체를 하더니,

"허허! 주문이 정말로 터치기 시작한다면 말이지?"

하고는 이어 차분차분한 투로 설명을 해나가는 것이었다.


노인이 말하는 대강은 이러했다.

주문들은 강산의 전신 삼백육십 혈에 각각 봉인되어 삼백
육십 개의 관문을 형성했다. 그런데 그것들은 지금 굳게 봉인
되어 있는 상태이므로 그대로는 강산에게 아무런 영향도 미
치지 않을 것이다. 그리고 필경은 강산의 평생 동안 그대로
잠들어 있을 것이다.

그러나 만약에, 정말로 만약에 어떤 특별한 계기가 있어 주
문들의 봉인이 풀리고 관문이 깨진다면 설명할 수 없는 기이
한 작용으로 그 각각의 혈(穴)이 활성화가 될 것이다. 그럼으
로써 하나씩의 관문이 깨질 때마다 강산의 신체 능력은 어떤
식으로든 향상이 될 터인데, 각 관문별로 향상될 신체 능력들
이 어떤 것들이고, 또 그 향상의 정도가 얼마나 될 것인지에
대해서는 사실 너무도 복잡한 가설과 이론이 개재되어 있는
바이고, 그나마 그것들대로 이루어질지도 확신할 수 없는 것

이어서 감히 상세한 정의를 내리기가 어렵다.

어쨌거나 주문들의 봉인이 풀리고 관문들이 깨진다면 그 것은 반드시 미리 정해진 순서에 의해 하나씩 하나씩 차례로 이루어질 터이다. 가장 우선의 순서는 전신 삼십육 대혈(大穴)의 관문들이다. 그 서른여섯 개의 관문이 모두 깨졌을 때를 일관통(一貫通)을 이루었다고 한다.

다음으로는 각 대혈 사이사이에 존재하는 중혈(中穴)들의 관문이 또한 정해진 순서에 의해 차례대로 깨어질 것인데, 그 서른여섯 개의 관문마저 깨졌을 때, 즉 도합 칠십이 개의 관문이 깨졌을 때를 이관통(二貫通)을 이루었다고 한다.

그렇게 전신의 나머지 중혈과 소혈(小穴), 그리고 미세혈(微細穴)에 이르기까지 각기 서른여섯 개씩의 새로운 관문들이 추가로 깨질 때마다 삼관통(三貫通), 사관통(四貫通) 하는 식으로 관통의 경지가 올라간다.

그중 도합 일백팔십 개의 관문이 깨어지는 오관통(五貫通)을 반극오관통(半極五貫通), 이윽고 삼백육십 개의 관문이 완전히 다 깨어지는 십관통(十貫通)을 궁극십관통(窮極十貫通)이라고 특별히 명명한다. 그러나 그 이름들이 특별히 의미하는 바에 대해서는 노인 스스로도 명확하지 않은 바가 남아 있으니 굳이 설명을 남길 바는 아니다.

긴가민가 강산으로서는 도시 알아듣지 못할 말들을 구구

절절이 읊어낸 다음 노인은 문득 허물거리는 웃음소리를 내
며,

"헐헐헐! 뭐, 그냥 그렇다는 것이니 새겨들을 건 없네."

하고 마는 것이었다. 강산이 안 그래도 진지하게 듣지도 않
았으니 그저 노인을 따라서 실실거리며 웃고 말았다.

노인이 문득 갈증이 이는 듯이 술잔을 비우고 나서 다시 술
병을 기울여 따르는데 술병을 완전히 거꾸로 뒤집어도 잔이
채 반이 차지를 않았다.

"쩝!"

노인이 짐짓 소리까지 내어 입맛을 다시는 품이 사뭇 아쉬
운 듯하였다. 그 모습을 보고 있자니 강산은 문득 우스운 생
각이 들었다. 노인의 넉살이 처음만큼은 얄밉지 않은 것이다.

'그새 정이라도 든 건가?'

그러고 보니 그 또한 술 한잔 생각이 더 나기에 강산이 점
소이를 불러 분주 한 병을 더 시켰다. 점소이는 못마땅해하는
중에도 놀라는 기색을 함께 보였다. 하긴 한눈에도 허약체질
인 강산이 혼자서 분주 한 병을 거의 다 비우는 것을 보았는
데, 이제 다시 한 병을 더 달라고 하니 그럴 만도 할 것이다.

강산이 새로 가져온 술병으로 먼저 노인의 잔을 마저 채웠
다. 그리고는 자신의 잔도 채우는데, 채우자마자 곧바로 훌쩍
비워냈다. 담담한 눈길로 지켜보고 있던 노인이 느긋한 어조
로,

"허허! 이 늙은이가 더는 욕심내지 않을 터이니 천천히 마
시게."

하였다. 강산이 피식 웃으며 대꾸하는 대신에 다시 술 한
잔을 따르고는 또 홀짝 비워냈다.


"그러니까… 거 뭡니까? 무슨 바극 어쩌느니 또 무슨 궁극
저쩌느니 하는 것들 말입니다. 에… 그러니까 만약에… 만약
에, 정말로… 만약에 말입니다. 그러니까 제 몸에 새겨진 그
주문들인지 관문들인지가 정말로… 정말로 터진다면 말입니
다… 그게 무슨 서른 몇 개씩이 아니고… 아주 왕창 다 터져
버린다면요오? 그러면 그때는 도대체 뭐가… 어떻게 된다는
겁니까아? 그러니까… 무슨 대단한 일이 생기느냐… 그겁니
다아……."

강산은 이제 완연히 혀가 꼬이고 있었다. 하긴 어느새 또다
시 분주 한 병을 거의 다 비웠으니 그가 아무리 주선(酒仙)의
주량을 가졌다 해도 멀쩡하기는 어려울 일이었다. 그런데 홀
짝홀짝 입술만 적시는 것 같더니 노인 또한 어느새 제법 취기
가 도는 모양이었다. 노인이 몽롱한 눈빛으로 말했다.

"허허허! 그래, 자네 말대로 만약에, 정말로 만약에 말일
세. 그 관문들이 정말로 하나씩 돌파되어서, 이윽고 삼백육십
개의 주문이 모두 다 통(通)한다면……."

순간 노인은 가슴이 벅차오른다는 듯이 길게 탄식하며 말

을 이었다.

"아아! 그런 일이 정말로 현실로 된다면… 그때는… 그때는 뭐라고 할까? 허허허! 혹시 인간 중의 신(神)과 같은 존재가 되지나 않을까?"

강산이 혀 꼬인 소리로,

"신이요?"

하고 반문하고는 연이어 씩 웃으며,

"아, 예! 그렇군요. 그럼 뭐, 됐습니다. 그런 건 또 대충 그렇다 치고, 술이나 한잔 더하시죠."

하며 술병을 잡았다. 노인이 웃으며 술잔을 내밀었다.

"허허허! 그러세! 그렇게 하세! 자네 말이 참으로 옳으이! 그런 건 대충 그렇다 치고, 우리 술이나 한잔 더하세!"

이어 노인은 드물게도 술 한 잔을 단숨에 쭉 비워내더니,

"그냥 이렇게 생각하도록 하게. 어쨌든 자네에게 손해가 될 것은 없다고 말일세. 아무 일도 안 생기면 그냥 없었던 일로 치면 될 터이니 최소한 본전은 되는 셈 아닌가? 안 그런가?"

하며 빙그레 웃었다. 강산이 노인에 뒤이어 술 한 잔을 입 속에 툭 털어 넣고는 짐짓 혼잣말인 것처럼 투덜거렸다.

"참내, 손해고 본전이고 간에… 도대체가… 무슨 셈을 하고 말고 할 건덕지나 있어야지요!"

그리고 다시 술병을 잡아가는 강산의 손이 한 번 헛손질을

했다가 두 번째에야 제대로 잡는 것을 잠시 물끄러미 보고 있다가 노인은 문득 자리를 털고 일어섰다.

"오늘 술 잘 마셨네."

강산이 취한 중에도,

"아니… 잠깐만요, 영감님!"

하며 노인을 붙잡아 앉히고는 이어,

"이봐! 여기!"

하고 점소이를 불러서는 분주 한 병을 더 달라고 했다. 그런 강산을 노인은 가만히 지켜보며 서 있었다. 이윽고 점소이가 분주 한 병을 더 가져오자 강산이 비틀거리는 몸짓으로 그것을 노인에게 건네며,

"영감님, 이거… 가지고 가십시오. 그리고 앞으로도… 가끔씩 술 고프시면… 이곳으로 나오십시오. 저도 말입니다. 외롭고 고단한 신세라… 가끔씩은 여기에 오거든요. 하하하! 그러니… 우리는 또 언젠가… 우연히 만날 때가 있을 것이고… 그러면 또 오늘처럼… 진하게 한잔 걸치는 겁니다. 아! 물론… 술은 제가 살 겁니다. 제가 밥벌이 하러 다니는 곳이 그래도… 꽤나 괜찮은 데거든요. 하하하!"

이제는 완연히 몸을 가누기 어려워하는 강산을 노인은 잠시간 묵묵히 바라보고 서 있었다. 그러다 노인은 문득 빙그레 웃음 지었다. 그 웃음은 노인이 지금까지 지어 보였던 웃음과 그다지 다르지 않았다. 그러나 취기 때문인지 강산은 문득 노

인의 그 웃음이 참으로 온화하고도 편안하다고 느꼈다. 마치 세사에 달관한 위대한 현자의 미소처럼.

"그렇게 함세."

담담하게 그 한마디를 남기고 노인은 탁자를 돌아 휘적휘적 걸어서 주루를 나갔다. 한 번도 뒤돌아보지 않고.

노인의 뒷모습이 보이지 않을 때까지 겨우 버티고 서 있다가 강산은 털썩 다시 자리에 앉았다. 술병을 거꾸로 뒤집으니 딱 알맞게 딱 한 잔의 술이 더 나왔다.

# 九
## 잡조(雜組)


### 1

그 이상한 노인과의 인연은 그걸로 끝이었다. 강산이 그 뒤로도 사나흘 걸러 하루씩은 들르다시피 달을 넘겨 잔설주루 출입을 했으나 노인을 다시 보지는 못했다. 그러는 중에 강산은 차차로 노인을 잊고 있었다. 하긴 그런 일이 아니더라도 강산에게 요즘의 모든 일들은 그저 그러려니 하는 정도일 뿐 어떤 의미를 두기가 어려웠다.

강산이 그 이름도 이상한 '인재육성원(人材育成院)'이란 곳으로 발령을 받은 것은 그야말로 어느 날 갑자기였다. 전날까지만 해도 전혀 짐작도 하지 못하였는데, 아침에 출근하자마자 전출 통보를 받은 것이다.

조이상(曹理祥) 행장(行長)은 사뭇 굳은 얼굴로 이런저런 배경 설명과 행장으로서 지켜주지 못해서 미안하다는 말과 너무 실망하지 말라는 위로와 어쩌면 이것이 오히려 좋은 계기와 기회가 될 수도 있다는 격려까지, 과연 행장을 할 만하다 인정을 아니 하지 없을 정도로 유창하게 긴 말을 했다.

그러나 요약해 보자니,

'어쩔 수 없는 일이니 곱게 인사 명령을 따르라!'

하는 말이었다.

강산은 기꺼이, 아니, 기꺼이까지는 차마 못하였지만 그래도 군말없이 수긍했다. 구구절절 하소연도, 원망도 일절 하지 않았다. 그냥 알겠다고 했고, 간단히 주변에다 인사를 하고는 곧바로 자리를 정리했다.

사해상단 소속이라는, 현재 그가 가진 운명과 인연 중에서는 가장 크고 소중한 가치와 결별할 작정을 세우지 않는 한에는 명령에 순응하는 방법 외엔 다른 수가 없다는 것을 익히 아는 까닭이다.


2


강산이 지금까지 이십여 년간이나 사해상단에 몸담아오면서 신설 조직에 소속되었던 적이 왜 이번이 처음이겠는가. 그러나 이번만큼은 왠지 낯설기만 했다. 그것은 아마도 철저히 낙오되었다는 소외감 때문일 것이다.

인재육성원! 그곳은 바로 상단 내의 각 단위 조직에서 조직에 융합하지 못하거나, 혹은 능력 부족으로 낙인찍혔거나, 혹은 있어봐야 조직에 도움이 되기는커녕 손해가 된다는 부류들을 골라내어 한군데다 모아놓을 목적으로 만들어진 임시 조직이었다.

인재육성원으로 발령받은 인물들은 삼십여 명 정도라고 했다. 그런데 아마도 그중 몇 명 정도가 발령에 불복하여 버티기를 하고 있는 모양으로, 인사 명령이 나고 사흘이 지나도록 인재육성원의 인원 구성은 아직까지 정확하지를 못했다.

그래도 같은 내사부에 속했던 자들은 강산이 대강 면면을 알아볼 만했다. 그러나 외사부와 호부에 속한 자들은 얼굴조차도 모르는 자들이 많았다.

그에 대해 강산은 스스로에 대해 새삼 회의를 가져 보지 않을 수 없었다. 비록 그동안의 상단 생활 중 거의 전부를 내사부의 좁은 집무실 안에만 틀어박혀 있다시피 했고, 또한 항주본단의 전체 인원이 근 칠백오십여 명에 달할 만큼 그 조직이 방대하다고는 해도, 그래도 '강산이 두 번이나 변할 세월'을 지낸 곳인데, 일한 부서가 다르다고 모르는 얼굴들이 그처럼 많다는 것은 결국 그가 그 스스로를 전체 조직으로부터 소외시켜 왔다는 것이나 다를 바 없는 일이었다.

스물다섯의 인원에 대해 임시로 '갑을병정'의 네 개 조가 짜여졌다. 강산은 그중 갑조(甲組)에 배정되었다.

그런데 일부러 그렇게 조정을 한 것인지 갑조에서 내사부 소속은 강산 혼자뿐이었다. 그에 대해 강산은 차라리 잘되었다고 생각했다. 사실 이런 처지가 되어서 아는 얼굴과 부대끼는 것이 서로에게 그리 반가울 일만은 아닐 것이다.

조별로 배정받은 장소를 향해 이동하는 중에 누군가 나직하게 투덜거렸다.

"니미! 갑조 좋아하시네! 따라지 인생들한테 갑(甲)은 무슨 갑이야? 차라리 잡조(雜組)라고 해라!"

그 말에 강산은 생각없이 피식 웃고 말았다.

잡조! 그 절묘하게 비틀린 작명이 참으로 재미있지 않는가. 낙오된 자들, 소외된 자들의 조직인 것이다. 혹은 어떤 중대한 문제를 일으켜 문책을 요하는 자들까지 끼어 있는지도 몰랐다. 어쩌면 일시 대기시켰다가 해고해 버릴 작정인지도.

그러니 그런 자신들과 잡조란 이름은 얼마나 절묘하게 어울리는가? 그리고 생각하기에 따라서는 제법 묘한 재미를 붙여볼 수가 있겠다 싶은 또 한 가지가 있었다. 바로 조(組)라는 조직 단위였다.

　사해상단의 조직 체계는 아래로부터 두(頭), 장(長), 수(首), 단(團)으로 이루어진다. 즉 행두(行頭)가 행원 열을 거느리고, 다시 행장(行長)이 행두 다섯을 거느리고, 행수(行首)가 행장 다섯을 거느리며, 그 위에 대행수(大行首)가 행수 셋을 거느리며 단을 총괄한다.

　그럼으로써 사해상단에는 총 세 개의 단, 즉 항주본단(杭州本團), 하북 지단(河北支團), 그리고 사천 지단(四川支團)이 있으니, 대행수가 셋이요, 그 위 상단의 주인인 총수(總首)는 결국 이천 명이 넘는 대규모의 인력을 거느리는 것이다.

　그렇듯이 사해상단에서 조(組)라는 조직은 정규 체계가 아니다. 다만 특별 조직으로써 두 개의 조가 존재하는데, 그것은 바로 총수 직할의 비서조(秘書組)와 경호조(警護組)였다. 그 두 개의 조(組)야말로 드러나지 않는 상단의 실세라고 할 수 있었다. 총수의 최측근인 것이다.

　하여 그 두 조의 조장들이 비록 그 직급은 행장(行長) 급일 뿐이나, 그 실질적인 권한과 영향력은 오히려 행수(行首) 급을 훨씬 능가한다고 할 수 있었다.

　'후훗! 잡조라……!'

　강산은 문득 느긋하게 즐기는 마음으로 되었다. 괜한, 그러나 참으로 오랜만에 느껴보는 흥미로움에 대해.


3

역시나 인재육성원이라는 것은 그야말로 허울만 좋은 이름일 뿐이었다. 아예 제쳐 놓은 조직이었다. 다시 며칠이 지나도록 아무런 지시도 없었고 주어지는 일도 없었다. 그저 아침에 시간 맞춰 조별로 할당된 작고 허름한 집무실로 출근했다가, 저녁에 다시 시간 맞춰서 퇴근하면 되었다.

'너희들은 아무짝에도 쓸모없는 낙오자들이다!'

하고 낙인찍힌 것이나 다름없는 것이다.

그런데 아무 하는 일 없이 마냥 노는 것도 하루 이틀이지, 열흘쯤 넘어가니 참으로 견디기 어려운 노릇이었다. 더구나 앞으로 어찌 될 것이라는 짐작이나 계획은커녕 품어볼 희망조차 없는 처지들이니 그 답답하기란 말로 다할 수 없을 정도였다.

열흘여가 지나도록 갑조에 속한, 강산을 위시한 다섯 명의 조원은 서로에게서 공감할 수 있는 부분을 거의 찾아내지 못하고 있었다.

아니, 굳이 말하라면 찾은 게 있기는 했다. 바로 그들 각자가 서로 어울리기 어렵겠다는 공감. 지금은 물론이고 앞으로도 쭉 그럴 것 같은 이질감.

굳이 한 가지를 더 말하라면, 잡조라는 조의 명칭에 대한 공감을 들 수 있겠다. 그때 누군가 투덜거리며 작명을 하고 난 다음부터 다섯 중 누구도 갑조(甲組)를 말하는 사람은 없

었다. 누가 나서서 그렇게 하자고 한 것도 아닌데, 그들 모두
는 자연스럽게 스스로를 잡조(雜組) 소속이라고 말하고 있었
다.

조금 다른 얘기지만, 그들 다섯에게는 공통점이라고 할 것
이 하나 더 있었다. 바로 그들 모두가 독신이며, 또한 독신자
숙소에다 적(籍)을 두고 있다는 사실이었다.

그러고 보니 묘한 것이, 강산을 제외한 나머지 네 사람이
최소한 지난 일 년 이상을 같은 영역 안에서 먹고 자고 한 사
이였다. 그럼에도 불구하고 그들은 서로에 대해 잘 알지 못하
였고 낯설어하였다.

그러나 한편 당연하다고 해야 할 일이기도 했다. 그런 것
이야말로 그들 각자가 바로 이웃한 주위조차 돌아볼 여유가
없을 만큼 각박하게 각자의 삶에만 바빴다는 반증이 되는 것
이니까 말이다. 만약 그들이 주위에 대해 원만하였거나, 혹
은 적극적이었다면 지금 이런 처지들이 되어 있기야 하겠는
가.


나이 지긋해 보이는 노인. 그는 노달(盧達)이라고 했다. 그
의 나이는 대충 육칠십이나 되어 보였다. 그러나 아직까지 골
격에 제법 우람한 태가 남아 있어 젊었을 때는 풍채 좋다는
소리깨나 들었겠다 싶었다. 그런데 그 나이에 그가 어떻게 아
직까지 상단에 적(籍)을 두고 있을 수 있나 하는 점은 강산에

게 일단 의문이었다. 노달은 올해까지 오 년째 외사부 산하의 마방(馬房)에서 마구간 관리를 하였다고 했다.

이강(李强)은 약관의 청년이다. 남자답게 잘생긴 호남형의 용모이고, 몸매도 아주 사내답게 미끈둥하니 잘빠졌다. 그 또한 외사부에서 쭉 오 년간을 있었는데, 주로 허드렛일을 맡아서 했다고 한다. 그런데 그 이름의 강(强) 자에서부터 얼굴과 몸매까지 사내다움의 일색인 이강이었지만, 막상은 아주 순한 성격으로 보였다. 물론 앞으로 좀 더 겪어봐야 알 일이었다.

선변(宣邊) 또한 약관의 청년이다. 이강이 호남형의 외모라면 선변은 미남형이었다. 그것도 철모르는 계집아이들이 한번 준 눈길을 쉽게 거두기 어려울 만큼 예쁘장하였다. 게다가 몸매마저 늘씬하다 못해 호리호리하게 잘빠졌으니, 어디 유곽에라도 데려다 놓으면 기녀들이 아주 혹할 만했다. 선변의 상단 경력은 이제 이 년차라는데, 그 짧은 경력에도 외사부와 내사부의 일을 두루 섭렵했다고 하였다. 그런 때문인지 그는 강산도 모르는 상단의 이런저런 사정에 대해 제법 알은체를 했고, 은근히 자신의 발 넓음을 과시하기도 했다. 또한 그는 총기로 반짝이는 눈빛과 재기 넘치는 말재주를 지녔고, 그 성격은 적극적이고 자유분방하게 보였다.

그 때문에 강산은 선변 같은 청년이 왜 인재육성원으로 오게 되었을까 하는 의문을 가져 보기도 했다. 한 가지 재미있는 것은 선변이 이강에 대해 보이는 조금은 일방적인(?) 호감이었다. 같은 또래라서 잘 통한다는 것일까? 소심(?)한 이강은 사뭇 부담스러워하는 기색인데도 선변은 처음부터 마치 십년지기라도 되는 양 친근하게 이강을 대했다. 한편으로 선변의 그런 일방성은 이강에 대한 은근한 놀림, 내지는 괴롭힘으로 보이는 측면이 조금은 있었다.

윤파(尹波)라는 자. 그는 이십대 후반에서 삼십대 초반쯤으로 보였다. 강산과는 처음에 한번 통성명을 했을 뿐, 그 이후로는 한마디도 주고받지 않았을 만큼 과묵한 자였다. 그의 느낌은 단적으로 차갑고, 배타적이고, 까칠하였다. 더욱이 그가 등에 메고 있는 한 자루 검은—비록 나무를 대충 깎아 만든 듯한 보잘것없는 목검이기는 했지만—그의 인상을 더욱 냉혹하게 보이도록 만드는 데가 있었다. 아는 것 많은(?) 선변에게서 들은 바에 의하면, 윤파의 상단 경력은 이제 겨우 일 년 정도였고, 호부(護部)의 최하급 무사로 일했다고 했다.

4

각 조별로 조장을 뽑으라는 지시가 떨어졌다. 그런데 다 합쳐 봐야 기껏 스물댓 명인 인재육성원이다. 그러니 조직을 운영할 간부는 원장 한 사람이면 충분할 일이요, 고작 대여섯 남짓으로 구성된 각 조의 조장까지 둘 필요가 없는 일이었다. 굳이 필요한 이유가 있다면, 억지스럽게 조직의 형태 갖추기를 하겠다는 의도일까?

그러니 아무리 '장(長)' 자 달린 자리라도 무슨 감투일 리는 없었다. 당연히 잡조의 조원들 역시 누구 할 것 없이 시큰둥하였다. 아무도 나서는 이가 없자 답답했던지 선변이,

"지시가 떨어졌으니 어쨌든 뽑아야 하지 않겠습니까? 미적대고 있다가 개긴다고 찍히기라도 하면 괜히 피곤하기밖에 더하겠습니까?"

하며 조원들을 한 번 쭉 둘러보고는,

"조장이라면 그래도 나이가 좀 있어야 하니까 아무래도 저나 이강이 하기에는 좀 그렇겠죠?"

하고 빙글거리면서 웃었다. 그러더니 곁에 앉았던 이강의 옆구리를 툭 치며,

"안 그래?"

하고 물었다. 이강이 엉겁결인 듯이,

"예?"

해놓고는 연이어,

"어? 어……."

하는데 당혹스러운 기색이 역력했다. 그러나 선변은 이강의 기분이야 어떻든 전혀 상관 없다는 듯이 노달과 윤파에게

로도 차례로 눈길을 주었다.

'어떻게… 한번 해보시려오?'

하는 듯이. 그러나 두 사람이 슬쩍, 그리고 시큰둥하니 눈길을 피해 버리자 선변의 시선은 다시 강산에게로 향했다.

그런데 이번에 선변의 눈빛은 앞서 두 사람을 대하던 것과는 달리,

'댁은 아무래도 안 되겠죠?'

하는 것 같았다. 선변의 그 눈길이 의미하는 바에 호응이라도 하듯이 강산은 얼른 시선을 발아래 바닥으로 떨어뜨렸다.

'장(長)' 자리는 원래부터 그와는 궁합이 맞지 않는 자리였다. 그런 자리에 대한 욕심은 이미 오래전에 포기했거니와 몇 년 전부터는 그나마 조금 남아 있던 미련마저 버린 터였다.

더욱이 '그때의 지옥'을 겪은 이후로는 단순히 남들 앞에 서는 일만으로도 움츠러지는 터라 그저 남들의 시선에서 피해 뒤로 빠져 있고만 싶었다.

결국 노달이 조장을 하는 것으로 되었다. 오로지 나이가 많다는 이유 하나로.

물론 노달은 극구 사양했으나, 본인을 제외한 나머지 네 명의 만장일치 추천을 뒤집을 도리는 없었다. 그에 노달이 마지못해 잠시간 임시로 맡겠다는 전제를 두며 수락하였는데, 그 전제에 대해 조금이라도 의미를 두는 듯이 보이는 사람은 아무도 없었다.

요 며칠간 강산은 온몸에서 피딱지가 사라질 날이 없었다. 얼굴이 멀쩡한 것이 다행이지, 사실은 가슴이며 배, 등이며 엉덩이, 허벅지, 전신이 온통 피딱지투성이었다.

손톱으로 마구 긁어댄 결과였다. 간지러움이 심해지고 있었다. 이전에는 주로 밤에 심하더니 이제 와서는 밤낮없이 가려웠다. 하릴없이 시간만 죽이고 있자니 더욱 그런 듯했다.

혼자 있을 때라면 모르겠지만, 다른 조원들과 함께 있는 자리에서 온몸을 벅벅 긁어대는 구차스러운 꼴을 보일 수는 없는 노릇이었다. 그러나 가려움을 참는 일은 참으로 쉽지가 않았다. 잠시만 생각을 놓고 있노라면 손이 저 홀로 옷 속으로 들어가서는 금방 핏자국을 만들고야 마는 지경이었다.

간지러움! 어느 순간부터 강산은 그것에 대해 그냥 인정해 보려는 독한 작정을 했다. 아니, 차라리 즐기기로 했다. 피가 나도록 긁어도 시원해지지 않으니 차라리 긁지 말고 그냥 가려움에 익숙해져 볼 작정을 한 것이다.

그리고 강산에게 그것은 또 다른 의미가 있었다. 아니, 의미를 부여하고 싶었다. 억지로라도. 이것이야말로 그가 염원하는 개조(改造)의 시작이라고. 이것으로써 지금까지의 삶이 타의에 의해, 환경에 의해 언제나 지배당하기만 했던 삶이라면, 이제부터라도 그 경멸스러운 타성(惰性)에 대해 저항하는 삶을 시작하는 것이라고.

그때의 그 일 이후, 그 악몽과도 같고 지옥과도 같이 지독했던 그 일을 겪은 후, 강산은 스스로의 삶을 바꿔보기를 염원하게 되었다. 비록 지금까지는 그저 염원일 뿐이지만.

'새로 시작하고 싶다. 이제부터라도 매 순간 타인이 아닌 나 스스로가 주도하는 삶을 살고 싶다. 설혹 그로 인해 나의 삶이 더욱 초라해지고, 위험에 처하고, 고통스럽게 될지라도.'

과연 인간은 간사한 존재인가 보다. 강산의 의지가 얼마나 굳은가 하는 것과는 상관없이 그의 손은 자꾸만 가려운 곳으로 향하고 있었다. 바짝 손톱을 세운 채.

참기 시작한 지 반나절이 지날 즈음, 이제 간지러움의 양상은 신체의 부분 부분을 옮겨가는 형태가 아니라, 전신이 동시에 간지러운 형태로 확산되고 있었다.

'그냥 확 긁어버릴까?'

그럴수록 본능적인 욕구는 수시로 일었다. 아아! 간지러움. 그것은 어쩌면 고통보다 더 고통스러운 것인지도 모른다.


툭!

그것은 아주 미약한 느낌이었다. 강산이 그런 느낌을 받은 것은 그가 독한 의지로 간지러움에 저항을 시작한 지 만 하루 정도가 지났을 즈음이었다. 왼 가슴 부위의 깊숙한 안쪽, 그곳에서 무언가 가볍게 막혔던 것이 문득 뚫리는 듯한 약간의 시원한 느낌이었다. 그러나 강산은 처음에는 다만,

  '뭐지?

하는 정도로 대수롭지 않게 넘어갔다.

한나절이나 지난 오후 무렵 강산은 문득,

  '어라?

하며 오른손 손바닥으로 왼 가슴 부위를 슬쩍 눌러보았다. 오전과 비슷한 느낌이었다. 그러나,

  투둑!

하는 그 느낌이 오전보다는 한층 선명하였다. 오전에 느낌이 왔던 바로 그 옆 부분이었다. 시원하다는 느낌도 좀 더 강해졌는데, 뭔가 몸 안에 존재하던 어떤 답답함 하나가 제거된 듯 후련한 뒤끝 같은 게 남았다. 막상 그 직전까지는 그런 답답함이 있는 줄도 몰랐는데, 그것이 제거되고 난 뒤에야 문득,

  '아! 그것이 답답함이었구나!'

하고 알게 되는 그런 느낌이랄까? 그러다 강산은 퍼뜩 무슨 생각을 떠올리고는 스스로가 놀라,

  "설마?"

　하고 소리 죽여 중얼거리고 말았다. 동시이다시피 강산은 급히 고개를 아래로 숙였다. 예기치 않게 문득 피식 솟구친 실소 때문이었다.

　안 그래도 '별 볼일 없는 자들' 이 모인 소위 '잡조' 에서조차 더욱 우뚝하게 '별 볼일 없는 자' 로 인정받아 가고 있는 와중에 이유없이 실실거리다가는 '살짝 맛까지 간 자' 로 취급당하기 십상이지 않겠는가.

　문득 떠올라 강산을 실소케 만든 것은 바로 '그때 그 노인' 이었다. 바로 그 삼백육십 개의 주문, 소위 삼백육십관(三百六十關) 말이다.

　'혹시 관문이 터진 게 아닐까? 오전의 그 느낌이 첫 번째 관문이고, 방금 전의 그 느낌은 두 번째 관문……'

　하는 생각을 퍼뜩 떠올렸던 것이다. 그것이 또 곧바로 실소로 이어진 것은 역시 그 생각의 허무맹랑함 때문이었다. 그런데 바로 그때였다.

　투둑!

　세 번째였다. 두 번째의 그 느낌 후 얼마 되지도 않아 잇달아서 온 그 느낌은 보다 확연하였다. 순간 강산은 자신도 모르게 외치고 말았다.

　"깨졌다!"

　그것은 차라리 부르짖음이었다. 경악과 환희에 가득 찬.

　강산은 그 자신이 먼저 소스라치게 놀라고 말았다. 그러나 이미 엎질러진 물이었다. 조원 네 사람이 일제히 그를 쳐다보고 있었다. 놀라고 궁금한 빛이 가득한 채로.

순간 강산은 자라목이 되고 말았다. 도대체 무슨 짓을 한 건지. 기껏 조심한다 하면서도 결국은 '아주 맛이 가버린 자'로 취급받아 마땅한 짓을 벌이고 만 것이다.

강산이 안절부절못하며 후회가 자심할 때 선변이 특유의 맑은 음색으로,

"뭡니까? 뭐가 깨졌는데요?"

묻고는 다시,

"혹시 졸다가 탁자에 머리라도 찧었습니까? 그래서 콧등이라도 깨졌나요?"

하고 은근히 놀리는 투로 빙글거렸다. 강산이 대꾸할 말을 찾지 못하는데 윤파가 슬쩍 인상을 그린 채로,

"뭐야? 사람 놀래게 왜 갑자기 소리는 지르고 난리야?"

하고 금방 시비라도 붙을 듯이 까칠한 티를 드러냈다. 그에 강산이 당황한 중에 다시 주눅까지 들어서,

"아… 아무것도 아닙니다. 그게 그냥……"

하고 변명을 주워섬기고 말았다. 윤파가 여전히 사나운 얼굴이지만 조금은 누그러진 투로,

"당신이 여기 전세 낸 거 아니잖아? 거 다들 피곤한 신세들인데 좀 조용히 지냅시다. 예?"

하였다. 거친 인간이라면 그 근처에도 가고 싶지 않은 강산

인지라 윤파가 그 정도로 그만할 기색인 것만도 황송하여,

"예, 예! 미안합니다!"

하며 두어 번이나 고개를 주억거렸다.

강산이 그러는 꼴을 보고 있던 선변은 새삼스레 또 무엇이 못마땅했는지 슬며시 눈살을 찌푸리며 아예 다른 쪽으로 시선을 돌려 버리는 것이었다. 이강은 강산이 안쓰럽다는 얼굴이었다. 그러나 막상 관여하기는 싫은 듯 애써 강산과 시선 마주치기를 피하였다.

강산이 그나마 조금이라도 위안을 삼을 수 있었던 것은 노달에 대해서였다. 강산과 시선이 마주쳤을 때 노달은 그저 엷은 미소를 보여주었다. 그 무던한 미소에서 강산은,

'괜찮네. 너무 마음 쓸 것 없이 그저 그러려니 하고 넘겨 버리게.'

하는 위로와 포용의 느낌을 받을 수 있었다. 물론 그것이 무엇에서라도, 아주 조금이라도 절실히 위안을 받아보고자 하는 지금의 자신의 처지가 만들어낸 상상, 혹은 착각이기 쉽다는 것을 강산도 모르지는 않았다.

6

퇴근이 가깝도록 강산은 내내 구석자리에서 잔뜩 움츠린 자세로 앉아 있었다. 그런 그에게 말을 시키거나 건드리는 사

람도 없었다.

'그까짓 게 뭐라고?'

그것은 강산이 오후 내내 붙잡고 있는 화두였다.

아마도 그의 마음 한구석에는 그 자신도 모르게 한 가닥의 기대가 숨어 있었던 모양이다. 생각할수록 어이없어 스스로가 민망해지는 것이었다.

그게 오죽 허무맹랑하였으면 그때 그 노인 스스로도 그놈의 주문인가 뭔가가 실제로 작동을 하는 일은 아예 없을 것이라고, 십 중 십 가능하지 않다고 하였을까? 그러다 강산은 문득,

'십 중 십이라…….'

하고 생각 중의 한마디를 곱씹었다.

지금 그의 처지가 꼭 그랬다. 아무런 의미도 없고, 아무런 희망도 없는 것이다. 아마도 그런 때문이었으리라. 기껏 '그까짓 것'에 일시나마 그처럼 환희에 찬 부르짖음을 토해낸 것은.

'십 중 십'의 암울함 속에서 언뜻 생각이 미친 '그까짓 것'이 갑작스럽게 한 가닥 희망쯤으로 비쳤던 것이리라. 어이없게도.

솔직히, 정말 솔직한 심정을 말하려면 기대가 아주 안 되는 것은 아니었다. 손톱만큼은, 깨알만큼은 혹시나 하는 기대가 있긴 하였다. 지금 이순간도 여전히 말이다.

어쨌든 변화가 있었던 것은 사실 아닌가. 모든 일이, 심지어는 졸지에 낙오되어 조만간 상단에서 쫓겨나야 할지도 모르는 처지가 되어버린 일까지도 그저 시들하게만 여겨졌지, 무슨 특별한 위기라든지 변화라는 실감은 가져 보지 못했던 그다. 그런데 이건 달랐다. 변화인 것이다. 스스로 변화라고 실감이 되는 것이다.

물론 그 변화가 나중에 어떤 결과를 가져올 것인지 하는 것에 대해 무슨 의미를 부여해 보려는 것은 결코 아니었다.

미래가 아닌 현재의 지금 당장에 직접 그의 몸에 생생하게 느껴지는 변화라는 점의 말랑말랑한 현실감, 그리고 바로 다음 순간에 그것이 또 어떻게 진전이 될 것인가, 혹은 이대로 끝나고 말 것인가 하는 단순한 호기심에서만 오로지 '손톱만큼의' 기대를 가져 보는 것이다.

정말 웃기는 얘기가 될지도 모르겠지만, 사실은 강산이 기대를 가져 보게 되는 '별거 아니지만 그로서는 상당히 현실적인 이유'가 하나 더 있긴 했다. 바로 다른 부위로는 간지러움이 여전한데 느낌이 왔던 그 세 군데 부위 근처로는 간지러움이 사라졌다는, 최소한 아직까지는 간지러움이 찾아오지 않고 있다는 '별거 아닌' 사실이었다.

뭐랄까? 왼 가슴 안쪽의 그 세 군데 부위 주변에 지금까지는 없던 낯선 무엇인가가 새로이 생겨난 것만 같았다. 그런데 그 느낌이 제법 생생하여서 단순히 느낌만은 아닌 것 같았다.

일종의 방호막(防護幕)이랄까? 가려움증으로부터 그 부위를 보호해 주는 그런 방호막 말이다. 그리고 강산은 '아주 조금 더 진전된 기대' 하나를 가져 보는 것이었다.

'어쩌면 네 번째와 다섯 번째의 관문도 깨질 수 있을 것이다. 그게 언제가 될지는 모르겠지만.'

아니, 그것은 기대라기보다는 문득 가져 보는 '아주 미약한 절실함' 같은 것이라고 해야 좋으리라.

# 十
# 타통(打通)

## 1

아침에 갑을병정 각 조 조장들에 대해 호출이 있었다.

노달이 다녀오더니 첫 임무가 떨어졌다는 것이다. 현업에서는 아주 제쳐 놓을 줄 알았는데 갑자기 임무라고 하니 다들 뜻밖이라는 반응들이었다. 그런데 그 임무의 내용이 황당했다. 느닷없이 수금(收金)을 해오라는 것이다.

선변이,

"제길! 한동안 그냥 놀려보니 급여가 아깝더라 뭐 그런 건가?"

하며 들으라는 듯이 빈정거렸다. 사실 노달이 전해 듣고 온 지침을 보자면 그럴 만도 했다.

수금 대상이 악성 채무라서 굳이 받아오리라고 기대는 하지 않는다고 했다. 다만 다른 일반의 채무자들에게 미치는 영향을 생각해서라도 그냥 떼일 수는 없으니 적당히 독촉만 하고 오라는 것이었다. 노달이 설명 끝에,

"그러니까 시늉 정도만 하되, 혹 괜한 시비가 생기지 않도록 요령껏 하라는 게지."

하고 당부 겸의 말을 했다. 말 빠른 선변이 얼른 몇 마디를 거들었다.

"안 봐도 성질 더러운 인간들과 거슬리는 수작깨나 섞어야 할 게 뻔합니다. 그러니까 상대가 좀 삐딱하게 나온다 싶으면 생각하고 자시고 할 것 없이 그냥 깨갱 하고 꽁지를 팍 내려 버리는 게 상수지요. 괜히 멋모르고 뻗대다가는 그냥 칼침 맞는 수가 생긴다니까요? 자나 깨나 몸조심! 조장님 말씀대로 우리야 그저 적당히 시키는 대로 시늉이나 하고 제때제때 급여나 챙기면 장땡 아닙니까? 안 그렇습니까?"

2

하피촌(下避村)은 서호를 등에 지고 북쪽으로 십 리가량 떨어진 곳에 있었다. 나지막한 담장들로 구비구비 이루어진 골목길을 조금 들어가자 작고 허름한 전방(錢房)이 하나 나왔다. 하루 벌어 하루 먹고사는 빈민들에게 고리사채를 놓는 곳

이다. 이곳 전방주가 바로 오늘 잡조에게 할당된 수금 대상자였다.

넓지 않은 전방 안에는 네 명의 사내가 한창 투전판을 벌이고 있었다. 그중 하나가 힐끗 돌아보더니 금방 심드렁한 얼굴이 되었다. 아마도 선변 등의 상의(上衣) 왼 가슴 어림에 작게 새겨진 사해상단의 봉황 문양을 본 모양이었다.

사내가 슬쩍 인상을 쓰는데, 이마에 깊은 주름이 파이면서 덥수룩한 턱수염과 어울려 사뭇 험악한 인상으로 변했다.

"무슨 일들이신가?"

사내의 묻는 투가 곱지 않았다. 고스란히 사내의 시선을 받은 선변이 움찔하고는 힐끗 뒤를 돌아보았다. 사실 그는 전혀 의도하지 않게, 어쩌다 보니 지금 제일 앞쪽에 서 있었던 것이다.

선변은 이내 씁쓰름한 표정이 되고 말았다. 조장으로서 정작 앞장섰어야 할 노달은 선변의 서너 걸음 뒤쯤에 어수룩하니 서 있었다. '난 이런 일 잘 몰라!' 하는 시늉이었다. 그러나 그는 아마도 처음부터 뒤로 빠져 있을 궁리부터 했던 것이리라.

그 곁에 이강이 애매한 표정이 되어 서 있었다. 윤파 또한 그 옆쯤에 한 걸음 옆으로 빠져 서 있었는데, 역시 이 상황이 저와는 전혀 무관하다는 듯 태평한 기색이었다.

가장 가관인 것은 강산이었다. 그는 노달이나 윤파보다도 두어 걸음이나 더 뒤쪽에 엉거주춤 서 있었는데, 벌써부터 안절부절못하는 기색이 역력했다. 꾸며서 하는 기색이 아니라 정말로 지레 겁을 집어먹은 모습이었다.

어쨌든 일을 주관하여 나설 생각 따위는 누구에게도 없어 보였다. 순간 선변이 확 성질이 일어,

"이런 씨……!"

하고 중얼거리고는 휙 뒤돌아서 성큼성큼 걸어갔다. 그리고 가장 꽤씸한 사람이 바로 당신이라는 듯이 강산의 소매를 확 잡아끌었다. 그가 제일 멀리 빠져 있는 때문이기도 했지만, 사실은 개중 가장 만만한 사람이 또한 강산이기도 했다.

호리호리한 체격과 달리 선변의 완력은 제법 굳세어서 어떻게 버텨보려는 강산을 아주 가볍게 앞으로 끌고 나갔다. 좀 전에 서 있던 자리쯤에 와서 선변은 슬쩍 강산을 자신의 앞으로 떼밀어놓았다. 그리고 다시 그의 옆구리를 쿡 찌르며,

'뭔 말 좀 해보시우!'

하는 눈짓을 보냈다. 그런데 순간 엉거주춤 서 있던 강산이 갑자기 부르르 몸을 떨며 아예 진저리를 치는 것이 느껴지는 것이었다. 그에 선변이 하도 어이가 없어,

'이건 뭐… 남들 밥 먹을 때 벼룩이 간만 쳐 잡쉈나?'

하며 내심 강산의 새가슴을 비웃었다. 그리고는 어쩔 수 없이 다시 앞으로 나서며 슬그머니 한 발을 전방 안으로 밀어넣었다. 선변이 목소리를 가다듬어,

“저… 저희는 사해상단에서 나온 사람들입니다.”

하고 최대한 호의적으로 들리도록 말하였는데,

“그래서?”

턱수염사내는 확연한 시비조로 받았다.

“예! 그것이 그러니까… 대출금에 대한 이자가 많이 밀렸고, 또 원금을 상환할 기한도 이미 한참이나 지난지라… 가능하시다면 어떻게 일부라도 수금을 좀 하려고…….”

선변은 어떻게 하든 착한(?) 인상을 주려고 애를 썼다.

사내가 픽 웃으며,

“어이!”

하고 말을 자르기에 선변이 흠칫하여,

“예?”

하고 짐짓 움츠러드는 목소리로 대답하였다. 그러자 사내는 문득 느긋한 모양으로 자리에서 일어서더니,

“난 그런 거 잘 모르거든? 그러니까 갔다가 나중에 우리 노대(老大)가 오면 그때 다시 오라고. 응?”

하고 치받듯이 말끝을 세웠다. 그 기세에 질린 듯이 선변이 움찔하여 전방 안으로 밀어두었던 한 발을 슬그머니 다시 전방 밖으로 뺐다. 그리고 잠시 더 망설이는 듯하다가 한층 조심스러운 투로 머뭇머뭇 말을 꺼냈다.

“저기… 그러니까 저희들도 상단에서 급여를 받아 겨우 입에 풀칠이나 하는 처지인지라… 그러니까 잠시만… 잠시만

여기서 그 노대… 님을 기다리면 안 되겠습니까?"

사내가 성큼 전방 밖으로 걸어나왔다. 그리고는 선변의 앞에 떡 버티고 섰다. 이어 사나운 눈빛으로,

"그러니까 뭐여? 지금 남의 업소에 죽치고 앉아서 영업방해를 하겠다는 거여?"

하고 목소리를 아래로 쫙 깔았다. 선변이 휘청하니 다시 한 걸음을 물러서는데, 마치 사내에게 어깨를 떠밀리기라도 한 것 같았다.

그런데 그 바람에 애꿎게 된 것은 강산이었다. 그는 지금까지 입 한 번 떼지 않고 얌전히 서 있기만 했는데, 졸지에 사내와 딱 마주 대하는 꼴이 되고 만 것이다.

턱수염사내의 시선이 재빠르게 강산을 훑었다. 앞으로 나오지도 못하고 뒤로 물러서지도 못하는 엉거주춤한 자세. 일자(一字) 몸매에 적당히 나온 배, 전혀 두껍지 않은 팔다리. 한마디로 게으른 몸매였다. 게다가 제풀에 부들부들 경련을 일으키고 있는 얼굴이라니…….

사내가 강산을 향해 눈을 부릅뜨고,

"넌 또 뭐여? 그렇게 째려보면 뭘 어떻게 할 건데?"

하며 손바닥으로 강산의 가슴을 쳤다.

퍽!

사실 그다지 세게 친 것은 아니었다. 그런데도 강산의 허리는 순간 크게 휘청하고 말았다.

사내는 비릿하게 웃으면서 슬쩍 주변을 일별하였다. 그가 기선을 잡은 보람이 제법 있는 것 같았다. 상대들은 동료의 곤란에 대해 별로 상관할 자세들이 아니었다. 남의 일인 양 그저 말거니 보고들만 있었다.

사내는 다시 곁눈질로 저쪽의 윤파를 보았다. 그리고는 설핏 미간을 좁혔다. 사실 사내는 처음부터 윤파에게 신경을 쓰고 있었다. 사내의 전문가적(?) 시각으로 볼 때 다른 사람들은 다 별 볼일 없는 인간들이 분명한데, 왠지 윤파만은 다소간 껄끄러운 데가 있었던 것이다.

물론 윤파가 특이하게도 등에다 목검을 메고 있다는 것도 껄끄러움의 주된 이유 중 하나였다. 그러나 사실 이런 밑바닥에서 떡하니 검이나 차고 다니는 놈치고 막상 그 검을 제대로 휘두를 줄 아는 놈은 거의 없다고 보면 틀림없었다. 그나마 기껏 목검 나부랭이이니 그게 장난감밖에 더 되겠는가?

그러나 어쨌든 껄끄럽다는 느낌을 받은 이상, 약간의 신경을 더 써서 손해 볼 일은 조금도 없을 것이다. 감히 기어오를 엄두 같은 건 애당초 굴리지 못하도록 아주 확실하게 기를 꺾어둘 필요가 있는 것이다. 확실한 시범을 보이면 될 일이었다. 시범의 상대로 선택된 건 바로 강산이었다. 가장 만만한 호구로 보였으니까.

아무 예고 없이 사내의 무릎이 날았다, 당황한 얼굴로 어쩔 줄 모르고 서 있는 강산의 아랫배로.

퍽!

둔탁한 소리와 함께,

"헉!"

하고 급한 숨을 토해내며 강산의 허리가 직각으로 꺾였다. 그리고 사내의 입가에는 만족스러운 미소가 그려졌다. 생각한 만큼의 시각적 효과가 나온 것 같았다. 그의 경험상으로 주먹보다는 무릎이 훨씬 더 효과적이었다.

명치가 찍힌 충격으로 잠시 끊겼던 숨을 겨우 되돌리며 강산이 다급하게 사정했다.

"자, 잠깐! 이러지 말고 우리… 말로 합시다, 말로!"

이유없이 맞아놓고도 왜 때리느냐고 달려드는 것이 아니라 때리지 말고 말로 하자는 애원이었다. 그러나 사내는 강산의 비굴함에서 다시 트집을 잡아냈다.

"뭐? 말로 하자고? 야, 이 새X야! 그럼 좀 전에 내가 한 말은 말이 아니고 무슨 동네 X개 짖는 소리였다는 거냐?"

하며 사내는 냅다 강산의 귀싸대기를 올려붙였다.

짝!

하고 경쾌한 소리가 나면서 강산이,

"어이쿠!"

하며 얼굴을 감싸 쥐었다. 와중에도 잔뜩 겁에 질려,

"왜… 왜 이러십니까?"

하는데 그 처량한 모양새가 비굴을 넘어서 아주 애처롭기까지 했다.

강산이 당하는 것을 보고 선변은 슬슬 열이 받는 표정이었다. 이강은 놀란 얼굴이고, 윤파는 담 너머 불구경하듯 멀뚱하기만 하고, 노달은 미간을 조금 찌푸리고 있었다.

사내가 흘깃 주변의 반응을 일별하고는 아직도 좀 모자란다 싶었던지,

"허? 이 X끼 좀 보소? 지금 왜라고 했니? 그러니까 시방 나한테 따진 거냐고?"

하는데 이미 양 주먹이 동시이다시피 나가고 있었다.

퍽!

퍼퍽!

두세 대를 맞은 것 같은데 강산이 그중 어디를 어떻게 쥐어박혔는지 허리를 꺾고 하얗게 질린 얼굴을 두 손으로 감싼 채 비명조차 내뱉지 못하였다. 그러나 사내는 재주를 자랑하듯이 발길질까지 섞어내며 구타를 멈추지 않았다.

퍼퍽!

콱!

퍼퍼퍽!

그렇게 일방적으로, 그리고 주위의 방관 속에 한바탕의 격한 폭력이 지나간 뒤, 이윽고 손을 거둔 사내가 한껏 격해진 숨을 추스를 때였다.

"X발!"

나직한 내뱉음이었다. 너무도 나직하여 바로 옆에 있던 사
내 외에 다른 사람들은 제대로 듣지도 못한, 그 욕은 바로 강
산의 입에서 뱉어진 것이었다.

사내의 표정이 일순 확 일그러졌다. 사내가 어이없어 하며,

"너 지금 뭐라고 지껄였니?"

하고 못 믿어 확인한다는 투로 물었다. 그러나 자신도 모르
게 돌발적으로 불쑥 입 밖으로 뱉어진 그 한마디의 욕에 가장
당황한 사람은 바로 강산 자신이었다. 그리고 그 돌발성에 대
한 대가는 곧바로 돌아왔다.

"이 X끼가 죽으려고 환장을 했나?"

곧바로 사내의 주먹과 발이 어지럽게 날았다.

퍼퍽!

콰콱!

퍼퍼퍽!

얼굴에, 가슴에, 복부에, 등에 화끈한 고통이 강산의 온몸
에 작렬하고 있었다. 그런 중에도 대책없는 공포는 강산을 무
조건적으로 움츠리고 오므라들게 만들었다. 그러던 중에 호
흡이 막혀 강산은 힘겹게 숨을 토해냈다.

"후우!"

"푸우!"

두어 번이나 잇달아 불어내도 코와 입속에는 뭔가가 자꾸
만 홍건하게 고여서 숨 쉬기가 곤란했다. 고통에 겨워하기만

도 정신없는 중이긴 했으나 숨은 쉬어야 했다. 죽지 않으려
면. 강산이 얼떨결에 입과 코 주변을 훔치고 보니 손바닥이
온통 붉은 칠이었다.

피! 피였다. 그의 얼굴은 벌써 전부터 피투성이가 되어 있었
지만, 지금 이 순간 강산은 그 붉은색이 바로 자신의 피라는 사
실에 문득 전율하고 말았다. 순간 심장이 격렬하게 뛰기 시작
했다. 마구 뛰었다. 열이 나기 시작했다. 그러더니 이내 불이
붙은 듯 온몸이 뜨거워졌다. 이윽고는 정신까지 혼미해졌다.

지금 이 순간 강산의 머릿속을 온통 채우고 있는 것은 공포
였다. 극단의 공포. 아니, 공포는 무서운 속도로 확대되고 또
확대되더니 한순간 극단이라는 한계의 선마저 넘어버렸다.
다시 한순간, 강산은 자신의 마음속에 재현되고 만 그 무엇을
보고야 말았다. 바로 ‘그때의 지옥’ 이었다.

쾅!

강산의 머릿속에서, 마음속에서 무언가가 폭발했다. 강산
은 견디지 못하고 폭발의 불꽃을 토해냈다. 온몸의 힘을 다해
서. 처절하게.

“그래! 쳐라! 쳐! 쳐봐! X까! 죽여! XX까!”

발악이었다. 처절한 발악. 놀란 듯이 사내의 매질이 흠칫
멈추었다.

윤파는 눈을 가늘게 만들었다. 그가 선변의 곁으로 다가서
며,

"저 양반 왜 저래? 혹시 간질병 아냐?"

하고 던지는 말로 물었다. 그러나 역시 놀라고 있기는 마찬가지인지라 선변 역시 뭐라고 대답할 말이 있을 리 없었다. 그저 잔뜩 찌푸린 얼굴로 고개를 가로저었을 뿐이다.

그때 잠시 멈칫하였던 사내의 얼굴이 일순 벌겋게 타올랐다.

"이 X끼가 뭐 못 먹을 걸 처먹었나? 어디서 발광을 하고 지랄이야?"

하더니 다시,

"그래! 이 X끼! 너 오늘 한번 뒈져 봐라!"

하며 그야말로 미친 듯이 손발을 휘두르기 시작했다.

퍼퍽!

콱!

퍼퍼퍽!

콰직!

치고, 차고, 찍고, 밟고. 무차별적인 난타였다. 사내는 아예 입에 거품을 물었다. 그야말로 미친 듯한 광태(狂態)였다.


강산은 스스로의 내부로 깊숙이 침잠해 들고 있었다. 그의 내부에서는 고통과 공포, 그리고 그것들에 대하여 일어나는 반발과 분노들이 숨 가쁘게 교차하고 있었다. 그러나 기이하게도 그런 격렬한 감정들과 그는 이 순간 격리되어 있는 것만 같았다. 그의 내부에서 그런 것들은 기름이 되어 위에 떠 있고, 그는 그 아래층의 물속에서 그것들을 바라보고 있는 중인 것 같았다.

홀연 그의 내부 가장 깊숙한 밑바닥에서 무엇인가가 슬그머니 그 존재를 드러내고 있었다. 두텁게, 그리고 견고하게 차곡차곡 쌓여 있던 무언가가 조금씩 조금씩 풀려나오는 것만 같았다. 슬금슬금, 희미하게, 그러나 이내 점차로 통렬하게.

"흐흐! 흐흐흐! 흐흐흐흐!"

강산은 툴툴거리며 소리 내어 웃었다. 그저 이유없이 웃음이 나왔다.


윤파가 선변의 소매를 당기며 속삭이듯 말했다.

"저것 봐. 저 와중에 웃는다, 웃어. 저 양반, 진짜로 중증 아냐? 아주 맛이 가버린 거 아니냐고?"

그러나 그때 선변은 외려 눈빛에다 약간의 이채를 떠올려 놓고 있었다. 사실 선변은 벌써부터 한 가지 사실에 대해 의아함과 약간의 놀람을 가지고 있는 중이었다.

지금 강산이 보이는 행태가 과연 윤파의 말처럼 발작중인지, 혹은 숨기고 있던 독종 기질인지에 대해서는 선변으로서도 다분히 헷갈리는 데가 있었다. 그러나 다른 것은 모르겠으되 선변이 보기에 한 가지만은 분명했다. 강산의 맷집이 상식적인 선을 이미 한참이나 넘기고 있다는 사실이었다.

강산은 문득 정신이 드는 것 같았다. 죽일 듯이 자신을 패고 있는 사내와 도와주지 않고 방관만 하고 있는 동료들이 모두 현실로 돌아왔다. 매 맞는 고통은 이제 다시 생생하였다. 그러나 그것은 이제 공포이거나 울분이지는 않았다. 이제는 차라리 무덤덤하였다. 비록 악독하고도 매몰차게 당하고 있지만, 이 처절한 상황을 오롯이 혼자서 감당하고 있다는 것이 차라리 통쾌했다. 무언가 터지기 직전인 가슴의 통렬함도 여전하였다.

"훅!"

"후욱!"

하는 사내의 거친 호흡이 이상하게도 담담하게 와 닿았다. 사내의 몸놀림은 처음에 비해 사뭇 둔해져 있었다. 그야말로 때리다가 지친 꼴이다. 하긴 그렇게 거품을 물고서 날뛰어댔으니 지치기도 했을 것이다. 그러다 이 상황에서 그런 생각들이나 떠올리고 있는 자신이 어이없어서 강산은 툴툴거리며 웃고 말았다.

"후후! 후후후!"

영락없이 실성한 사람이었다. 더 패라고, 제대로 패보라고 엉기고 있었다. 사내의 얼굴에 이윽고는 질린 기색이 생겨났다.

'뭐 이런 게 다 있어?'

그러나 그것은 이내 잔혹한 오기로 바뀌었다. 사내가,

"오냐! 이 X끼! 네놈이 죽는 게 그렇게 소원이라면 이 어르신께서 오늘 그 소원을 들어주마!"

하고는 이를 콱 깨무는데, 그때부터의 주먹이며 발길질을 쳐내고 차내는 모습이 지금까지와는 사뭇 달라졌다. 위세 요란하게 휘두르지는 않되, 묵직하게 힘을 실어 끊어 치는 일격일격이 강산의 급소를 가려서 정확하게 틀어박혔다.

퍽!

퍼억!

콱!

콰직!

강산이 턱턱 숨이 끊어지고, 내장이 조각조각 파열되는 듯한 충격과 고통을 느끼는 중에,

'이러다 정말 죽겠구나!'

하는 생각이 들 정도였다. 그러나 그런 중에도 기왕에 생겨 있던 가슴속의 통렬함은 조금도 사라지지가 않아,

'죽으면 죽지!'

하는 턱없는 배짱마저 돋아나는 것이었다. 그런데 바로 그때였다. 강산은 문득 자신의 내부에서 뭔가가 잇달아 터져 나가는 것을 느꼈다.

툭!

투둑!

투두둑!

시원한 느낌이었다. 그리고 낯설지 않는 느낌이었다. 그것이 그의 몸에 봉인된 삼백육십 개의 관문 중 몇 개가 잇달아서 돌파되는 것이라는 사실에 대해 강산은 이제 더 이상 인색하기가 어려웠다. 강산은 자신도 모르게,

"깨진다!"

하고 소리쳤다. 그것은 차라리 환호였다. 그리고 그때부터 타격 음과 비명, 또 환호가 기묘하게 섞였다.

퍼퍽!

"허억! 넷! 다섯!"

퍼퍼퍽!

"크윽! 여섯! 일곱! 여덟!"

관문이 돌파된 부위들의 느낌은 사뭇 확연했다. 더할 수 없이 뿌듯하였다. 사내의 주먹질에 대해서도 한결 대범해졌다. 눈부터 똑바로 뜨여졌다. 급소에 틀어박히는 사내의 주먹과 발길질에 대해 그 충격에 몸을 움찔거리는 것은 어쩔 수 없어도 적어도 눈을 똑바로 뜨고 볼 수는 있게 되었다.

강산은 갑자기 통쾌해졌다. '쫄지 않고 제대로 맞을 수 있다'는 것이 이렇게도 통쾌할 줄이야! 그래서인가? 문득 사내의 주먹이 맞을 만하다는 생각마저 드는 것이었다. 그러는 중에도 강산의 내부에서는,

툭!
투둑!
하고 강산의 두어 개의 관문이 다시 돌파되고 있었다.


'혹시 숨겨둔 한 방이라도 있나?'
강산이 보이는 뜻밖의 맷집과 독기에 대해 잡조의 조원들
이 당황스러운 중에도 약간씩의 기대를 품어본 것은 사실이
었다. 그러나 조원들은 결국,
'그러면 그렇지!'
하고 실망하고 말았다. 혹시나 했더니 역시나인 것이다.
그들이 평가해 온 그대로 역시나 강산은 싸움에는 영 아니었
다. 아주 무골(無骨)이었다. 누구 멱살 한번 제대로 잡아본 적
없는, 그쪽으로는 아주 숙맥인 티가 팍팍 났다. 죽이라고 악
을 써대면서도 정작으로는 주먹 한번 마주 내뻗을 엄두조차
못 내는, 그런 건 근성도 아니고 독기도 아니었다. 그저 무모
함이었고, 발작에 불과했다.
그런데 제법 악이라도 써대던 강산은 이제 그럴 기운마저
도 남지 않은 모양이었다. 야멸차게 꽂혀드는 사내의 주먹에
대해 움찔거리는 반응조차 없이 마치 푸줏간에 걸려 있는 돼
지고기 짝처럼 철퍼덕거리며 맞고만 있었다. 선변이 보고 있
다가,
'저러다가 정말 초상치고 말지!'

하는 생각이 들기에 이윽고는 나서지 않을 수 없게 되었다.

"에이! X파! 거 보자 보자 하니까 정말 해도 너무하네? 방귀 뀐 놈이 성질낸다지만 해도 정도껏 해야지! 빚 진 주제에 빚 받으러 온 사람을 이렇게 패는 법이 어딨어? 니미! 누구는 뭐 성질 없어서 수구리 하고 있는 줄 알아?"

작정한 듯이 삐딱한 채 나가는 선변을 윤파가 흘깃 쳐다보았다. 더 이상 보고만 있을 수는 없게 되었다는 데는 공감하지만, 역시 별로 마땅하다는 눈빛은 아니었다. 처음 출발할 때,

'자나 깨나 몸조심!'

'적당히 시키는 대로 시늉이나 하고, 제때제때 급여나 챙기는 게 장땡이다.'

하는 등등 입 바른 소리는 혼자서 다 했던 인사가 바로 선변이 아니었던가. 그런데 바로 그때였다.

빠각!

뭔가 제대로 들이 받치는 소리였다. 순간적으로 사람들의 시선이 소리 난 쪽으로 향했는데, 그곳에서는 누구도 예상하지 못했던 상황이 벌어져 있었다. 사내의 다부진 몸이 썩은 나무둥치처럼 뒤로 넘어가고 있는 중인데, 아주 정신을 놓은 듯한 사내의 코에서는 두 줄기 붉은 핏줄기가 분출되고 있었다.

선변은 빠르게 대강의 상황을 짐작해 볼 수 있었다. 뒤로

넘어간 사내의 발치에서 멍한 듯 엉거주춤 서 있는 강산이 바로 사내의 콧잔등에다 아주 정통으로 머리를 들이박아 버린 장본인이라는 사실을.

전방 안에서 느긋하게 구경을 하고 있던 사내들은 조금 뒤늦게 상황 파악을 한 듯했다.

"저거 뭐야?"

"쌍!"

"저 X끼가?"

사내들이 제각기 한 소리씩을 뱉어 내며 우르르 강산을 향해 달려나왔다. 그것을 보고 선변이 짧게,

"탓!"

하고 기합을 뱉더니 두 걸음을 달려가 공중으로 도약했다. 이어 허공에 뜬 선변의 몸이,

팩!

하고 멋지게 회전했다. 크게 돌려찬 선변의 발끝이 아슬아슬하게 앞장선 사내의 머리끝을 스치며 돌아갔다. 비록 그 한 번의 허공 돌려차기가 목표했던 바를 제대로 타격하지는 못했지만 그 효과는 바로 나타났다. 사내들 셋이 동시에 멈칫하며 그 자리에 멈춰 서고 만 것이다.

선변이 바닥에다 침을 탁 뱉으며,

"X파! 나 한 성질 한다고 미리 경고했어? 그러니까 알아서 기란 말이지. 괜히 뚜껑 열리게 만들면 그때는 확 한판 살풀

이를 벌리는 수가 있어?"

하고 자못 팍팍하게 기세를 올렸다. 사내들 셋이 다시금 움 찔하였다. 그때 천천히 걸어온 윤파가 선변 옆에 버티고 섰 다. 아무 말 없이.

그런데 사내들에게는 윤파의 그런 행위만으로도 선변 이 상의 확실한 위협이 된 모양이었다. 사내들의 얼굴에 대번에 딱딱한 긴장이 서렸다. 그제야 여유를 좀 가지게 된 듯 선변 이,

"오늘은 이쯤 해두는 걸로 합시다. 하지만 다음에 다시 볼 때는 뭐 쬐끔이라도 성의 좀 보이고 그럽시다? 예?"

하고는 짐짓 분위기를 푸는 한편으로 슬쩍 이강에게 눈짓 을 주었다. 그에 이강이 다가가 강산을 부축하려 했다. 그러 나 강산은 애매한 얼굴로 이강의 부축을 사양했다.

그때 윤파가 어슬렁거리며 강산에게로 다가와서는,

"어이! 형씨! 거 앞으로는 아무 때나 톡톡 나서지 좀 맙시 다. 무슨 벼룩이 새끼도 아니고… 같이 다니는 사람들 쪽팔리 고 귀찮은 것도 생각 좀 해달라는 말이요. 알겠소?"

하고 잔뜩 인상을 그려 보이고는 슬쩍 어깨를 스치며 지나 갔다.

강산이 아무 대꾸도 못하고서 윤파의 등짝만 멍하니 쳐다 보고 섰는데 어느 틈에 다가왔는지 노달이 손바닥으로 툭툭 그의 어깨를 두드렸다. 그리고는 엷게 미소 띤 얼굴로 가만히

고개를 끄덕여 보였다.

3

퇴근 후 선변이,

"오늘 우리 조의 첫 임무는 우여곡절이 조금 있긴 했지만, 그래도 큰 사고 없이 그런대로 원만하게 수행한 셈인데… 다들 한잔 어떻습니까?"

하고 분위기를 띄웠다. 윤파가,

"좋지!"

하고 반색하였고, 노달과 이강 또한 굳이 마다하지 않았다.

그러나 강산은 그럴 기분이 아니었기에 몸이 아프다는 핑계를 대고 빠졌다. 하긴 강산이 아프지 않다면 더 이상할 노릇이기에 조원들도 적당히 위로의 말을 하였다. 선변이,

"본래 하룻밤은 자고 나봐야 속으로 골병든 게 나온다고 하니 그럼 오늘 저녁은 일단 푹 쉬신 다음에 내일 아침에 보고 의국(醫局)을 가보든지 하는 게 좋을 겁니다."

하며 짐짓 위해주는 체를 하였고, 노달은,

"몸조리 잘하게."

하고 간단히 말하였다.


강산이 독신자 숙소에 들어와 일찌감치 자리를 펴고 누워

서는 낮에 있었던 일을 가만히 반추해 보았다.

자그마치 아홉 개였다. 오늘 새로이 깨어진 관문의 숫자다. 그러니 지난번의 세 개를 합하면 도합 열두 개의 관문이 돌파된 것이다. 강산이 문득 흥분이 되기에,

"아아, 이제는 정말로 믿지 않을 수 없게 되었다."

하고 중얼거려 보았다. 새삼스럽게 전율이 이는 듯했다. 며칠 전에 처음으로 세 개의 관문이 돌파되었을 때만 해도 사실은 반신반의했다.

그런데 이제 어느덧 열두 개씩이나 돌파되고 보니 더 이상 '반의(半疑)'를 가질 이유란 없었다. 그의 몸에 봉인된 삼백육십관(三百六十關)은 조금의 의심의 여지도 없는 분명한 현실인 것이다. 강산이 문득,

'빌어먹을, 그때 좀 더 자세히 물어볼 것을.'

하는 욕심이 생기는 것이었다.

사실 그는 지금 계속해서 관문들을 돌파해 나가보고 싶다는 욕구가 점점 더 절실해지고 있는 중이었다. 그런데 도대체 뭐가 어떻게 돌아가는지, 또 뭘 어떻게 해야 하는지에 대해 도통 아는 게 없으니 참으로 답답하기 짝이 없는 노릇이었다.

그 삼백육십 개의 관문은 결국 어떤 종류의 적절한 자극을 받아야만 깨어지도록 되어 있음이 분명했다. 그가 열두 개의 관문을 돌파할 수 있었던 것도 바로 간지러움과 매(?)라는 자극 덕분이었으니 말이다.

그러나 간지러움은 이미 그다지 괴로워하지 않아도 될 정도로 무력화(?)된 상태였다. 또한 매를 맞겠다고 무턱대고 아무에게나,

'나 좀 패주시오!'

하고 들이댈 수도 없는 노릇이 아닌가. 더욱이 낮의 그 사내에게 호되게 얻어맞으면서 강산이 깨달은(?) 것이 하나 있었다. 무작정 맞는다고만 해서 관문들이 계속적으로 돌파되지는 않는다는 사실이었다. 노인에게 들은 대로라면 주문들은 정해진 순서대로 깨어나도록 되어 있었다. 아직 확신을 한다고까지 할 수는 없지만 아마도 위 순번으로 올라갈수록 보다 강한, 혹은 다른 종류 내지는 성질의 자극이 필요하리라는 짐작이 우선 들었다.

한편 열두 개의 관문 돌파로 인해 강산의 몸에는 어떤 변화가 생기는 조짐 같은 게 있기는 한 것 같았다. 그러나 그것은 지극히 미미하였고, 어떤 종류의 변화인지 감조차 잡기 어려웠다. 물론 가려움증이 대개는 견딜 만하게 되었다는 건 확연하였지만.

그때 노인이 말하기로, 만약 정말로 관문이 깨진다면 그 각각의 관문이 깨질 때마다 강산의 신체 능력은 어떤 식으로든 향상이 될 것이라고 했다. 그러나 강산이 지금 그런 것까지를 기대해 보는 건 아니었다. 그가 지금 정말로 가치있게 생각하는 것은 기껏 그런 따위가 아닌 것이다.

　삼백육십 개의 관문을 돌파해 나가는 일이 그에게 아무런 가시적 결과를 주지 못한다고 해도 좋았다. 지금 그에게 정말로 중요한 것은 그의 몸에 심어진 삼백육십관이 결코 상상으로만 존재하는 허황된 것이 아니라는 확신이었다.

　그것들이 실제로 하나씩 하나씩 실현되어 가고 있다는 자체만으로도, 그리고 누구의 간섭도 영향도 받지 않고 그 스스로가 주도하는 의지와 노력으로 이제부터 이루어갈 뭔가가 생겼다는 사실만으로도 가슴 벅찬 의미를 부여하기에 충분하였다.

　그리고 그럼으로써 그의 생각에 설렘을 느낄 만큼의 어떤 변화가 조금씩 조금씩 일기 시작하고 있다는 점이야말로 정말로 중요하였다.

　강산은 문득,

　"훗! 사기꾼 영감탱이!"

　하며 피식 웃고 말았다. 그때 노인이 했던 또 다른 말이 생각난 때문이었다.

　관문들이 정말로 하나씩 부서져서, 그리하여 이윽고 삼백육십 개의 관문 모두를 돌파한다면 그때는 아마도 인간의 한계를 훌쩍 뛰어넘어 신(神)과 같은 초월적 존재가 될지도 모른다고 했던.

　그러나 강산이 지금 노인의 허황됨을 비웃는 건 결코 아니었다. 외려 강산은 노인에게 고마운 마음을 가지게 되었다.

　'해보는 거다. 이제부터 또 무엇을 어떻게 해야 할지는 모르겠지만 어쨌거나 무엇이든, 어떻게든 해보는 거다. 해볼 수 있는 건 무조건 다 해보는 거다. 결국 안 된다고 하더라도 끝까지 한번 해보는 거다. 어차피 막장까지 몰린 인생이 아니더냐? 그저 절망과 허무에 빠져 좌절만 하고 있는 것보다는 마지막에 그것이 허무맹랑한 엉터리였다는 뻔한 결과를 확인하게 될지라도 그것을 해보는 것만으로도, 나 자신의 의지와 노력으로 그 과정을 하나하나 이루어 나가보는 것만으로도 그것을 해볼 만한 가치는 충분히 있을 것이다.'

十一

## 단련(鍛鍊)

1

요 며칠간 강산의 일상은 제법 변했다. 바빠진 것이다.

그렇다고 무슨 특별한 일을 열심히 하는 것은 아니었다. 다만 잠시도 쉬지 않을 뿐이었다. 틈만 나면 몸을 움직였으니까.

쉽게 여사로 하기는 손목 돌리기, 발목 돌리기, 목 돌리기, 허리 돌리기에서부터 조금 힘들게는 팔굽혀펴기, 윗몸일으키기, 앉았다 일어나기 등등, 강산은 그가 알고 있는 그리고 할 수 있는 모든 종류의 운동을 시작하였다. 곧 신체 단련이었다.

비록 그 종류래야 몇 가지 되지도 않았고, 특별할 것은 더

욱이 없었지만 강산은 열심히 했다. 정말 아주 열심히. 한번
시작하면 아주,

"악!"

"악!"

소리가 나도록, 곧 넘어갈 듯이 숨을 헐떡일 때까지 지독하
게 계속했다.

강산은 그렇게 시작한 것이다. 그 자신의 의지와 노력으로
스스로의 삶에 조금씩이라도 어떤 변화를 이루어가 보기로.

무엇을 어떻게 해야 할지는 모르지만 해볼 수 있는 건 모두
다 해보기로. 되든 안 되든 되는 데까지만이라도.


강산의 느닷없는 운동에 대해 조원들은,

'또 뭔 짓이래?'

'저러다 말겠지!'

하고 시큰둥하게만 보았다. 그러나 며칠이 지나는 동안 강
산의 운동이 열심히 하는 정도를 넘어 점점 더 지독한 정도로
변해가자 이윽고는 조금씩의 관심과 흥미를 보였다. 그중 선
변은,

"거 뒤늦게 몸이라도 만들려는 겁니까? 몸 만들어서 어디
쓰게요? 어디 손봐줄 놈이라도 생긴 겁니까?"

하고 은근히 놀리듯이 말하고는 다시 실실거리며,

"그런데 몸이란 게 며칠 운동 좀 한다고 만들어지는 게 아

닙니다. 한창 나이도 아닌데, 괜히 무리하다가는 오히려 몸 버립니다. 그리고 몸 좀 만들었다고 쳐도 그걸로 누구 손봐줄 생각 같은 건 아예 하지 마십쇼. 하하하! 뭐, 지난번에 확실히 체험하신 것 같습니다만 싸움이란 게 힘이나 근성만 가지고 하는 것이 아니고, 타고난 감각도 있어야 하고 또 이런저런 경험도 있어야 하는 겁니다.”

하며 은근히 충고 아닌 충고를 했다. 그러나 강산은 그저 잠시간 희미하게 웃는 얼굴일 뿐 하던 짓을 멈추지는 않았다.

강산이 운동—보기에 따라 몸을 혹사시키는 행위일 수도 있었 지만—을 시작한 지 열흘여가 지났을 때, 그는 정말로 자신의 체력이 제법 좋아지고 있다고 느꼈다.

물론 그런 느낌은 단순히 그의 자아도취에 불과할 가능성 이 컸다. 그러나 어쨌든 나쁜 기분이 아니었고, 그 기분만으 로도 단련을 계속해 나갈 동기를 삼는 데는 조금도 부족함이 없었다.

2

강산이 잠을 설친 김에 독신자 숙소를 나선 것은 축시(丑 時)를 훌쩍 넘겨 막 새벽으로 접어들 즈음이었다.

그게 다 그놈의 가려움증 때문이었다. 물론 열두 개의 관문이 활성화된 이후로 강산의 가려움증은 예전에 비하면 비교할 수도 없을 정도로 그 증상이 많이 완화된 바는 있었다. 그러나 아직까지도 완전히 없어지지는 않아서 가끔씩은 오늘처럼 잠에서 깨는 날이 있는 것이다.

어두운 밤이었다. 날씨마저 흐린 까닭에 달빛도 거의 없었다. 강산은 후원 한구석에 있는 가산(假山)으로 향했다. 기왕 잠을 설친 김에 운동이나 하려는 생각이었다.

그런데 강산이 막 가산 근처에 도착했을 때, 한 그루 소나무 그늘 아래에 서 있는 희미한 신형 하나가 있었다.

'먼저 와서 자리를 차지한 사람이 있군.'

하고 강산이 선뜻 몸을 돌리려다가 문득 눈길을 고정시켰다. 호기심이 생긴 때문이었다.

그 인물은 가만히 서 있는 게 아니었다. 아주 느릿하게, 그리고 진중하게 움직이고 있었다. 그러기에 아무 소리가 없었을뿐더러, 잠시 동안 지켜보지 않는다면 가만히 서 있는 것으로 착각할 만했다.

만약 그 인물이 검을 들고 있는 것을 보지 못했다면, 그전에 아주 은은하게 기이한 은색의 광채를 뿌리는 그것이 검이라는 걸 알아보지 못했다면 강산은 그 인물이 그저 밤의 정취를 즐기고 있는 것으로 알고 방해하지 않기 위해 조용히 돌아섰을 것이다.

그 기이한 은색의 은은한 검광이 이따금씩 미미하게 번뜩이는 것에서 강산은 그 인물이 지금 검술을 연마하고 있는 것 이란 걸 짐작해 볼 수 있었다.

'대체 누구일까? 누구인데 한밤중에 이런 곳에서 검을 연 마하고 있는 걸까?'

하는 의문이 생겼지만 그렇다고 굳이 더 가까이 다가가서 확인해 보고 싶은 마음까지는 들지 않았다. 다만 진짜 검으로 시전하는 검술을 제대로 볼 기회를 가져 본 적이 없는지라 잠 시 구경을 해보고 싶은 욕심이 문득 든 것이었다.

그 인물은 느릿하게 위에서 아래로 검을 그어 내렸다가 다 시 외발로 서며 검을 곧추세웠다. 이어 오른발을 앞으로 내며 왼발로 몸을 밀면서 다시 오른발로 땅을 구르면서 검을 그어 내렸다. 그리고 다시 앞으로 깊숙이 몸을 기울이며 검을 직선 으로 찔러낸 다음에 이어 왼쪽에서 오른쪽으로 검을 긋고는 다시 검을 높이 쳐들었다가 검극이 어깨에서부터 수평이 되 게 하여 돌아서며 옆으로 돌려 그었다.

강산이 잠시 지켜보자니 그 인물의 검을 움직이는 모양은 느릿한데다 또한 지극히 단순한 동작들이었다.

그러니 진중해 보이기는 하나 강산이 비록 직접 보지는 못 하였어도 흔히 들어는 보았던 팔방풍우(八方風雨)니 태산압정 (泰山壓頂)이니 횡소천군(橫掃千軍)이니 하는, 소위 무림인들 이 구사한다는 그럴듯한 이름의 검초들과는 일단 무관한 듯 보였다.

날카롭거나 딱딱 끊어지는 맛은 조금도 없이 그저 흐느적
거리기만 하는 것이, 어찌 보자니 그저 제멋대로의 흥에 따라
검을 놀려보고 있는 것 같기도 했다.

그러나 어쨌거나 강산으로서는 쉽게 볼 수 있는 구경거리
가 아니었으니 좀 더 찬찬히 구경을 해볼 생각이 들었다. 하
여 강산은 아예 한쪽 옆의 키 작은 정원수 아래에 있는 평평
한 바위 위에 엉덩이를 붙이고 앉았다.

그런데 바로 그때였다. 돌연 정원수 뒤쪽에서 그림자 하나
가 불쑥 나오는 것이었다.

"헉?"

강산이 기겁하여 급한 헛바람을 들이켜며 연이어 소리를
치려는데, 그 그림자는 급하게 제 입에다 손가락을 대며 소리
내지 말기를 당부하는 것이었다.

"쉿!"

강산이 놀람이 가시지 않는 중에도 자세히 보니 바로 선변
이었다. 선변이 강산의 귓가에다 입을 가까이 대며,

"이쪽으로 건너오십시오."

하고 귓속말을 하였다. 훅하니 선변의 따뜻한 입김이 귓속
으로 들어오는데 강산이 움찔하며,

'망할 자식!'

하고 속으로 투덜거리고 말았다. 촉촉한 입김이 귓바퀴와
귓속을 스쳐 돌며 남긴 미묘한 짜릿함 때문이었다.

　선변이 슬쩍 강산의 소매를 잡아끌기에 강산이 얼떨결에 당겨가고 나서 보니 겨우 한 발짝을 움직였을 뿐 거기가 거기였다.

　'애가 지금 뭘 하자는 거여?

　하고 강산이 설핏 의아해하는데, 선변은 오른손 손바닥을 쫙 펴더니 약지와 무명지, 그리고 엄지손가락을 구부리고 검지와 중지 두 손가락을 꼿꼿하게 펴더니,

　"유사막검 주사격검 이십칠유성 종종필가상……."

　하고 도무지 알아들을 수 없는 말들을 중얼중얼하는 것이었다.

　강산이 다시금 실소를 짓고 말았다. 선변이 하는 짓이 마치 무슨 환술이나 기문둔갑을 흉내 내는 듯 보여서였다. 그러나 선변이 사뭇 진지하게 집중하는 체하고 있었기에 강산도 웃는 표시를 뚜렷하게 내지는 못하였다.

　그때 선변이 손을 거두며 비로소 안심을 한다는 표정으로,

　"아니, 이 시간에 여기는 뭐 하러 나오셨습니까?"

　하고 물었다. 그런데 그 말소리가 평상시에 하듯이 하는 것이었기에 강산이 지레 놀라 얼른 손가락을 입에다 댔다.

　"어허! 쉿!"

　그러자 선변이 빙그레 웃으며 말했다.

　"잘못하고 있다는 걸 알기는 아십니까?"

　"잘못? 무슨 잘못? 난 그냥 좀 전에… 그쪽에서 하도 조심

스러워하기에……."

　강산이 사실은 별로 마음에 거리낄 일도 없었다. 그럼에도 선변의 물음에서 대해 대답이 분명치 못하고 말끝도 대충 얼버무려 버린 것은, 사실 그동안 선변이 일방적으로 이런저런 얘기를 건넨 적은 있었으되 두 사람 사이에 제대로 된 대화가 오간 적은 없었기 때문이다. 그러니 정작 하대(下待)를 해야 할지 평대(平待)를 해야 할지부터가 헷갈리는 것이었다.

　나이나 상단 경력으로 보아서야 하대가 당연했다. 그러나 아직 이렇다 할 친분을 맺은 것도 아닌 터인데 불쑥 하대를 할 수는 없었다. 더욱이 약관의 나이에 막장인 인재육성원까지 흘러왔으니 선변에게는 또 얼마나 파란만장한 사연이 있을 것인가.

　강산의 애매한 심정을 아는지 모르는지 선변이,

　"이제는 편하게 얘기해도 됩니다. 일부러 소리를 높이지만 않으면요."

　하며 짐짓 태연스럽게 말을 받아주었다. 강산이 이번에는 조금 더 확실하게 말투를 잡으며,

　"어째서?"

　하고 물었다. 선변이 강산의 말투에 대해서는 별다른 거부감이 없다는 듯 싱긋 웃으며,

　"하여간요."

　하고 말을 받고서는 이어서,

"그런데 쟤가 누군지 알기는 하십니까?"

하고 물었다. 그에 강산이,

"쟤? 난 모르겠는데?"

하고 이제는 한결 자연스러운 반말로 대답 겸 반문을 하였다.

"이강이에요."

"아!"

"그런데 그거 아십니까?"

"뭘?"

"무림에서는 허락없이 남의 연무 장면을 훔쳐보는 것이 금기로 되어 있다는 거 말입니다."

강산이 대수롭지 않게 여겨 피식 웃으며,

"훗! 그럼 우리가 지금 훔쳐보고 있는 셈인가?"

하고 말하였다. 선변이 잠시간 빤한 눈길로 강산을 보더니 이내,

"뭐 생각하기에 따라 그럴 수도 있다는 겁니다."

하고 싱긋 웃는 얼굴로 말하였다. 강산이 흘깃 이강이 있는 쪽으로 시선을 주며,

"그런데 아무리 보아도 저 친구가 지금 하고 있는 게 무슨 금기씩이나 될 만큼 대단한 건 아닌 것 같은데?"

하고 말하자 선변은 짐짓 정색을 했다.

"그건 모르시는 말씀입니다. 지금 이강이 하고 있는 저 동

작들은 모두 무당검법을 바탕으로 한 것입니다. 삼재검법과 유운검법 등등의 초식들을 약간씩 변형시키고, 혹은 서로 혼합하거나 원용하여 나름대로 다른 형태를 만들어낸 것이지요. 그러나 그 본(本)마저 바꾸는 것은 새로운 검법을 창안하는 것이나 진배없어서 검술이 지고의 경지에 오르지 않고서는 불가능한 일이니 검을 조금 안다는 사람들에게는 지금 이 강의 검이 결국에는 무당검에 속한다는 사실이 확연하게 보일 수밖에 없는 것이지요.”

선변이 나름으로는 친절하게 설명을 하였고, 강산이 또한 제법 진지한 기색으로 들었다. 그러나 다 듣고 난 강산의 묻는 바는 사뭇 엉뚱하였다.

“무당이라면, 그 구파일방 중의 무당파를 말하는 것인가?”

“허! 그럼 그 무당이 아니면, 무슨 푸닥거리하는 무당인 줄 아셨습니까?”

선변이 가벼운 투로 슬쩍 핀잔을 준 다음에 어깨를 으쓱하며 다시 말을 보탰다.

“쟤는 혼자서 연습하는 걸 보면 제법 그럴듯해 보이는데… 근데 평상시 하고 다니는 모양새를 보면 사내자식이 영 숫기도 없이 순진해 빠져 가지고 막상 실전에서는 영 꽝일 것 같은 감이 팍팍 든다니까요.”

그 말에 강산은 슬며시 웃음을 짓고 말았다. 그때였다. 저쪽에서 이강이 돌연 운검(運劍)을 멈추더니,

"아아! 벌써 몇 년째 소혜(小慧)에서 조금도 더 나아가지 못하고 있으니… 정녕 나의 자질은 이 정도밖에 되지 못한다는 말인가?"

하고 나직이 탄식하며 독백하였다. 그런데 그것을 들은 선변이 언뜻 놀라는 기색이 되며,

"소혜라고?"

하며 중얼거렸다. 그리고는 무언가를 짐작한다는 듯이 문득 생각에 잠기는 것이었다.

그러나 강산으로서야 짐작하고 말고 할 것이 없었으니 그저 멀뚱하니 선변과 이강을 번갈아 볼 뿐이었다.

하긴 그런 중에 강산이 다시금 이상하다는 생각이 드는 것이 있긴 하였다. 지금까지 그와 선변은 별로 소리를 죽이지도 않고 여사로 얘기를 주고받았지 않은가. 그런데도 이강은 아무런 낌새도 알아채지 못하였는데, 그 점에 대해 강산은 그저 이강이 검술 연습에 너무 집중해 있어서 그렇겠거니 하고만 여겼다. 그런데 방금 이강의 나직한 독백이 그에게까지 그토록 또렷하게 들리자 역으로 이강이 그와 선변의 존재에 대해 여전히 알아채지 못하고 있다는 사실이 새삼 이상하고도 신기한 생각까지 드는 것이었다.

# 十二
## 조장(組長)

### 1

선변이 강산에 대해 처음에는,

'참 무던히도 대책없는 양반이다!'

고 생각했다. 그렇지 않은가? 아무리 뜯어봐도 잘난 구석
이나 잘하는 것이라곤 하나도 없지 않은가? 하긴 강산이나 그
나 피차 잡조라는 막장까지 밀려와 있는 처지에 누가 누굴 보
고 잘났니 못났니 하겠는가만 말이다. 하여간 그런 중에도 강
산은 다시 밋밋하고 평범 이하로 보였던 게 사실이다.

그러나 선변이 강산과 함께 한동안 지내보면서는 점차로,

'어디 한군데도 별 볼일이라곤 없는 양반인데 간혹 보다
보면 제법 별난 데가 있기도 하다.'

는 정도로 평이 조금씩 바뀌어갔다. 얼마 전에 하피촌(下避
村)으로 수금을 나갔을 때 강산이 보여준 그 뜻밖의 무모하면
서도 악바리 같은 근성이 그랬고, 이해할 수 없을 정도였던
맷집이 또한 그랬다. 그 일을 계기로 선변은 강산에 대해 약
간의 관심과 은근한 흥미를 가지게 되었다.

그러나 선변은 다른 조원들에 비해 유독 강산과는 사뭇 어
색한 관계였다. 강산이 워낙 말수가 없는데다 조원들과 잘 어
울리지 못하고 홀로 외톨이로 있었기 때문이다.

그러다 마침 며칠 전 새벽, 우연히 이강의 연무 장면을 함
께 훔쳐(?)보면서 비로소 두 사람은 작은 친교를 틀 수 있었던
것이다. 그것이 계기가 되어 이후로는 선변이 강산을 대하는
데 별 어색함이나 가림없이 사뭇 자연스럽게 되었다.

그렇다 보니 선변은 자연히 강산에 대해 보다 유심한 관찰
을 하게 되었고, 또한 그렇다 보니 지금까지 보이지 않던 강
산의 새로운 면모들이 조금씩 눈에 들어오는 것도 있었다.

우선은 강산의 신체적 변화였다. 그것은 흥미롭게도 선변
이 미처 발견하지 못했던 것이 아니라, 강산에게 지금 현재
진행되고 있는 변화였다.

바로 요즘 들어 제법 단단해지는 태가 나고 있는 강산의 팔
뚝을 눈썰미 좋게도 선변이 알아본 것이었다.

하긴 다른 사람들이야 굳이 강산의 팔뚝 따위에 관심 같은
게 있을 리 만무하였고, 설혹 유심히 본다고 하더라도 강산의

팔뚝이 유난히 굵은 것도 아니고, 또 무슨 핏줄 울끈불끈한 대단한 근육질도 아니어서 두드러질 것이라곤 없었다. 그 팔뚝이 그 팔뚝이지 하고 말 정도인 것이다. 그러니 선변의 관심 두는 바가 유별나고, 또한 그의 눈썰미가 좋다고 하는 것이다.

어쨌거나 처음 볼 때 강산의 팔뚝이 얼마나 빈약했던가를 기억하는 선변으로서는 자못 놀랍기도 하고 한편 어이없기도 해서,

'허! 이제 한 달도 안 되는 동안, 그것도 무슨 단련이랄 것도 없는 제멋대로의 엉터리 운동 좀 했다고 그새 표시가 나나?

하다가 다시,

'후훗! 어쨌든 흥미로운 양반이다. 지켜보다 보면 그리 심심치는 않겠어.'

하고 실없는 염두를 굴려보는 것이었다.


2


조원들의 공식 나이(?)가 밝혀졌다. 오지랖 넓은 선변이 내사부 총국(總局)의 인사 기록을 통해 확인한 결과였다.

그런데 노달의 나이가 겨우 육십일 세라고 하는 것을 보면 비록 공식 인사 기록이라고는 해도 막상 그 기록들에 대해 얼마만큼의 신빙성이 있는지는 어느 정도 의심을 해야만 했다.

그러나 어쨌거나 공식(公式) 자(字)가 붙었으니 일단은 인정할 수밖에. 강산이 서른셋, 윤파가 서른하나, 그리고 이강과 선변이 공히 스물이었다.

나이가 밝혀진 이후 조원들 간에는 겉으로는 보이지 않는 미묘한 기류가 생겼다. 일종의 서열 의식 같은 것이랄까?

사실 같은 낙오자들의 처지인데 그놈이 그놈인 게지 무슨 서열 따위를 가릴 것이 있겠는가 하고 가볍게 무시해 버릴 듯싶지만 막상은 그게 아니었다. 막상 공식적으로 나이가 밝혀지고 나자 안 그런 척하면서도 서로 간에 유, 무형으로 펼치는 약간씩의 묘한 신경전 같은 게 생기는 것이었다.

그 미묘한 신경전의 시발은 선변과 이강의 도토리 키 재기로부터 시작되었다.

이강과 선변이 약관으로 동갑이나 선변은 자신의 생일이 정월 초하루생임을 강조하였다. 물론 생, 월, 일(生月日)까지야 인사 기록에도 기재가 안 된 것이니 확인해 볼 길이란 없었다. 선변이 심심할 때마다 이강에게,

"오뉴월 하룻볕이 어디냐?"

하고 굳이 자신이 형님임을 고집하더니 이윽고는,

"아무리 우리가 막장까지 몰린 처지라지만 그래도 위아래는 있어야 하지 않겠어? 그러니 앞으론 형님이라고 불러라?"

하고는 콱 못을 박았다.

　그런 선변에 대해 이강은 그저 피식 웃고 말았다. 그러나 아전인수라고, 그 웃음을 승복의 의미로 받아들인다는 듯이 선변은 이강의 어깨를 점잖게 두드려 주었다.

　이후로 선변은 강산과 윤파에게 천연덕스럽게 형님 소리를 붙였거니와 당연히(?) 이강에게도 그렇게 하기를 강요(?)했다. 다만 차마 노달에게까지 형님 소리를 하지는 못하겠던지 여전히 영감님이라고 불렀다.

　선변이 그렇게 분위기를 잡은 때문인지 웬만한 일에는 시큰둥하니 눈썹 하나 까딱하지 않던 윤파 또한 적잖이 껄끄러운 기색이었다. 다른 사람들하고야 워낙 차별이 분명하니 껄끄러울 일이 있을 것이 없는데, 필경은 강산과의 관계 때문일 것이다. 선변이 이강에게 '오뉴월 하룻볕'을 따지는 판에 강산과 윤파의 나이 차가 이 년이나 나지 않는가.

　그러나 삐딱한 윤파의 성격에 강산같이 별 볼일 없어 보이는 인사에게 '형님, 어쩌고…' 한다거나 혹은 서로 존대를 한다거나 하기를 기대하는 것은 아무래도 무리일 것이다. 아마 윤파의 성격상으로는 강산과 서로 맞먹으려고 하는 것조차도 탐탁해하지 않을 것이다.

3

하루는 원장에게 호출을 받아 갔던 노달이 무거운 얼굴을 하고서 돌아왔다. 노달이 한숨을 푹 내쉬며,

"휴우! 나 같은 늙은이가 조장 역할을 하기에는 아무래도 무리일세. 그리고 처음부터 임시로 잠시간만 맡겠다고 했던 것이니 이제는 다른 사람이 좀 맡아주었으면 하네."

하고는 더는 자세한 말을 하지 않았다. 아무래도 원장과 좀 부대낀 모양이었다. 하긴 원장의 나이라고 해봐야 기껏 강산과 비슷한 정도였으니 노달이 그의 잔소리와 질책을 받기란 쉽지 않았을 터이다.

그런데 노달이 벌써 짐을 벗은 듯이 후련해하는 기색이어서 조원들 중 누구라도 선뜻 노달을 말려볼 생각을 하기가 어려웠다.

한참 미묘한 분위기가 흐르는 중에 문득 선변이,

"그렇다고 조장없이 있을 수는 없는 일이고… 다들 하기 싫겠지만 어쨌든 누군가 맡기는 맡아야 할 것인데, 그것 참……."

하며 슬쩍 말끝을 흐렸다가는 다시,

"흠! 나이로 보나 상단 경력으로 보나 영감님 다음은… 강산 형님인데……."

하고는 막상은 강산이 아니라 윤파 쪽을 바라보며,

"안 그렇습니까, 윤파 형님?"

하고 슬쩍 말머리를 넘겨 버리는 것이었다.

윤파는 뭐라고 대답을 내는 대신에 시큰둥한 표정이었다.
그러더니 이내 시선을 다른 쪽으로 돌려 버리는 것이었다. 그
모양이 마치 자신은 그런 데 조금도 관심이 없으니 너희들 맘
대로 하라는 것 같았다.

선변이 설핏 묘한 웃음을 스쳐 웃었다. 이어 이번에는 노달
과 무언가 의미가 있어 보이는 눈빛을 주고받았다. 그리고는
곧 중대한 선언이라도 하듯이 짐짓 목소리를 굵게 하여 장중
하게 외쳤다.

"강산 형님, 형님을 잡조의 제이대 조장으로 임명합니
다!"

다분히 호들갑스러운 그 말투에 이강이 입가에 슬며시 웃
음기를 떠올리고 말았다.

그러나 정작으로 당사자인 강산은 실감이 나지 않아 무덤덤
하니 아무런 반응도 내놓지 않았다. 그때 노달이 빙그레 웃으며,

"조장! 앞으로 잘 부탁하네!"

하고 마치 다른 조원들에게 보란 듯이 강산을 향해 가볍게
고개를 숙여 보였다.

노달의 그 한 번 고갯짓에 강산은 간단히 잡조의 새로운 조
장이 되었다. 아니, 되고 말았다. 오로지 나이와 '짠밥' 때문
에, 순전히 억지로.

4

사실 강산이 조장이 되기까지에는 노달과 선변의 사전교 감이 얼마간 있기는 했다.

처음 노달은 한동안 좋으나 싫으나 자신이 조장 자리를 맡을 수밖에 없을 것이란 각오를 한 바가 있었다. 조원들이라고는 빤한데, 자신 말고는 사실 누구에게도 조장을 맡길 만하지가 않았던 것이다.

그렇다고 그가 조장으로서 무슨 대단한 역할과 임무를 각오했다는 것은 아니다. 다만 기왕에 막장인 잡조이니 그저 잡조답게 두드러지지 않는 평범한 일상을 영위할 수 있기를 바랄 뿐이었다. 그가 사해상단에 들어와서 지금까지 쭉 그래 왔던 것처럼.

그런데 하피촌에서 생각지 않게 강산의 독특한 일면을 보고 난 뒤 노달은 뒷전으로 물러나 볼 생각을 설핏 해보았던 것이다. 강산에 대해 어떤 기대감이 생겼다는 것은 아니다.

오히려 그것은 우려였다. 겉보기와는 달리 사뭇 충동적이고도 돌발적인 내면을 지닌 강산으로 인해 그가 속한 잡조의 일상이 평범한 것이 되지 못할 수도 있겠다는 걱정이었다. 그럼으로써 노달은 조장으로서 전면에 노출되어 있기가 부담스러워진 것이다.

'속한 환경이 평범하지 못하다면 그저 중간쯤에 묻혀 있는 것이 상수!

　노달의 노회한 처세관은 그러했다. 거기에다 마침 뒤로 물러나려는 그의 심사를 대강이나마 눈치챘던지 한번은 선변이 짐짓 장난스럽게,

　"저, 영감님! 혹시 조장 일 보시기가 영 껄끄러우시면 그 후임은 순하고 독한 양면을 다 가진 사람을 시켜보는 것이 어떨까요? 하하하! 뭐 별 뜻은 없고, 그래 놓으면 혹시 이 따분한 낙오자 집단에 간간이라도 제법 재미있는 일들이 생길지도 모르겠다는 생각이 문득 들어서요."

　하고 지나가는 말처럼 슬쩍 던진 적이 있었는데, 그가 말하는 '순하고 독한 양면을 다 가진 사람' 이 바로 강산을 이른다는 것을 짐작하기란 어려운 일이 아니었다.

　그리하여 오늘 노달이 조장을 그만둘 것을 말하였을 때, 선변이 슬쩍 나서서 강산을 추천하였고, 거기에다 혹시 삐딱한 반응을 보일지도 모르겠다 여겼던 윤파가 그저 시큰둥한 무관심 정도로 방관하였다. 더욱이 의외로 당사자인 강산이 지레 겁내어 뒤로 빼지 않고 그저 무덤덤하게 선변이 일 꾸미는 것을 보고만 있었기에 생각보다는 쉽게 강산을 '잡조의 제이대 조장' 으로 만들게 된 것이다.

5

조장(組長)!

그 두 글자에 대해 강산은 묘한 감회를 가져 보지 않을
수 없었다. 만년 말단의 회한이랄까? 상단 생활 벌써 이십
년차다. 그러나 초급 간부직인 행두(行頭)의 직위에조차 올
라보지 못하고 퇴출되어 막장으로 와 있는 처지가 아니던
가.

그런데 이제와 전혀 생각지 못하게도 '장(長)' 자를 달았으
니, 강산이 솔직히는 감회니 회환이니 겸연쩍음이니 하는 등
등을 다 제쳐 두고 우선은 기분이 좋아지는 걸 어쩔 수 없었
다. 유치하다는 건 안다. 그러나 아무리 장(長) 같지 않은 장
이라지만 어쨌든 장은 장 아닌가.


선변의 관찰에 의하면, 조장이 된 이후로 강산은 또 조금씩
변모해 가고 있는 중이었다.

물론 그까짓 말랑거리는 근육이 조금 더 생기고 말고 하
는 따위라면 굳이 다시금 강조할 일도 아닐 것이다. 강산의
변모는 말하자면 성격 내지는 태도의 변화라고 할 수 있었
다.

때로 선변이,

'까짓 개도 안 물어갈 허접스런 조장 자리 하나 맡았다고
사람이 저렇게나 변할까?'

하고 생각할 정도로 강산은 조금씩 긍정적으로, 그리고 점

차로는 주도적으로 변해가고 있었다.

어떨 때 선변은 강산의 그런 변모에서 이전의 그에게서는 조금도 느껴볼 수 없었던 일종의 자존감(自尊感) 같은 것을 엿볼 때도 있었다. 비록 실제에 있어서 그는 여전히 안팎으로 두루 무시되는 기껏 ‘잡조’ 의 조장에 불과했지만.

6

어느 날 오후. 다시 원장으로부터 호출이 있었다.

강산이 조장이 되고 난 후에도 위로부터는 이런저런 지시가 떨어졌고, 또 처리를 하곤 했지만, 원장으로부터 직접 호출을 받기는 이번이 처음이었다. 당연히 노달 대신에 강산이 온 것에 대해 이유를 물어볼 법도 하였는데, 원장을 포함해 누구도 왜 그렇게 되었는지에 대해서는 전혀 관심이 없는 듯했다.

그러니 강산 또한 잡조의 조장이 바뀐 연유에 대해 굳이 언급할 필요는 없는 일이었다. 떳떳이 언급할 만한 연유도 없었지만 말이다. 하긴 괜히 잡조이겠는가? 그런 따위의 일은 그들 잡조원들끼리 알아서 처리하면 충분했다.

강산이 돌아와 이런저런 자질구레한 전달 사항과 지시 사항들을 말하는데, 윤파는 아까부터 지그시 인상을 그리고 있었다. 무언가 뒤틀린 낌새였다. 이윽고 강산이 할 말을 다 마

쳤을 때 윤파가 꼿꼿이 허리를 세운 채,

"어이! 당신 말이야!"

하며 다가섰다. 그 날 선 말투에서부터 윤파는 이미 단단히 벼르고 있는 참인 모양이었다. 아니나 다를까, 윤파의 말은 거침없이 과격해지고 있었다.

"내 웬만하면 대충 넘어가려고 했는데, 거 영 신경이 거슬려서 말이야. 난 다른 건 몰라도 꼴사나운 건 그냥 보고 있지 못하는 성미거든? 뭔 말인지 몰라? 내 앞에서 괜히 조장이랍시고, 기껏 두어 살 나이 더 먹었다고 꼴사납게 행세하지 말라는 말이야! 알겠어?"

강산은 슬며시 이맛살을 찌푸렸다. 그 몇 마디로 대충의 사정은 짐작이 되었다.

강산이 조장으로서 위로부터 지시된 사항들에 대해 조원들에게 이리저리 역할을 분담하였는데, 윤파는 그렇게 강산으로부터 관리받는 것이 몹시 거슬린 모양이었다.

사실 조원들의 나이가 밝혀진 것을 계기로 선변과 이강이 '형님! 형님!' 하면서 나이대접을 해주는데다가, 비록 족보 없는 계급이지만 어쨌든 조장이라는 직급까지 얻었으니 이즈음 강산이 노달을 제외하고는 윤파에게까지 대충 두루뭉술하게 평대를 하고 있는 중이긴 했다. 어쩌면 윤파에게는 그것부터가 심히 거슬렸던 것이리라.

그러나 강산이 생각건대 그가 비록 윤파의 심기를 살피는

데 다소간 부주의하고 무성의했던 점이 있었다고 치더라도 윤파가 이런 정도로까지 엉겨드는 것은 곤란했다.

아무리 막장이라고는 해도, 그리고 하찮다고는 해도 어쨌든 조직은 조직인 것이다. 그러니 최소한의 기강은 있어야 한다는 게 강산의 생각이었다. 굳이 조장으로서 그의 위치를 세우기 위해서가 아니라, 그를 포함한 조원들 모두가 겪지 않아도 좋을 곤란과 불편을 당하지 않기 위해서라도 말이다.

짧은 순간 머릿속으로 이런저런 생각을 하는 중에 강산은 생각없이,

"훗!"

하고 나직한 피식 웃음을 흘리고 말았다. 전혀 의도한 것이 아닌, 그냥 새어 나온 웃음이었다.

막상 큰 각오를 하였음에도 이상하게도 여전히 담담한 심정인 스스로에 대한 웃음이었을까? 예전의 그였다면 다만 윤파가 보이는 저런 거친 기세를 대하는 것만으로도 벌써 심장은 터질 듯 방망이질 치고, 등줄기에는 식은땀이 홍건히 고였을 것인데 말이다.

그러나 강산이 의도하지 않았다고 해도 그 짧고도 나직한 웃음 한 자락으로 인해 그날의 피 튀기는 사건은 본격적으로 시작되고 말았다.

"웃어? 너 지금 웃었니?"

하며 윤파의 말꼬리가 뾰족하게 올라가더니,

"이런 꼴통 X끼! 야! 전부터 내가 말해두고 싶었는데… 너 그렇게 아무한테나 함부로 개기는 거 아니다? 그러다가 한 방에 골로 가는 수가 있어?"

하는데 그의 두 눈에는 이미 확 불길이 당겨져 있었다.

보고 있던 선변이 더 이상 두었다가는 뭔 일 생기겠다 싶어서 얼른 두 사람 사이로 나서며,

"에이, 형님들! 왜들 이러십니까? 서로 오해가 있으면 좋은 말로 풀면 될 일이지… 거 점심들 잘 잡숫고 나서 열 올리면 소화 안 됩니다? 자자! 일단은 열부터 좀 삭이십시오!"

하고 특유의 넉살을 떨었다.

그러나 그때 선변이 전혀 예상하지 못하던 반응이 돌아왔다. 바로 강산에게서였는데,

"이봐, 내 조장 자리에 대해 상당한 유감이 있는 모양인데, 정히 마음에 안 들면 자네가 조장 하지그래?"

하는 말투가 아주 덤덤하였다.

선변이 화들짝 놀란 표정이 되었고, 윤파는 차라리 멍한 기색이 되고 말았다.

그때 강산이 다시,

"그리고 말이야, 내 나이 많은 데 대한 유감은 나로서도 어쩔 수가 없겠네. 기왕에 먹은 나이를 안 먹었다고 할 수도 없는 일이니 말이야. 뭐, 자네가 정히 불만이라면 다른 조로

소속을 바꾸는 건 어떻겠나? 원한다면 내가 알아봐 줄 테
니.”
하고 덧붙이는 것이었다.
담담하게 조목조목 답변이라도 하는 듯한 강산의 말주변
에 선변은 아예 입을 딱 벌리고 말았다.
‘허! 참으로 대책없는 양반일세. 이제 서로 하루 이틀 겪어
보는 게 아니니 윤파라는 사람이 어떤 사람인지 알 만도 한
데 지금 분위기가 어떻게 돌아가는지 그렇게도 감을 못 잡
나?
하는 생각으로 선변이 외려 그 자신이 더욱 다급한 심정이
되고 마는데, 아니나 다를까,
팟!
윤파의 몸이 앉은 자리에서 펄쩍 허공으로 뛰어올랐다. 기
합 소리도 없이 행해진 놀라운 도약이었다. 이어 윤파의 몸은
도약의 탄력을 살려 그대로 강산에게로 쇄도해 갔다.
퍽!
어디를 어떻게 맞았는지 강산의 몸이 일시 허공으로 붕 떴
다. 그리고는 그대로 바닥으로 나가떨어졌다.
콰당!
윤파는 바닥에 뒹구는 강산을 쳐다보지도 않고 뒤돌아서
서 자신이 원래 있던 곳으로 천천히 걸어갔다. 그런 윤파의
얼굴에 한 가닥의 씁쓰름한 표정이 떠올라 있었다.

바로 그때였다.

"XX끼! 기왕에 시작했으면 끝장을 봐야지, 가긴 어딜 가
니, X꺄?!"

등 뒤에서 터져 나오는 날카로운 음색의 악다구니에 윤파
의 몸이 반사적으로 홱 돌아섰다. 강산이었다. 그가 비칠거리
며 바닥에서 몸을 일으키고 있었다. 순간 윤파는 다시금 앞으
로 튕겨져 나갔다. 이어,

퍼퍼퍽!

퍼퍼퍼퍽!

무차별적으로 주먹이 작렬하는 소리가 요란하게 울렸다.

선변은 얼굴을 잔뜩 찌푸렸다. 일방적인 구타였다. 저번처
럼 이번에도 강산은 싸움을 하는 것이 아니라 스스로의 맷집
이 얼마나 센지, 몸이 얼마나 버틸 수 있는지를 시험해 보려
는 것만 같았다. 선변은 문득,

'저 양반 혹시 변태 아닐까? 자학 변태 같은 거?

하는 생각까지를 해보았다. 어찌 보자니 강산이 지금 맞는
걸 즐기고 있지 않나 하는 생각이 들기도 해서였다.

어쨌거나 새삼스럽게 놀랍지 않을 수 없는 건 역시 강산의
맷집이었다. 강산이 쓰러졌다가는 비틀거리며 일어나고, 또
쓰러졌다가는 기어코 일어나고 있었다.

본래 매에는 장사 없다는 말이 있는데, 강산에게는 조금 예
외로 쳐야 할 말이 아닌가 싶기도 했다.

　물론 지금의 경우에는 윤파가 의도적으로 상황을 그렇게 만들고 있을 공산이 컸다. 병신이 되거나 아주 죽지 않을 만큼 적당히만 패는. 윤파라면 능히 그럴 수 있는 능력의 소유자라고 선변이 벌써부터 짐작하고 있는 바가 있는 것이다.

　'큭! 아주 개 박살이 나는군!'
　그야말로 박살이 나고 있는 중에도 강산은 언뜻 스스로의 지금 처지에 대해 차라리 담담한 자조를 떠올렸다.
　지금 그의 폭발(?)은 지난번 하피촌에서와 같은 공포와 고통의 극단에서 내부적으로 자폭해 버리는, 도저히 스스로를 통제하기 불가능했던 폭발과는 사뭇 달랐다.
　그의 내부에서 분명 어떤 감정의 폭발이 일어난 상태임에도 강산은 스스로의 상태를 비교적 분명하게 인지하고 있는 중이었다. 굳이 추스르고 통제할 마음은 들지 않았다. 그 폭발이 그의 내부 깊숙이 눌려 있던 폭력에 대한 증오가 반사적으로 분출해 나오는 것임을 이제는 알기 때문이었다.
　강산이 윤파에 대해 어떤 저항을 해볼 생각까지를 하는 건 아니었다. 상단에 들어온 이래 이십여 년간이나 줄곧 소극적이고 무조건 받아들이는 입장으로만 살아왔는데, 아무리 새로운 각오를 세웠다고 해도 한순간 갑자기 정반대로 적극적이고 저항적이 될 수는 없는 일이 아니겠는가.

　그저 윤파의 폭력이 부여하는 고통과 공포에 대해 굴복하지는 않는 것으로도 족했다. 외부로부터 가해지는 불가항력의 강압과 압제에 대해 비록 물리적으로는 어떻게 저항해 볼 힘이 없다고 해도, 지금과 같이 오로지 그 자신의 순수하고도 분명한 의지로써 굴복하지 않고 버티고 있다는 것만으로도 충분히 만족스러웠다. 이를테면,

　'개 박살이 나더라도 쫄지는 말자!'

　뭐, 그런 것이었다.


　강산의 얼굴은 금방 엉망이 되어 있었다. 얼굴 여기저기가 터지고 시퍼렇게 혹은 벌겋게 부풀어 올랐다.

　그러나 선변은 막상 말릴 엄두를 내지 못하고 있었다. 이제는 쉽사리 뜯어말릴 성격의 싸움이 아니게 되어버린 것이다.

　한편으로 기왕에 벌어진 싸움이니 어중간하게 마무리를 하느니보다는 어떤 식으로든 끝을 보는 게 좋겠다는 생각이 있기도 했다. 그렇게 해서 두 사람 간에 나름대로의 위상 내지는 질서를 세우는 것이 조원들 모두의 말썽 없는 앞날을 위해서는 오히려 좋을지도 몰랐다.

　그렇게 선변이 조금만 조금만 더 두고 보자 하고 있는 중인데 갑자기 싸움이 멈추었다.

윤파는 뒤로 몇 걸음을 물러서서 우뚝 버티고 서 있었다. 그런데 그의 기세는 좀 전까지의 살기등등하던 것에 비해서는 한결 수그러진 것처럼 보였다.

강산은 막 비틀거리며 바닥에서 몸을 일으키고 있는 중이었다. 그때 강산의 얼굴은 완전히 피투성이가 되어서 가히 참담한 몰골이었다.

그러나 선변이 언뜻 강산의 눈을 보았는데, 순간 그 눈이 생생하고도 차갑게 살아 있다는 생각을 했다. 그때 강산이 돌연 날카롭게 외쳤다.

"덤벼! X끼야! 아직 멀었어! 덤비라고! X꺄!"

순간 윤파는 분노하기보다는 차라리 놀라움과 갈등을 떠올려야만 했다.

놀라움이란 것은 역시 강산의 이해할 수 없는 맷집에 대해서였다. 비록 그가 위험한 급소는 피해서 때렸다지만 그렇다고 그의 주먹질이 간단한 것은 결코 아니었다. 무공이 없는 보통 사람이 맷집으로만 견딜 만한 것은 결코 아닌 것이다.

'이자, 무공을 전혀 모르는 것이 분명하다. 그런데 어떻게……?'

그리고 윤파의 갈등이란 것은 이 어이없고도 귀찮은 싸움을 어떻게 끝내느냐 하는 것이었다.

'이걸 그냥! 아예 몇 군데 확 부러뜨려 버려?'

윤파의 갈등은 그리 길지 않았다. 쭉 미끄러지듯이 하는 묘한 걸음으로 순식간에 강산에게로 접근하면서 그의 우장(右掌)이 가볍게 떨쳐졌다.

팡!

약간의 내력이 가미된 윤파의 그 일격은 강산의 옆구리에 정확하고도 강력하게 작렬하였다. 그리고 짧게 헛바람 빠지는 소리가 새어 나왔다.

"헛!"

그러나 그 소리는 강산이 아닌 윤파에게서 나온 소리였다. 그가 놀라 내뱉은 경호성인 것이다. 동시에 윤파는 반사적이다시피 허리를 튕겨 뒤로 두 걸음이나 물러섰다.

윤파를 경악하게 만든 것은 바로 강산의 팔꿈치 일격이었다. 그것도 제법 강한 힘이 실린 일격이었다.

윤파가 판단하기에 그 찰나의 순간에서 각도로나 거리로나 강산의 팔꿈치는 결코 그 같은 일격을 가할 수 있는 상황이 아니었다. 그런데 뭐가 어떻게 된 건지도 모르게 강산의 팔꿈치 일격은 분명히 날아왔다. 정확히 그의 명치를 노리고.

윤파가 본능적이다시피 두 손바닥을 펼쳐 그 팔꿈치를 받으면서 뒤로 몸을 뺏기에 망정이지, 자칫했으면 윤파는 지금 노랗게 변한 얼굴로 바닥을 기고 있을 뻔하였다.

한순간 윤파의 눈이 하얗게 뒤집어졌다.

"이 X끼가?"

폭발적 살기였다. 윤파의 손이 등 뒤의 목검을 잡아갔다. 한마디의 무거운 호통이 터진 것은 바로 그때였다.

"그만!"

노달이었다. 일갈로 일단 윤파를 멈추게 한 노달이,

"서로 비슷비슷한 처지에 품어주지는 못할망정 칼질을 해서야 쓰나?"

하고 타이르듯 담담한 목소리로 말했다. 윤파의 눈빛이 가늘게 흔들렸다. 그러나 이내 그는 등 뒤로 돌려 목검 자루를 잡고 있던 손을 천천히 거두었다.

윤파의 모습을 가만히 지켜보고 있던 노달이 이번에는 강산에게로 차분한 눈길을 향했다. 그때 강산은 무엇이 아쉬운 듯, 억울한 듯 사뭇 묘한 표정이다가 노달과 눈길을 마주치자 슬며시 표정을 추슬렀다.

"자네도 그래. 무슨 사정이 있는지는 모르겠으나 그렇게 자신의 몸을 학대하면 못쓰는 법일세. 나 같은 늙은이에 비하면 자넨 아직도 살날이 까마득히 남았는데 몸뚱이 소중한 줄 알아야지 함부로 굴리다간 늙어서 고생하네."

잔잔히 타이르듯이 하는 그 어조에 진심과 은근한 위로가 녹아 있었기에 강산은 노달을 향해 가만히 고개를 숙여 보였다. 그리고 곧바로 몸을 돌려서 성큼성큼 바깥을 향해 걸어나갔다. 피범벅이 된 얼굴부터 씻을 생각이었다.

강산의 뒷모습을 보며 윤파는 쓰게 웃었다. 그리고는 절레절레 고개를 저었다. 그러나 그는 전혀 짐작도 하지 못했다. 그때 뒤돌아서 걷고 있는 강산의 입가에도 또한 엷은 미소가 걸려 있다는 것을.

그런데 강산의 그 미소는 윤파의 고소(苦笑)와는 달리 뭔가 의미를 담은 듯한 묘소(妙笑)였다.


7


사실 강산은 윤파와의 싸움(?)에서 미처 기대하지 못했던 커다란 수확을 얻었다.

이전 하피촌의 그 사내와는 질적으로 다른 윤파의 타격 덕분에 열 몇 개의 관문을 한꺼번에 잇달아서 돌파해 낸 것이었다.

그런 이유로 강산은 그토록 무모하게 윤파를 자극했던 것이다. 또한 노달이 관여하고, 윤파가 한발을 빼 물러나는 것을 아쉬워했던 것이다.

어쨌든 강산은 마침내 총합 서른여섯 개의 관문을 돌파했다. 그리고 그 서른여섯이라는 숫자가 주는 의미는 결코 단순하지가 않아서 강산은 바깥에 나와 홀로 있게 되었을 때,

"아아! 일관통이다!"

하고 감탄성을 지르지 않을 수 없었다.

그랬다. 바로 일관통(一貫通)이었다. 그것은 허무맹랑한 애

기가 아니라 실제로 가능한 일이었던 것이다.

8

　강산이 우물가에서 깨지고 터진 상처 부위를 대강 닦아냈을 때였다. 뒤에서,
　"괜찮으십니까, 조장님?"
　하기에 돌아보니 선변이었다. 강산의 상처도 살피고 또 위로도 할 겸 따라 나온 것이리라.
　강산은 대답 대신에 그저 빙그레 웃어주었다. 그런데 그 웃음이 생각지 못한 밝은 미소라서 그랬을까. 선변은 일순 멀뚱한 표정이 되고 말았다.
　그러나 만약 강산의 그 미소가 순전히 자신이 별생각없이 불러준 바로 그 '조장님' 소리 때문이란 것을 알았다면 선변의 표정은 또 어떻게 변했을까?

# 十三
## 일관통(一貫通)

### 1

윤파 덕분(?)에 얼떨결에 일관통을 이룬 후 강산은 일말의 아쉬움을 가지지 않을 수 없었다. 일관통이라는 경지를 이루기 전에 그는,

'아니다, 아니다. 그건 다만 가상의 단계이기 쉽고, 설사 서른여섯 개의 관문이 돌파된다고 해도 그저 숫자가 그렇게 도달했을 뿐 특별히 달라질 것이 무엇이 있겠는가?

하면서도 솔직히 조금쯤은 어떤 막연한 기대를 가지고 있는 바가 있었다.

그러나 '역시나' 였다. 특별히 달라졌다고 할 것은 없었다. 굳이 변화라고 한다면 가려움증이 이제 완전히 없어졌다는 정도이다.

　그러나 아쉽다고 해도 그저 가볍게 입맛 한 번 다실 정도이지, 뭐 그리 애통 절통할 것은 아니었다. 어쨌든 그렇게 무언가 이루어져 가고 있다는 것만으로도 충분히 만족할 만한 것이다.

　게다가 강산은 이제 삼백육십관을 하나하나 돌파해 나가는 일에 대해 묘한 중독성마저 느끼고 있는 중이었다.


2


　며칠 새 인재육성원의 분위기는 좀 싸하게 돌아가고 있었다. 원장으로부터,

　"똥이 무서워서 피하나, 더러워서 피하지! 쓸데없는 말썽은 일으키지 말라고 지침까지 내렸으면 어떤 경우라도 철저히 지침을 따라야 할 일이지, 아니, 여기가 무슨 잡배들 양성소라도 되는 줄 아나? 수금이야 굳이 하지 않아도 좋으니 그저 적당히 독촉이나 하고 오랬더니 어떻게 흑도 쪽의 애들하고 시비를 붙고 와? 그런 부랑아들하고 먹살잡이나 해서 도대체 뭘 어떻게 하겠다는 거야? 상단의 위신은 또 뭐가 되고? 정히 시비를 피하지 못할 상황이겠거든 차라리 고개를 숙여! 때리면 그냥 맞으라고! 그리고 나중에 관부의 힘을 빌려 조용히 처리해도 얼마든지 되는 일이잖아?"

하는 종류의 질책이 벌써 몇 차례나 거듭되고 있는 것이었다.

그 안의 사정인즉, 인재육성원의 갑을병정 네 개 조가 각기 구역을 나누어서 예의 그 악성 채무에 대한 수금 업무를 수행하던 중에 최근 열흘여 사이에 몇 군데에서 예기치 못한 말썽들이 벌어진 게 발단이었다.

바로 항주 지역에 뿌리내린 흑도 방파들 중에서 가장 세(勢)가 성(盛)한 흑사방(黑蛇幫)과의 갈등이었다.

물론 상단에서 흑사방 정도의 일개 지역 흑도 조직 따위를 두려워할 것은 아니었다. 가장 간단하게는 관부의 힘을 빌려 꾹 눌러 버릴 수도 있는 것이고, 또는 상단이 다양하고도 돈독하게 쌓아놓은 무림과의 인맥으로 다만 몇 명의 절대고수들을 초청하여 놈들의 수뇌부에 강력한 응징을 함으로써 앞으로는 감히 상단의 행사에 함부로 나서지 못하도록 일벌백계할 수도 있는 일이었다.

어디 방법이 그뿐이랴? 이것저것 가리지 않는다면 호부(護部)를 직접 투입시켜 아예 항주 땅에서 흑사방의 존재를 지워 버리는 것도 불가능한 일은 아니었다.

다만 이런저런 잡음이 생기는 것을 막고, 또한 상단의 위신이 실추되는 일을 삼가고자 하다 보니 웬만한 시비는 아예 피하고 보자는 것이었다. 이곳 항주야말로 바로 사해상단의 근간이 되는 본단이 위치한 곳이 아니던가.

강산이 조원들에게 원장의 질책 내용을 전하는 중에 선변이 문득 이강을 보며,

"우리 조장님은 역시 선견지명이 있단 말이야. 안 그래, 이강?"

이강이 뭔 소린가 하여 멀뚱한 눈빛이자 선변이 다시,

"에구! 뭔 애가 눈치가 느려도 이렇게나 느려 터진지 원! 도대체 답답해서 무슨 얘기를 할 수가 있겠나?"

하며 앞뒤 없이 이강을 구박하고는 다시 슬쩍 강산의 눈치를 보면서,

"우리 조장님이 이런 상황이 올 줄 미리 아시고서 벌써 지난번 하피촌에서 우리 잡조의 첫 임무서부터 솔선수범을 하셨다는 것이지."

하고 말을 붙였다. 그제야 선변이 무슨 말을 하는 줄을 알고서 이강이 피식 웃었다. 그러나 이강은 이내 강산의 눈치를 보며 슬그머니 웃음기를 추슬렀다. 그때 선변이 짐짓 정색을 하며,

"그나저나 우리도 좀 더 주의를 하기는 해야겠습니다? 돌아가는 꼴을 보아하니 아마도 악의적 채무자들 일부가 공모하여 흑사방을 끌어들인 냄새가 나는 것 같기도 하단 말씀입니다."

하고 나름의 추측한 바를 말하였다.

　잡조는 오늘 하피촌(下避村)의 전방(錢房)을 다시 찾았다. 그동안 맡은 구역의 다른 곳을 다 돌고 이제 일순하여 다시 처음으로 돌아온 것이다.

　그런데 그 작고 허름한 전방을 지키는 자들은 전에 있던 그 자들이 아니었다.

　전방 안에는 얼굴이 익지 않은 사내 넷이 있었는데, 그중 하나가 고개만 돌려,

　"뉘시오?"

　하고 물었다.

　이런 때에 누구도 먼저 나서지 않는 것이 그동안의 관례처럼 되어버렸기에, 그래서 늘 성질 급한 자신이 먼저 나서는 것이 또한 관례처럼 되어버렸기에 선변이 익숙한 듯이, 또한 조금은 성가신 기색을 하며 앞으로 나섰다.

　선변이 일단은 슬쩍 왼 가슴을 앞으로 내밀었다. 물론 거기에 작게 새겨진 사해상단의 봉황 문양을 사내들에게 잘 보이도록 하기 위해서였다.

　그리고 어쨌든 모르는 자들이니 구구한 설명을 처음부터 새로 해야만 해서,

　"사해상단에서 나왔습니다. 귀 전방의 대출금에 대한 상환

기간이 만료되었고, 또한 그동안의 이자가 많이 밀렸습니다.
하여 수금을 좀……."
　하고 선변이 이제는 제법 능숙해진 대사를 읊다가는 언뜻
얼굴을 굳히고 말았다.
　'제기랄!'
　마침 몸을 일으켜 그를 향해 천천히 다가서고 있는 사내의
소맷자락에 조그맣게 검은 뱀 한 마리가 새겨져 있었다. 바로
흑사방의 표시였다. 왼쪽 볼에 제법 길게 흉터가 나 있는 사
내가 빙긋이 웃으며 말했다.
　"호, 사해상단이라? 좋은 데 다니는 양반들이시군? 근데 뭐
하나만 물어봅시다?"
　선변은 곧바로 태도를 확 바꾸었다. 어깨와 허리에서 힘을
빼 기세를 팍 낮추는 것으로도 모자라 만면에 사람 좋아 보이
는 웃음까지 떠올리며,
　"예? 아! 무엇이든 물어보십시오!"
　하는데 사내는 여전히 웃는 얼굴로,
　"사해상단 사람들은 수금하면서 대가리로 박치기도 하시
오?"
　하고 자못 천연덕스럽게 물었다. 선변이 짐짓 당황스러워
하며,
　"예?"
　하고 되묻자 사내는,

"아니, 원래 내 동생이 여기서 일했거든. 근데 얼마 전에 애가 얼굴이 아주 뭉개져서 업혀 왔더라고? 사해상단에서 나왔다는 어떤 놈한테 박치기를 당했다는 거야."

하고 슬쩍 분위기를 바꾸었다. 이어 사내는 선변의 뒤쪽으로 선 강산 등을 쓱 한번 훑어보고 나서,

"뭐, 물론 사해상단에 비하면 새 발의 피겠지만, 그래도 나 또한 조직에 매인 몸이라 조금은 바쁜 처지야. 그런데 말이야, 아무리 바빠도 내 동생을 그 지경으로 만들어놓은 X끼 상판이 도대체 어떻게 생겨먹었는지는 봐야겠더라고. 그래서 없는 시간 쪼개서 잠깐잠깐 여기에 나와 있는 중이야."

하고 덧붙였다. 그러다 사내는 갑자기 인상을 팍 쓰더니,

"당신이야?"

하며 선변에게로 바싹 얼굴을 들이밀었다. 선변이 화들짝 놀라 뒤로 한 걸음을 물러서며,

"아니, 뭔가 오해가 있으신 한데… 저기, 일단은 진정을 좀 하시고……."

하며 짐짓 위축된 듯이 사내를 말렸다. 그러자 사내는 외려 더욱 기세를 세워,

"아니면 당신이야? 아니면 거기 당신이야? 도대체 어떤 X끼야?"

하면서 강산과 이강 등을 향해서 차례로 눈을 부라렸다.

그때 강산이 문득 앞으로 나서며 선변과 나란히 섰다. 그것

을 보고 선변이 조심스러운 기색이 되며,

"조장님."

하고 나직이 불렀다. 강산이 선변을 향해 미미하게 고개를 끄덕였는데, 그 눈빛이 담담한 것을 보고서야 선변은 적이 마음을 놓았다.

하긴 눈앞의 사내들이 바로 흑사방의 졸개들인 만큼 결코 시비를 일으켜서는 안 된다는 것은 누구보다도 조장인 강산이 잘 알고 있을 터이다.

강산은 다만 조장으로서, 그리고 사내가 시빗거리로 만들려 하고 있는 바로 그 '박치기'의 장본인으로서 나름대로 상황을 수습해 볼 요량으로 나선 것이리라.

그런데도 선변이 일시 조심스러운 마음이 되었던 것은 그가 강산에 대해,

'그는 언제라도 뜻밖의 사고를 칠 돌발성을 내포하고 있는 인물이다!'

하는 선입견을 가지고 있는 때문이었을까?

사내는 강산에게 어떻게 상황을 수습해 볼 여지를 조금도 주지 않았다. 사내가 어깨로 슬쩍 선변을 밀치고 나오며,

"호, 조장님이시라고? 그러면 당신이 책임자라 이거지?"

하고는 비릿한 미소를 떠올리며 강산에게로 바짝 얼굴을 들이대었다. 강산이 간단히,

"그렇소!"

하고 대답하는데 순간 선변의 눈매가 슬쩍 일그러졌다. 강산의 모습에서 별 고민이 보이지 않는 것 같았기 때문이다. 그때 사내는 곧바로 강산의 멱살을 잡으며,

"어쩔 거야? 내 동생은 그때의 충격으로 아직도 집에 누워 있어. 걔한테 딸린 식구가 몇이나 되는지 알아? 어떻게 할 건데? 어떻게 책임질 거냐고?"

하고 사뭇 거칠게 몰아붙였다.

다시 선변의 입매가 슬며시 굳어졌다. 아주 전형적이고도 상투적인 시비의 행태였다. 또한 아주 작정하고 거는 시비였다. 그렇다면 놈들의 시비에 마냥 끌려갈 것이 아니라 양단간에 빠른 결정을 내리는 것이 상수였다. 초장에 확 꺾어버리든지, 아니면 원장의 지침대로 무조건 피하고 보든지.

그러나 결과적으로 선변은 그런 고민을 할 필요가 없었다. 그때 강산이 자신의 멱살을 잡은 사내의 양손을 맞잡았고, 그 어설픈 대응이 곧바로 사내의 성질을 폭발시켜 버렸으니까.

"어허? 이 X끼 봐라?"

비웃는 투의 말에 바로 뒤이어 사내의 몸이 한바탕 격렬하게 움직였다.

퍽!

퍽!

퍼퍽!

양손이 잡혀 있고 서로 밀착한 상태에서 사내의 양 무릎이

짧은 순간 번개처럼 두어 차례씩이나 오르내리며 강산의 좌우 옆구리 어림으로 잇달아 박혀들었다.

선변이 보기에 사내의 그런 몸놀림에서 정통의 무공을 익힌 태는 드러나지 않았다. 그러나 그리 쉽게 해낼 수 있는 동작 또한 아니었다. 제법 깔끔한 절제와 노숙함까지 녹아 있는 몸놀림에서 사내에게서는 이런 종류의 싸움에 제법 단련된 관록 같은 게 비쳤다. 다음 순간 선변은 저도 모르게,

"에이, 씨!"

하고 애매한 소리를 뱉고 말았다.

강산이라는 인물. 이제 좀 알겠다 싶었는데 지금 다시 이런 돌발적인 상황을 맞닥뜨리고 보니 도대체가 감당이 안 되는 인물이 아닌가? 선변의 애매한 투덜거림은 바로 강산의 그런 돌발성에 대한 것이었다.

비록 특이한 면모가 좀 있다고는 해도 선변에게 있어 강산이란 인물을 전체적으로 볼 때 다루기에 그다지 어려운 인물은 결코 아니었다. 그런데 이럴 때 보면 그게 또 아니었다. 그에게는 묘하게도 다루어지지 않는 무엇인가가 있었다.

잡조의 조원들에게 강산이 맞는 것을 보는 일은 이미 첫 번째나 두 번째의 일이 아니었다. 그러니 어느 정도의 면역(?)이 생겼다고 할까? 윤파는 물론 노달도, 이강도, 선변도 후다닥하고 갑자기 벌어지고 있는 한바탕의 구타(?)에 대해 그저 지켜만 보는 국면이었다.

사실 강산은 여태껏 평생 가져 본 적이 없었던 어떤 책임감 같은 것을 가졌던 것이다. 조장으로서의 책임감!

그러나 그가 책임을 질 수 있는 방식이래야 궂은일과 곤란한 상황일 때 기껏 조원들의 앞에 서서 한발 먼저 몸으로 맞닥뜨리는 것밖에 없었다.

그리고 결코 그가 원한 상황은 아니었지만, 일단 상대의 타격이 그의 몸으로 사정없이 꽂혀들자 솔직한 심정으로 한 가지의 욕심이 슬그머니 생겨나는 것이었다. 남들은 도저히 상상하지 못할 그 혼자만의 지극히 개인적이고도 은밀한 욕심 말이다.

퍽!

강산은 사내의 두 손을 놓아버렸다. 두 손을 붙잡고 있어도 사내의 양 무릎이 자유자재로 옆구리를 올려 차니 악착같이 잡고 있을 보람은 조금도 없었다. 대신 허리를 숙여 가슴과 머리를 동시에 감싼 채 사내의 폭풍 같은 주먹세례를 그저 견뎠다. 그런데 어느 순간 사내의 타격이 잠시 멈춘다 싶었는데, 돌연 등판의 한가운데쯤에 무언가 강렬한 충격이 있었다.

콰직!

그것은 마치 도끼로 내리찍는 듯한 충격이었다. 순간 강산은 무언가 뜨거운 열기 같은 것이 전신으로 확 치닫는 화끈한 느낌을 받으며,

"헉!"

하고 짧은 숨을 내뿜었다.

그러나 강산은 이내 한 가지 묘한 사실을 깨닫게 되었다. 그가 각오했던 만큼의 충격과 고통은 사실 없었다. 그저 견딜 만한 정도였다.

뿐만 아니었다. 그러고 보니 지금껏 사내의 주먹과 발길질을 견디기에 급급해하느라 미처 깨닫지 못하고 있었지만, 그런 중에도 비슷하게 묘한 점은 있었던 것 같았다.

사내의 주먹질과 발길질은 제법 격렬한 것이었는데도 막상은 그다지 못 견딜 만한 충격이나 고통은 없는 것이다. 다만 강산 자신이 지레 충격과 고통을 예상하고 반응했을 뿐이다.

'어라?'

그야말로 놀랍고도 신기한 일이었다. 그의 신체에 생겨난 놀라운 변화였다. 뭐랄까? 마치 그의 몸이 지극히 부드러우면서도 탄력있는 한 겹 무형의 방호막에 둘러싸여 있는 듯한 느낌이랄까?

그것은 직접 실감하고 있으면서도 믿기 어려운 일이었다. 세상에 무슨 이런 황당한 일이 다 있는가? 다음 순간 강산은 내심으로부터 터져 오르는 한줄기 탄성을 금치 못하였다.

'아아! 바로 그것일 것이다! 이것이야말로 바로 일관통의 효과일 것이다!'

　와중에도 강산이 다시 급하게 나름의 생각을 정리해 보니 아마도 그런 것 같았다. 바로 일관통을 이룬 그 서른여섯 개의 관문이 어떤 상호간의 연관 작용을 이루어내는 것 같았다.

　이를테면 돌파된 각각의 관문들은 외부의 충격에 대해 어느 정도의 방호 능력을 지니는데, 이제 일관통을 이룸으로써 그 서른여섯 개의 관문은 서로 얼기설기 짜여진 그물과 같은 무형의 방호막을 형성한다? 그럼으로써 하나의 관문으로는 감당 못할 꽤나 강력한 외부의 충격에 대해서도 다른 관문들과의 공조로 능히 감당해 낼 수 있게 되었다?

　강산의 생각, 아니, 유치한 상상의 잔치는 짧은 순간 숱한 가지들을 뻗어갔다. 하긴 상상은 자유가 아니겠는가?

　그 삼백육십 개의 주문을 탄생시킨 그 노인조차도 막상 그 주문들이 깨어나는 자세한 과정과 또한 그에 따른 확실한 결과를 알지 못한다고 했다. 그렇다면 이러한 상상을 해보는 것은 이제 실제로 그 주문들을 몸에 새긴 강산만의 특권일 것이다.

　'이제 앞으로 이관통, 삼관통을 이루어갈수록 그 무형의 방호막은 보다 치밀해지고, 이윽고는 그 어떤 강력한 타격도 능히 감당해 낼 수 있게 된다? 그리하여 마침내는 천하에 두려울 것이 없는 무적의 신체가 된다?

　생각이 그런 데까지 나아가자 강산은 자신도 모르게 나직한 음소(?)를 흘려내고 말았다.

"흐흐흐!"

그때 사내는 이 정도면 충분하다 싶기도 하고, 또 그 정도로 팼는데도 대책없는 맷집으로 버티고 있는 강산에 대해 조금은 재미없기도 해서 잠시 물러서 숨을 고르고 있는 중이었다.

사내의 눈빛이 돌연 격분의 빛을 띠었다. 사내에게 강산의 웃음소리는 사뭇 음흉하였으며, 게다가 노골적인 조롱의 느낌마저도 묻어 있었기 때문이다.

사내가 언뜻 자신의 종아리 어림을 더듬는다 싶었다. 그러더니 그의 손에는 어느 틈에 다섯 치 길이의 시퍼런 날을 가진 한 자루 비수가 들려져 있었다.

비수가 자신을 겨누는데도 강산은 조금도 위협을 느끼지 않는 듯했다. 사실 그때 강산은 여전히 혼자만의 상상에 젖어 있었던 것이다. 사내의 눈빛이 이윽고는 분노를 극해 살기로 번들거렸다. 보고 있던 윤파가,

"조심해!"

하고 날카롭게 경고했다. 그러나 강산은 그것이 자신에게 하는 경고인지조차 제대로 인식하지 못하였다. 그 순간 사내가 비수를 확 그었다.

스팟!

왼쪽 어깨를 스치고 지나가는 무언가 지극히 뜨겁고도 한편으로는 뼛속까지 시리도록 날카로운 이질적인 느낌에 강산

은 소스라치게 놀랐다. 반사적이다시피 펄쩍 한 걸음을 뛰어 뒤로 물러서서 내려다보니 그의 왼 어깨 옷자락이 반 뼘 정도 나 베어져 있었고, 그 주변으로는 은은하게 붉은빛이 비쳐 나오고 있는 중이었다.

'피다!'

강산이 누군가 살의를 품고 휘두른 칼에 베어본 것은 그의 지금까지의 평생에 처음이었다. 그 섬뜩함이란, 주먹질과 발길질을 당하는 것 따위와는 확연히 다른 느낌이어서 차라리 오싹한 전율이었다. 강산은 일시 멍한 상태가 되고 말았다. 그때 귓전을 울리는 한소리 차갑고도 나직한 호통이 멍해 있는 그를 퍼뜩 일깨웠다.

"놈!"

윤파였다.

팍!

윤파의 목검이 사내의 비수 든 오른 어깨를 때리는 장면은 와중에도 이상하다 싶을 정도로 느릿하게 강산의 눈에 비쳤다.

"악!"

사내가 자지러지게 단발마의 비명을 내질렀다.

텅!

하며 사내의 비수가 땅바닥으로 굴러떨어졌다. 비수를 쥐었던 사내의 오른팔은 대번에 힘을 잃고 축 늘어졌다. 필시 어깨뼈가 박살이 났으리라.

사내의 얼굴은 아예 하얗게 질려 있었다. 어깨뼈가 박살난 고통도 고통이려니와 방금의 일 검으로 윤파가 정통의 무공을 지녔다는 것을 확연히 깨달은 때문이리라.

어떤 경우에도 무림인들과 부딪치는 일만은 피해야 한다는 것이 그들 뒷골목 파락호들 세계에서는 생명 보존과 직결되는 절대의 철칙이었다.

윤파의 목검이 거리를 격하고서 단지 한 번씩 천천히 겨누는 것만으로도 나머지의 세 사내는 급히 다친 사내를 부축해서는 잽싸게 줄행랑을 치고 말았다.

윤파는 힐끗 곁눈질로 강산의 어깨를 보았다. 다행히도 상처는 그리 깊숙이 베인 것은 아닌 모양으로, 베인 부위의 옷이 촉촉이 젖을 정도에서 피는 어느 정도 멈춘 것 같았다. 윤파가 슬쩍 입꼬리를 비틀며,

"전에도 말했지만 거 좀 아무 때나 나서지 좀 마쇼! 아무 대책도 없이 설쳐 대니 어디 같이 다니는 사람들 피곤해서 살겠소?"

하고 빈정거렸다.

그에 대해 강산은 아무 대꾸도 하지 않았다. 짐짓 못 들은 척하며 땅바닥에 뒹구는 비수를 주워 들고는 잠시 신기한 듯 살피다가 소매 속으로 챙겨 넣었다.

그러나 강산은 그다지 나쁜 기분은 아니었다. 윤파가 빈정

거리긴 했어도 말투만큼은 전에 없이 제법 제대로 된 '하소!'
를 한 것이다. 그때 선변이 문득 서둘렀다.
　"괜히 귀찮은 일 벌어지기 전에 빨랑빨랑 철수하는 것이
좋겠습니다."


4


　아무래도 일진이 사나웠던 탓일까?
　주변 일대의 미로 같은 골목길에 대해 제 손금 보듯이 환하
다는 선변이 개중 탈이 없을 것이라 선택한 골목길에서 잡조
는 일단의 무리와 딱 마주치고 말았다. 근 이십여 명에 달하
는 무리였다.
　"동주(洞主)님, 바로 저 X끼들입니다."
　외치는 자가 바로 전장에 있던 사내들 중의 하나라는 것을
알아보고 선변이,
　"조장, 이쪽 골목으로 튑시다."
　하고 강산에게 속삭였다. 그리고는 강산이 어찌하자고 다
시 말할 필요도 없이 선변 자신이 먼저 옆 골목으로 방향을
틀었다. 그 뒤를 쫓아 노달과 윤파, 그리고 이강이 전력으로
내달리기 시작했다.
　그러나 그들은 얼마 가지 못해 급하게 멈춰 설 수밖에 없었
다. 앞을 가로막혀서가 아니라 앞장서서 잘 달리고 있던 선변

이 문득 뒤를 돌아보더니 그대로 멈춰 선 때문이었다. 그 때문에 뒤를 바짝 따르던 다른 사람들도 그대로 멈춰 설 수밖에 없었던 것이다.

선변이 인상을 확 일그러뜨리며,

"아! X발, 진짜!"

하고 일단 욕부터 벌컥 뱉고 난 다음에,

"참말로 미치고 환장하겠네! 저 양반, 왜 또 저러는 거야, 도대체?"

하고 답답하고도 다급한 울화를 토했다. 선변의 '저 양반'이란 물론 강산이었다.

그때 강산은 그들을 뒤따라오는 것이 아니라 오히려 흑사방의 무리를 향해 마주 달려가고 있었던 것이다. 그것도 아주 맹렬하게. 강산이 곧바로 흑사방의 무리 속에 갇혀 버린 것은 당연하였다.

무리 속에서는,

"죽여!"

"밟아라!"

하고 살벌한 고함들이 잇달아 터져 나오고 있었다. 선변이 다급한 빛이 되어 노달을 돌아보았다. 바로 그때였다. 한 사람이 돌연 몸을 돌려서는 강산이 있는 쪽을 향해 달려가는 것이었다. 바로 이강이었다. 선변이 크게 놀라,

"야! 이강!"

하고 외쳤다. 그러나 이강은 돌아보지 않고 더욱 빠르게 달려갔다. 다음 순간 선변이,

"니미! 나도 모르겠다! 될 대로 되라지!"

하고 내뱉고는 곧바로 이강의 뒤를 쫓아 달려갔다. 서너 걸음쯤 달려가던 중에 선변이 뒤를 돌아보며,

"윤파 형님! 갑시다!"

하고 외쳤다. 윤파가 차갑게 인상을 그리고 있던 중인데, 선변이 자기더러 외치는 것을 듣고는 문득 어이가 없어진다는 듯이 피식 웃고 말았다. 그러나 그 또한 곧바로 선변의 뒤를 따라 달려나갔다.

뒤에 홀로 남은 노달은 언뜻 실소를 머금었다. 그리고 가볍게 고개를 가로젓고는 어쩔 수 없다는 듯이 다른 사람들이 달려가는 쪽으로 걸음을 옮겼다. 그 걸음이 젊은 사람들에게 미치지는 못하였지만, 그래도 제법 잰걸음이었다.


이강과 선변 등이 뛰어들면서 골목 일대는 삽시간에 난전에 휘말렸다. 패싸움이었다.

그런데 일단 싸움에 돌입한 잡조의 조원들은 각기 평소와는 사뭇 다른 면모들을 선보이고 있었다.

특히 돋보이는 것은 선변이었다. 선변의 몸은 지금 연신 팩팩 소리가 나도록 바쁘게 돌아가고 있는 중인데, 그 현란한 움직임이라니! 아주 날아다닌다고 해도 좋을 정도였다. 알고

보니 선변은 이런 종류의 싸움에는 아주 도가 튼 듯했다.

선변에 비하면 이강의 움직임은 상대적으로 소극적이었다. 그는 좀 전에 강산의 위급을 구하기 위해 가장 먼저 흑사방 무리 속으로 뛰어들었으나, 뒤이어 선변 등이 합세한 뒤로는 오히려 싸움의 중심에서 밀려난 감이 있었다. 그러더니 뒤늦게 노달이 합세하는 뒤부터는 근근이 노달의 주변만 지키는 모양새가 되고 말았다.

그러나 가만히 지켜보고 있자면, 이강은 돋보이지 않은 가운데 아주 효과적인 활약을 펼치고 있었다. 이강이 평상시 분위기로 봐서는 싸움에는 아주 먹통일 것 같더니 지금 그는 아주 냉정하고도 절제된 움직임을 보이고 있었다.

주로 수도(手刀)를 쓰는데, 그의 손칼이 한 번씩 허공을 가를 때마다 꼭 한 놈씩이 목을 움켜잡으며 거꾸러지고 있었다. 이강의 그런 움직임은 너무도 간소하고 시의적절해서 손칼이 아니라 마치 진짜의 검을 쓰는 듯이 보이기도 하였다.

뭐니 뭐니 해도 가장 싸움다운 싸움을 하는 것은 역시 윤파였다. 그는 줄곧 싸움판의 한 중심을 차지하고 있었다. 이리 치고 저리 치는 그의 목검 사위는 화려하지 않고 지극히 단순하였다. 대신에 격렬하였다. 그의 목검은 주변 일 장여 반경 내를 온통 폭풍처럼 휘몰아치고 있었고, 그런 중에 머리며, 어깨, 다리를 감싸 안은 흑사방의 사내들이 된소리로 비명을 내지르면서 나뒹굴었다.

강산은 온몸을 던지다시피 하며 뭇 무리에 부딪쳐 가고 있었다. 이전과 같이 그냥 맞고 있는 것이 아니라 악착같이 앞으로 나아가려고 하고 있었다.

강산이 이처럼 적극적이고도 악착스러워진 것은 바로 흑사방의 동주라는 자 때문이었다.

그날 밤, 그 첫새벽에 난데없이 그의 방에 난입해 들었던 세 사람. 그중 유일하게 복면을 하지 않았던 짝눈의 중년 사내. 영문도 알려주지 않고서, 뭐라고 호소라도 해볼 겨를조차 주지 않고서 다짜고짜 무차별의 폭력을 가했던 자. 비록 그다음으로 이어진 청년의 고문에 비하자면 아무것도 아닌 것으로 되어버렸지만, 그래도 강산의 삼십삼 년 평생에 처음으로 맛보는 무지막지한 폭력을 선사해 준 자. 그리고 무엇보다 바로 그 청년의 정체를 알 수 있게 해줄 유일한 열쇠가 될 자.

강산이 애초에 이런 사단을 벌이고, 또 지금 이처럼 지독스러운 집착을 보이고 있는 것은 오로지 흑사방의 동주가 바로 그때의 그 '짝눈의 중년 사내' 였기 때문인 것이다.


짝눈사내는 난전의 와중에서 뒤로 몇 걸음 몸을 뺀 채 상황을 살피고 있었다. 그런 중에 그의 시선이 언뜻 강산에게로 고정되었다.

그때 강산은 여전히 무리 속에서 뒤엉키다시피 하고 있었

는데, 가만히 보면 그의 움직임 중에 참으로 독특한 점들이
있었던 것이다.

사실은 수하들이 몇 놈씩이나 떼로 부딪쳐 가면서도 강산
하나를 당장에 어떻게 하지 못하고서 움찔거리고 주춤거리는
사뭇 이상한 광경에 주의하지 않았다면, 사내는 결코 강산의
그러한 독특한 점을 발견하지 못했을 것이다.

튕김이라고 해야 할까? 주먹과 팔꿈치, 발과 무릎, 어깨와
가슴, 등과 배, 그리고 심지어는 머리와 엉덩이까지 몸의 모
든 부위를 다 동원하여 지극히 짧은 거리에서 반사적 내지는
반발적으로 이루어지는 튕김. 강산의 그 기묘한 튕김에는 예
상 밖의 힘이 깃들어 있는 것 같았다.

짝눈사내의 두 눈에 언뜻 이채가 서렸다. 강산이 자신을 목
표로 하고 있다는 것을 곧 알게 된 때문이었다. 그러나 그는
강산을 전혀 알아보지 못하였다.

짝눈사내는 그리 오랫동안 강산을 관찰하고 있을 수 없었
다. 한순간 그의 몇 명의 수하들이 잇달아서 비틀거리며 튕겨
났고, 그 틈을 노려 강산이 그를 향해 맹렬히 돌진해 갔기 때
문이다.

짝눈사내의 눈빛은 오히려 차갑게 번뜩였다. 그는 흑사방
의 동주였다. 이런 종류의 싸움이라면 아주 이골이 난 몸인
것이다.

명확하지 않은 점이 몇 가지 있기는 하였지만, 다각도로 살

퍼본 바로 판단을 내리자면 상대는 한마디로 풋내기였다.

별로 훌륭하다고 할 수 없는 몸에 비해서는 의외로 뚝심이 좀 있는 것 같으나, 싸움에는 영 어설픈 애송이에 불과한 것이다. 저런 정도의 상대라면 그가 굳이 힘을 쓸 것도 없이 간단한 요령만으로도 처리하기에 충분했다.

강산이 바짝 거리를 좁혀오기를 기다렸다가 짝눈사내는 느긋하게 허리를 뒤로 눕혔다. 그리고 다가오는 상대의 자세와 빠르기를 감안해서 자연스럽게 수평으로 발을 쭉 뻗어 찼다. 상대가 미처 예측할 수 없는 각도와 자세에서 상대의 명치 급소를 노린 것이다.

실패하더라도 일단 상대의 기세를 꺾어놓을 수 있을 것이고, 성공한다면 연이은 타격으로 상대를 아주 부숴 버리면 될 일이었다.

그러나 이번에 짝눈사내의 관록은 통하지 않았다. 강산의 반응이 그가 예측했던 모든 경우의 수를 완전히 벗어나는 것이었기 때문이다.

사내의 발이 강산의 명치를 차기 직전, 강산은 두 손으로 그의 발을 덥석 잡아버렸다. 그리고 바로 이어,

빡!

통뼈끼리 정통으로 맞부딪치는 소리가 모질게 울렸다. 동시에 짝눈사내는 그대로 뒤로 넘어갔다. 강산이 그의 발을 힘껏 잡아당김과 동시에 온몸을 던져 사내의 면상에다 그대로

박치기 일격을 꽂아 넣어버렸기 때문이다. 그리고 강산은 곧바로 사내의 가슴을 올라타고 앉았다.

퍽!

퍼퍽!

사내의 면상에 강산의 두 주먹이 작렬했다. 사내는 그전에 이미 전신이 축 늘어진 채 혼절 상태나 마찬가지였으니 저항은 전혀 없었다. 이내 사내의 얼굴은 피범벅으로 화했다. 그럼에도 강산의 주먹질은 멈추지 않았다.

퍼퍽!

퍼퍼퍽!

그때쯤 패싸움의 전세는 완연하게 기울고 있었다. 그렇지 않아도 잡조 조원들의 싸움 실력들이 눈부셨던 터에 흑사방 무리의 주장인 짝눈사내가 졸지의 변을 당하는 광경이 결정적으로 작용하였으리라.

선변은 절레절레 고개를 저었다. 흑사방 동주의 가슴을 타고 앉아 죽어라 주먹을 휘두르는 중인 강산에게로 향해 있는 그의 시선은 잔뜩 어이없다는 빛이었다.

강산의 밑에 깔린 사내가 그래도 명색이 항주제일의 흑도방파인 흑사방의 동주 자리를 꿰차고 앉은 자일진대, 강산이 도대체 무슨 재주로 그를 바닥에다 쓰러뜨릴 수 있었으며, 또한 무슨 이유로 저렇게나 죽일 듯이 어육을 만들고 있는지 선변으로서는 도무지 모를 일이었다.

그러나 무엇이 어찌 되었든 간에 이쯤에는 정리를 해야만
할 때였다. 선변이 한쪽으로 몰려 있는 흑사방의 무리를 향해
선뜻 다가가며,

"어이, 친구들! 이게 뭔지 아나?"

하고 오른손을 번쩍 들어 보였다. 그러고 보니 그의 손에
뭔가 거무스름한 것이 한 움큼 쥐어져 있었다. 선변이 짐짓
장난스럽게 히죽 웃으며,

"들어봤나? 오독사(五毒沙)라고?"

하고 덧붙이자 흑사방 무리 중에서는 대번에 움츠리고 동
요하는 기색들이 보였다. 선변이 빙그레 웃으며 다시,

"맞아. 바로 당문의 오독사야. 살짝 스치기만 해도 그대로
살이 썩어 들어간다고 하던데… 정말로 그런지는 나도 몰라.
그래서 이참에 한번 시험을 해볼 참인데 말이지. 내 시험에
기꺼이 동참할 친구들은 그대로 남고, 별 흥미가 없는 친구들
은 휑하니 꺼져 주었으면 좋겠어. 자, 그럼 뿌린다? 하나! 둘!
셋!"

하고는 동시에 오른손을 확 떨쳤다. 그러자 시커먼 모래가
흑사방의 무리를 향해 뿌옇게 뿌려졌다. 안 그래도 이미 주춤
거리며 물러서고 있던 흑사방의 무리였으니,

"으아!"

"으아앗!"

하고 비명들을 지르며 이놈 저놈 어느 놈 할 것 없이 우르

르 도망질을 쳤다. 강산의 밑에 깔려 죽었는지 살았는지도 모르는 채로 여전히 주먹질을 당하고 있는 저네들의 동주를 내버려 둔 채로 제 놈들만 살겠다고.

흑사방의 졸개들이 십오 장여나 저만치 도망쳐서 골목이 갈라지는 모퉁이 즈음에서 웅성거리고 섰을 때, 이강이 슬쩍 선변에게,

"야! 너 그거 진짜야?"

하고 자못 궁금하다는 듯이 물었다. 그러자 옆에 섰던 윤파가 먼저 픽 하고 웃었다. 선변이 이강의 어깨를 툭툭 치며,

"하여간 순진해 빠졌다니까?"

하고는 다시 팍 인상을 그리면서 말을 뱉었다.

"그리고 너 말이야. 이 형님이 분명히 경고해 두는데, 앞으로는 어떤 경우에도 절대로 니 마음대로 단독 행동 하지 마. 알았어?"

이강이 슬쩍 인상을 굳힐 때, 선변은 반대로 슬쩍 인상을 풀며,

"싸움판에 뛰어들 땐 먼저 이 형님의 허락을 맡으란 말이지! 너 다시 한 번만 오늘처럼 니 마음대로 나대면 그때는 정말 용서 안 해?"

하고 덧붙였다. 그에 이강이 얼굴을 더욱 딱딱하게 굳히는 듯하더니 돌연 무슨 생각을 하였던지 이내 씩 웃고 마는 것이었다.

퍽!

퍼억!

강산의 주먹질은 그때까지도 계속되고 있는 중이었다. 사내의 얼굴은 이제 묵사발의 정도를 한참이나 넘기고 있었다.

그때 짝눈사내가 혼절에서 깨어난 모양이었다. 강산의 주먹에 반응하여,

"큭!"

"으윽!"

하고 비명 소리를 내더니 이윽고는 악을 써댔다.

"X새끼! 차라리 죽여라!"

선변 등이 보기에도 지금 강산은 마치 미친 사람 같았다. 깔고 앉은 사내가 무슨 철천지원수라도 되는지 죽어라고 주먹질을 해대고 있지 않은가. 그런 강산의 모습은 선변 등이 알고 있는 지금까지의 강산과는 완전히 달랐다.

선변이 윤파에게,

"저 양반 저러다 사고 칠 것 같은데, 그러기 전에 좀 말려야 되는 거 아닙니까?"

하고 걱정의 말을 하는데 윤파는,

"냅둬! 뭔가 쌓인 게 많은 모양이지. 그리고 조장의 덜 여문 주먹에 맞아 죽을 정도로 대가 약한 놈도 아닌 것 같고."

하며 대수롭지 않게 대답했다.

개운치는 않은 중에도 선변은 슬쩍 엷은 웃음기를 떠올렸다. 윤파의 입에서 '조장' 이라는 소리가 처음으로 나왔기 때문이다. 물론 윤파로서는 무심결에 뱉은 소리였겠지만.

그런데 바로 다음 순간 선변은,

"어엇?"

하고 놀람의 소리를 내뱉고 말았다. 그에 윤파가 퍼뜩 눈길을 돌려보니 강산의 손에 한 자루의 비수가 들려 있었다. 아까 하피촌의 전방(錢房)에서 흉터사내가 가지고 있던 바로 그 비수였다.

"조장님! 진정하십시오! 그러다 정말로 일 납니다!"

선변이 급히 소리치며 강산에게로 달려갔다. 그런데 그때 강산이 휙하니 돌아보는 바람에 선변은 순간 멈칫하고 그 자리에 멈춰 서고 말았다. 강산의 눈빛에는 살기가 등등했다.

그러나 선변이 급한 마음에도 불구하고 멈춰 설 수밖에 없었던 것은 강산의 그 눈빛에 어린 또 다른 느낌 때문이었다. 그럼으로써 강산에게 정말로 무언가 심상치 않은 사연이 있구나 하는 마음이 언뜻 생겼기 때문이다. 선변은 아무 말도 않고 천천히 뒤로 몇 걸음을 물러섰다.

짝눈사내의 멱살을 잡아 일으키며 강산은 거칠게 윽박질렀다.

"말해! 그날 밤 그자들이 누구인지!"

활활 타오르는 눈빛과는 달리 차가운 목소리였다. 옆구리

에 와 닿은 비수의 섬뜩한 느낌 때문이었던지 강산의 손에 의
지하여 힘없이 늘어진 채로 있던 짝눈사내는 움찔하는 듯했
다.

그러나 이내 사내는 콧잔등을 찡긋하며 묘하게 인상을 찡
그렸다. 아마도 웃는 모양인데, 얼굴이 온통 터지고 부어오른
터라 그런 표정을 만들어낸 것 같았다. 이어 사내는 잔뜩 부
풀어 오른 입술 사이로,

"흐흐! 미친 X끼! 말 못하겠다면? 쑤실래? 흐흐흐! 그래, 어
디 한번 쑤셔봐라! 그런데 X꺄! 사람 쑤시는 거, 그거 쉬운 거
아니다?"

하고 이죽거렸다. 그런데 바로 그 순간 짝눈사내는 두 눈을
하얗게 치떴다.

"헉?"

경악과 고통에 겨운 짧은 헛바람을 토해내는 사내의 옆구
리 주변이 붉은색으로 확 물들었다. 이내 진홍의 피가 뭉클뭉
클 솟아오르는 그곳에는 한 자루 비수가 깊숙이 틀어박혀 있
었다.

선변이,

"제기랄!"

하고 소리치며 곧바로 강산을 향해 달려가려 했으나, 윤파
가 그의 팔을 낚아챘다. 선변이 다급한 마음에 거친 고갯짓으
로 확 돌아보는데, 윤파는 무겁게 고개를 가로저었다. 간섭하

지 말라는 뜻이었다. 그때 짝눈사내가 뒤늦게 처절한 비명을
내질렀다.

"으아악!"

사내의 얼굴은 온통 선명한 공포로 물들어 있었다. 사내가
갈라진 목소리로,

"왜 이래? 도대체 나한테 왜 이러는 거야?"

하고 울부짖었다.

강산의 눈빛은 이제 깊숙이 가라앉아 있었다. 그러나 선변
은 그 눈빛에서 언뜻 응축될 대로 응축된 분노와 증오, 그리
고 어떤 처절함을 보았다. 선변은 몸에서 힘을 뺀 윤파의 손
에 의지하며 가만히 뒤로 물러섰다.

그때 강산은 비수를 잡은 손목을 모질게 비틀었고, 사내는
몸서리치며 치 떨리는 비명을 흘렸다.

"크으윽!"

강산이 사내의 귓가에다 대고,

"어떠냐? 쑤셔보니까 그다지 어렵지 않은데? 기왕에 쑤신
거 이제부터 본격적으로 쑤셔볼 테니까 말하든지 말든지 맘
대로 해라!"

하고 나지막이 속삭였다. 사내는 부르르 진저리를 쳤다.
사내는 어쩌면 당장의 고통보다는 이제부터 당해야 할 고통
의 공포에 더욱 전율하고 있는 것이리라. 이윽고 사내가,

"말하겠소. 무엇이든 다 말하겠소. 그러니 제발 살려만 주

시오."

하고 다급하게 말을 토해냈다.

"그날 밤 그자들! 방립 쓴 늙은이와 부채로 얼굴 가렸던 젊은 놈의 정체!"

"나도 그날 처음 보는 자들이었소. 그저 큰돈을 준다기에 일을 의뢰받았을 뿐, 그자들이 누군지는 알지 못하오. 아아! 정말이오! 제발, 제발! 믿어주시오!"

사내는 숫제 애원조였다. 그러나 강산의 표정은 조금도 흔들리지 않았다. 강산의 손에 다시금 천천히 힘이 들어갔다.

사내는 강산이 비수를 뽑아내려 한다는 사실을 직감할 수 있었다. 그리고 강산이 추호의 망설임도 없이 다시 비수를 찔러 넣을 것이라는 사실도. 사내의 눈빛과 표정으로 극도의 공포가 치달았다. 정말로 죽을지도 모른다는 절실함으로. 사내가 다급하게,

"잠깐! 잠깐만! 혹시… 혹시 우리 방주께서 그들에 관해 뭔가 알아낸 게 있을지도 모르오!"

하고 매달렸다. 순간 강산의 손에서 조금 힘이 풀렸다. 그러나 그 손에 금방이라도 다시 힘이 가해질까 두려운 듯이 사내는 허겁지겁,

"그들이 의뢰한 일의 대가로 본래는 삼백 냥을 받기로 했는데, 그자들은 마침 가진 현금이 없었던지 천 냥짜리 전표를 내주었소. 그런데 보아하니 그자들이 제법 행세깨나 하는 신

분이다 싶기는 했지만, 의외로 세상 물정에 어두운 구석이 있어 보였고, 더욱이 시간에 쫓기는 기색이 있었기에 거슬러 줄 현금을 당장에 구하기는 어렵겠다고 슬쩍 튕겨보았는데 의외로 간단히 그냥 가지고 가라는 것이었소. 나야 커다란 횡재를 한 셈이었는데, 나중에 생각해 보니 아무래도 찜찜한 구석이 좀 있는데다, 더욱이 천 냥짜리 전표는 아무래도 내가 임의대로 처리하기에는 무리가 있을 것 같았소. 그래 우리 방주께 사후 보고를 하였는데, 방주께서도 역시나 찜찜한 구석이 있다 하시며 전표의 발행처를 한번 알아봐야겠다는 말씀을 했소. 그것이 이미 몇 달이나 지난 일이니 아마도 지금쯤은 그 자들에 대한 무슨 단서가 나왔을 수도 있을 것이오."

하고 줄줄이 주워섬겼다. 그리고 나서 사내는 다시,

"이게 다요. 내가 말할 수 있는 건 한마디도 빼놓지 않고 다 말했소. 그러니 이제는 나를 좀 살려주시오! 제발!"

하며 애원했다. 강산이 사내를 잠시간 노려보고 있던 끝에 비수를 잡은 손에 가만히 힘을 주었다. 사내의 말이 거짓 같지 않고 더 이상 들을 말도 없을 것 같아 곱게 비수를 빼줄 참이었다. 바로 그때였다.

"조장님!"

하고 선변이 급한 목소리로 다가와서는,

"잠깐 저 좀 보시죠."

하고 나직이 말하며 한편으로 가만히 손을 뻗어 비수를 잡

고 있는 강산의 손을 슬며시 풀어냈다. 강산이 의아했으나 선
변에게 무슨 의중이 있겠거니 하고 하자는 대로 따랐다. 선변
이 흘깃 비수가 틀어박힌 사내의 옆구리를 살피는 눈치이더
니 이내 윤파 등이 있는 저쪽으로 강산의 손을 잡아끈 다음에
작은 소리로,

"비수가 너무 깊숙이 들어갔습니다. 지금은 비수가 박혀
있어 오히려 괜찮은 것이지 일단 비수를 뺀다면 그 뒤의 일은
장담하기 어렵겠다고요."

하고 자못 심각하게 말하더니 결국에는,

"제기랄! 그러니 이제 어떻게 할 겁니까?"

하고 말끝에다 원망을 달았다. 그때 노달 또한 어두운 표정
으로,

"조장, 무슨 사정이 있는지는 모르겠으나 일을 너무 크게
벌인 것 같네. 어쨌든 일단은 서둘러서 돌아가는 게 좋겠어.
저자의 생사 여부를 떠나 일단 칼부림이 난 이상에는 흑사방
쪽에서도 대충 넘어가려 하지 않을 것은 자명한 일. 여기서
더 이상 얼쩡거리다가는 이제 곧 흑사방 애들이 떼로 몰려올
텐데, 그때는 어느 놈 칼에 당하는 줄도 모르고 난도질당하는
신세밖에 더 되겠나? 그리고 우리도 우선은 위에다 보고부터
하는 게 순서일 것 같고. 그다음에 벌어질 일이야 일단 한숨
을 돌리고 나서 다시 고민을 해보는 수밖에."

하고 말하였다.

　방금까지 한바탕의 잔혹을 행한 뒤끝이어서인지 강산은 별생각이 없는 듯했다. 노달이 앞장을 서자 묵묵히 그 뒤를 따를 뿐이었다.

　그런데 뒤따르며 주변의 상황을 유심히 살피던 선변은 문득 엉뚱한 생각 한 가지를 떠올렸다. 힘없이 어깨를 늘어뜨린 강산의 뒷모습에서 요즘 들어 그의 몸이 제법 탄탄해진 것 같다는 생각이었다. 적어도 처음 보았을 때의 그 게으르고도 빈약한 느낌의 몸매는 아니었다. 그러다 선변은,

　"훗."

　하고 가볍게 실소를 뱉고 말았다. 지금 이 상황에서 강산의 몸매가 탄탄하고 빈약하고 하는 따위가 무슨 관심거리일 수 있으랴. 그런 따위가 무슨 상관이며, 나아가 세상이 돌아가는 것에 무슨 조그만 영향이라도 끼칠 수 있으랴.

　그러나 선변은 몰랐다. 지금 그가 강산에게서 잠깐 느낀 '그런 따위의 변화' 가 실은 얼마나 엄청난 변화인지를.

　사실은 그가 그동안의 관찰을 통해 짐작하고 있는 것만으로는 도저히 상상할 수 없을 만큼 강산의 몸은 지금 급격한 근력의 강화를 이루어가고 있는 중이며, 더불어 반응 능력과 균형력, 순발력, 이목을 포함한 오감 능력 등의 전반적인 신체 능력에서 실로 놀랄 만한 발전을 이루고 있는 중이라는 것을.

"부드득! XX끼! 내가 조만간 네놈의 간을 꺼내 씹지 않으면 사람이 아니다!"

짝눈사내는 한차례 이를 갈고 난 다음 다시 어금니를 악물며 옆구리에 꽂힌 비수를 뽑아냈다. 그러나 그는 이내 후회했다. 자그마한 비수가 그처럼 긴 칼날을 가지고 있을 줄은 몰랐고, 더욱이 비수가 뽑아진 자리에서 그처럼 감당 못할 만큼 세차게 핏줄기가 뿜어져 나올 줄 몰랐기에.

좌아악!

두 손바닥으로 옆구리를 감싸 쥐는 것만으로는 도저히 주체하지 못할 만큼 핏줄기가 솟구치자 사내가 다급하게 외쳤다.

"뭣들 하고 자빠졌어, X끼들아?"

그 소리에 주춤거리며 저만치 다가서고 있던 그의 졸개들이 우르르 달려왔다. 그리고 막 허물어지고 있는 사내의 몸을 붙잡아 부축했다.

# 十四
# 유정(柳靜)

## 1

사해상단 총수 유직에게 혈육이라곤 유일하게 손녀 하나가 있다는 건 알 만한 사람은 다 아는 사실이다. 그러나 상단 내에서도 행수(行首) 이상의 고위직 정도나 그 손녀의 이름이나마 알고 있으며, 그중 다시 그녀의 얼굴을 본 사람은 겨우 몇몇에 불과할 뿐이다.

더욱이 그녀가 왜 그토록 어린 나이에 상단을 떠나야 했으며, 또한 이제 근 이십여 년 만에 돌아오고 나서도 마치 사람들의 시선에서 숨듯이 총수 사저의 별당에 조용히 칩거하고 있는지 등등을 포함해서 그녀에 관해 자세히 안다고 할 수 있는 사람은 측근 중에서도 최측근인 한둘에 불과하였다. 그녀는 바로 유정(柳靜)이었다.

"아아!"

유직은 가만히 탄식했다. 생각해 보면 참으로 기구한 운명을 타고난 아이였다. 손녀 유정 말이다. 원래 그의 외아들인 유광(柳侊)은 비범한 재능이 있었으나, 하늘의 시기였는지 절맥(絶脈)의 천형을 함께 타고났다. 유직이 지금까지도 한으로 남아 있는 것이, 그가 그런 쪽으로 무지하여 유광이 열 살을 넘기고 나서야 그 절맥에 대해 알게 되었다는 것이다. 너무 늦게 안 것이다. 즉시 상단의 전력을 기울여 치료에 임했으나 유광의 병증을 완치시키지는 못했다.

유광의 나이 스물이 되었을 때, 경험을 쌓게 할 겸 하북 지단에 나가 있게 하였다. 그런데 하북 지단의 업무가 그렇거니와 유광이 황궁과 교류하면서 우연히 고귀한 신분의 한 여인과 교분을 맺게 되었다. 바로 유정의 어미가 되는 여인이요, 선제(先帝)의 독녀(獨女)이자 당금 황제의 여동생이 되는 화정 공주(花靜公主)이다. 그러나 화정 공주는 유광과 혼인하지 않았다. 그러니 유정을 낳은 적도 없는 것이다. 심지어 그녀는 아직까지 고고한 독신을 지키며 황궁의 꽃으로 만백성들의 경배를 받고 있다.

스물 몇 해 전. 몹시도 눈이 퍼붓던 날, 화정 공주는 사해상단 항주본단으로 찾아왔었다. 선제의 노여움을 무릅쓰고 사랑을 찾아온 것이다. 선제는 대노하였으나 차마 그녀를 벌할 수는 없었다. 그렇게 유광과 화정 공주는 세상에서 유리되어 그들만의 행복한 시간을 보냈다. 그러나 참으로 행복했던 그들만의 시간은 단 이 년뿐이었다. 유광의 절맥이 기어코 재발하고 만 것이다. 유광의 귀천(歸天) 직후, 선제는 즉시로 화정 공주를 황궁으로 소환하였다. 그리고 모든 것은 원래대로 돌아갔다. 남은 것은 몇몇 사람들의 가슴에 남은 아린 추억의 잔재뿐.

그러나 남은 게 또 하나 있었다. 이제 갓 돌을 지난 두 사람의 분신. 바로 유정이었다. 유정은 황제의 외손녀였으나, 그 고귀함을 인정받지 못했다. 아니, 철저히 무시되었다. 원래부터 없었던 존재로. 만약 화정 공주가 젖먹이 딸을 버리고 가는, 그토록 처절한 비정을 택하지 않았더라면 아마도 유정은 인정받지 못하고 무시되는 정도가 아니라 그 여린 생명은 정말로 세상에서 사라지고 말았을지도 모를 일이었다. 황실의 체면과 명예를 지킨다는, 사해상단의 주인인 유직으로서도 불가항력일 수밖에 없는 거대한 명분하에서.

그런데 유정의 불행은 그 어린 나이에 아비를 잃고 비정한 어미로부터 버림받는 것만으로 끝나지 않았다. 그처럼 무책임한 아비로부터 정말 물려받지 않아도 좋을 몹쓸 유산을 물려받고 만 것이다. 구음절맥(九陰絶脈)이었다. 절맥증(絶脈症) 중에서도 희귀하다는 그 몹쓸 구음절맥을 타고난 것이다. 불행 중 다행인 것은, 아들 유광에게서 이미 한 번 천추의 한을 경험한 바 있는 유직인지라 손녀에 대해서는 똑같은 우(愚)를 되풀이하지 않았다는 점이다.

그리하여 유직이 큰 정성과 공을 들인 끝에 마침내 전설적인 불문 성지인 남해 보타암의 청련 신니(淸蓮神尼)에게 유정을 맡길 수 있었으니, 그때가 유정의 나이 만 네 살이 되던 때이다. 이후 유정은 보타암의 성약(聖藥)과 청련 신니의 공덕으로 절맥증을 완치하였을 뿐만 아니라, 그녀의 타고난 총명과 지혜를 어여삐 여긴 청련 신니는 전례에 없이 유정을 아예 무기명제자로 받아들여 보타암에 대대로 이어져 오는 고매한 무공 절학까지 전수하기에 이르렀던 것이다.


2


사저(師姐)인 정혜(淨慧)가 실종된 후, 유정은 곧장 보타암으로 돌아가겠다고 유직에게 청하였다. 사부인 청련 신니에게 사건의 전말을 상세히 보고하고, 향후에 조치해야 할 일의 방향에 대해 지시를 받아야겠다는 것이었다.

그러나 유직이 처음에는,

"잠시 추이를 지켜보고 나서 다시 말하자."

하며 미루다가 열흘여가 지난 다음에는 다시,

"신니께서 서신을 보내 이르시기를 '당장에 달려갈 일이나 작으나마 불문 도량을 맡고 있는 처지로 몸을 빼는데 시일이 좀 걸릴 것 같으니 그동안에라도 제자를 찾는 일에 도움을 부탁한다’고 하셨다. 그런 말씀이 아니 계셨더라도 너에게 베풀어주신 신니의 은혜를 생각한다면 할아비로서는 할 수 있는 일은 무엇이든 다 해야만 하는 입장일 것이다. 너도 알고 있을 것이다만, 상단에서는 이미 상당한 인력을 동원하고 있을 뿐만 아니라, 유관된 단체들과 나아가 관부에까지 협조를 청해놓았다. 그러나 이상하게도 너의 사저가 항주 바깥으로 나간 정황이 전혀 없는 중에 너무도 갑작스럽게 그 종적이 사라져 버린 터라 안타깝지만 사실 이제는 산 사람을 찾기보다는 죽은 사람을 위주로 조사를 해나가고 있는 중이다.”

하고 말하였다. 유정이 그 말을 듣고 흠칫 몸을 떨며,

“아!”

하고 비통한 신음을 흘리고 말았다. 유직이 안타까이 유정을 바라보고 있다가 이내 표정을 가다듬으며,

“내가 네게 말하고자 하는 것은, 지금 네가 급히 보타암으로 돌아간다고 해도 그동안에 몇 차례나 오간 서신의 내용 외에 신니께 따로 보고드릴 내용이 없을 것이며, 또한 신니로서도 지금 흘러가고 있는 상황의 추이를 좀 더 지켜보는 것 외에는 달리 더할 어떤 복안이나 지시가 있기는 어렵다는 것이다.”

하고 차분하고도 단호하게 말을 매듭지었다. 결국 유직의

뜻인즉슨, 유정이 보타암으로 복귀할 필요나 이유가 조금도 없다는 것이었다.

사실 유직의 내심은 따로 있었다. 이번 사건을 계기로 유정을 원래의 본분으로 완전히 되돌려 놓으려는 작정인 것이다. 바로 사해상단의 후계자의 자리로 말이다.

유직이 몇 년 전부터는 스스로의 나이가 느껴지니 유정의 후계자 수업을 언제까지 미뤄둘 수 없다는 생각이었다.

그러나 이 사건이 있기 전까지만 해도 조급증을 가지는 정도는 아니어서 좀 더 기간을 두고서 청련 신니와의 관계를 비롯해 이렇게 저렇게 얽힌 관계들이 원만하게 정리되도록 유도할 생각이었었다.

그런데 이번에 이런 아찔하고도 위험한 사건과 결부되고 보니 이참에 이제부터의 유정의 앞날에 대해 확실히 다잡아 두어야겠다는 강한 결심이 선 것이다.


유정이 유직의 말에 대해 진정으로 승복을 당한 것은 아니었다. 그러나 유직의 단호하면서도 간곡한 영(令)에 대해 감히 면전에서 거역하거나, 혹은 이견을 피력하여 오히려 설득해 볼 엄두를 내지는 못하였다.

그녀가 기억도 하지 못하는 어릴 때에 유직의 품을 떠난 데다, 비록 그동안 일이 년에 한 차례씩 유직이 보타암을 다녀가기는 했어도 막상 한 가족으로서 오롯하게 함께 지내보는

것은 이제야 처음이었다. 그러니 그녀로서는 아무래도 유직
을 대하기에 어려운 바가 있을 수밖에 없었다.

더욱이 아무에게도 말 못할 사정으로, 이번 사건과 관련하
여 그녀 또한 돌이켜 생각하는 것만으로도 끔찍하기 이를 데
없는 험한 일을 당한 터라 그녀 스스로의 마음의 충격을 추스
르는 데만도 힘겨운 처지이기도 했다. 어쩌면 그 충격과 상처
는 그녀의 일생 내내 치유되지 않을지도 몰랐다.

그리하여 그녀는 조부와는 별도로 이런저런 소소한 사정
까지를 서신에 써서 사부에게 보낸 다음, 총수 사저 내 별당
에서 칩거하다시피 조용히 지내고 있는 중이었다.

3

함인걸(咸仁傑)은 있는 대로 인상을 찡그렸다. 항주 관부의
포두(捕頭)인 그는 아침에 하수구 안에서 시체 썩는 냄새가
난다는 비렁뱅이들의 신고를 받고 출동한 길이었다.

사실 보통의 경우라면 이런 정도는 휘하의 포졸(捕卒)들 중
에서 중고참 정도나 내보내면 충분한 일이었다. 그러나 마침
사해상단에서 특별히 청을 넣고 있는 여인 실종 사건과 관련
이 있을 확률이 있었으므로, 그로서는 귀찮음을 무릅쓰지 않
을 수 없었던 것이다.

함인걸은 소매 속에서 용모파기를 그린 종이를 꺼냈다. 사

해상단으로부터 전해 받은 것인데, 그러나 그 그림은 처음부터 꺼낼 필요도 없는 것이었다. 전혀 쓸모가 없었으니까.

여인으로 보이는 그 시신은 끔찍한 형상이었다. 어느 미친 놈의 짓인지 사체(死體)의 전신은 아주 난자가 되어 있었는데, 유기된 지가 이미 꽤 되었는지 상당 부분 부패가 진행되고 있어서 악취에 더해 곳곳에 구더기까지 들끓고 있었다.

동행해 온 검시관은 면포로 입과 코를 가린 채 꼼꼼하게도 사체를 살폈다. 그리고 일차적인 검시 결과를 말하기를, 나이는 이십대 후반쯤이며 비교적 부패가 진행되지 않은 손을 살펴보건대 상당 기간 검을 수련한 것 같다는 소견을 말하였다.

'검을 수련했다고?'

함인걸이 대번에 감이 오는 것이 있기에 급히 사해상단으로 사람을 보냈다.


유정이 말을 전해 듣고는 급한 마음에 당장에 달려가겠다고 했다. 그에 유직이,

"사체가 이미 많이 손상되어 용모파기 그림으로도 알아보기 어렵다는데 굳이 가서 험한 꼴을 볼 필요가 있겠느냐?"

하고 적이 말렸다. 그러나 유정은 벌써 눈물바람이 되어,

"그러니만큼 만에 하나 그 사체가 바로 사저라면 저 아닌 다른 사람은 결코 구별할 수가 없을 것입니다."

라고 울먹이며 말했다. 그에 유직이 더는 말리지 못하고 경

호조장 고이강(高易綱)을 동행하게 하였다.


"욱!"

사체를 보는 즉시 유정은 헛구역질부터 하였다. 사람 죽은 것을 처음 보는 처지로, 이미 반은 썩어 들어가 허물거리는 그 참혹한 형상이란 차마 똑바로 보지 못할 광경이었다. 그러나 그녀는 억지로 힘을 주어 두 눈을 부릅떴다.

함인걸이 고이강과는 안면이 있는 사이라 그에게서 유정이 누구인지를 전해 듣고는 사뭇 친절한 얼굴이 되며 검시관에게 직접 설명을 하게 하였다. 검시관이 자신이 조사한 바에 대해,

"강간의 흔적이 있습니다. 이후 교살된 듯하고, 전신에 난 자상(刺傷)은 아마도 사후에 만들어진 것으로 보입니다. 자상의 흔적으로 보아 단검은 아니고 아마도 장검에 의한 것인데, 베인 깊이가 일정하고 자상마다 중간에 멈춤이 없이 한 호흡에 벤 것을 보면 필시 무공에 능한 자입니다. 사체에 대해 다시 칼질을 한데다, 더욱이 여인의 음부까지 훼손한 것은 잔인의 정도를 지나쳤다고 할 수 있어서 이런 경우 흉수는 아마도 성 도착적 경향을 지녔거나 혹은 성격 파탄자일 가능성이 있습니다."

하고 상세히 전하였다. 듣고 있던 함인걸이 슬쩍 인상을 그리며,

"어이! 언제부터 검시관이 수사까지 하게 되었나?"

하고 가벼운 핀잔을 주는 바람에 검시관이 머쓱해하며 그만 입을 닫고 말았다.

그때 속이 메슥거리는 것을 억지로 참아가며 사체를 살피던 유정이 문득,

"아아! 사저!"

하고 외마디 비명처럼 외치며 사체를 향해 달려들려는 것을 고이강이 황급히,

"진정하십시오, 아가씨!"

하며 앞을 막아서 만류하였다. 유정이 사체의 한 부위를 가리키며,

"저 문신… 저 문신……."

하고 떨리는 목소리로 중얼거리다가 이윽고는,

"으흐흑!"

하며 억눌린 울음을 터뜨리고 말았다.

고이강이 유정이 가리킨 곳을 보니 사체의 어깨 부위였다. 그곳 역시 부패가 제법 진행되고 있었기에 언뜻 보아서는 잘 알아볼 수 없는 무슨 무늬 같은 것이 새겨져 있었다. 좀 더 자세히 보니 작게 연꽃을 새긴 문신이었다.

그때 유정은 충격을 가누기 어려운 듯 온몸을 덜덜 떨고 있었기에 고이강은 함인걸에게 가볍게 고개를 숙여 보이고는 유정의 어깨를 부축하여 그 자리를 피했다.

4

"시신은 관부의 협조를 받아 상단에서 인수하여 잘 안치해 두었으니 이제 보타암에서 사람이 오는 대로 인계해 주면 될 일이다."

그렇게 말하고 나서 유직은 문득 정색을 하였다. 유정 또한 조부가 무슨 말을 이어낼 것인지 대강은 짐작이 되기에 어쩔 수 없이 안타까운 기색이 되고 말았다.

"휴우!"

유직이 가만히 한숨을 불어 내쉬고 나서,

"관부에서는 이미 시일이 많이 흐른 데다 지금까지의 정황 증거가 너무나 빈약하여 사건을 더 조사하여도 얻을 것이 없다는 입장을 전해왔다. 그러니만큼 우리가 할 수 있는 일은 여기까지인 것 같다."

하고는 다시 한 호흡을 쉬고서,

"이 할아비도 이제 더 이상은 이 일에 관여하지 않을 작정이다. 그러니 너 또한 이후로는 이 일에 연연하지 말기를 당부한다."

하고 사뭇 단호하게 말하였다.

유정이,

"아아!"

하고 가느다랗게 탄식을 흘리고 나서,

"할아버지, 사문의 사저께서 졸지에 그런 횡액을 당하였는데 제가 어찌 관여하지 않을 수 있겠습니까?"

하고 처연하게 하소연하였다. 그러나 유직은 더욱 강경하게,

"이미 네 사부님과는 상단의 계승자로서의 너의 장래에 대해 여러 차례나 얘기된 바가 있거니와 이런저런 사정으로 인연을 정리하는 것이 늦었으니 이번 기회에 그것을 분명히 하고자 한다. 하면 너는 이제부터 오로지 사해상단을 계승하는 일에만 전념해야 하는 것이다. 너는 강호의 사람이 아니라 상인인 것이다. 강호의 일에는 강호의 법이 따로 있어 관에서조차 함부로 나서지 않는 것이 불문율인데, 하물며 강호와는 불가원불가근의 원칙을 지켜야만 하는 상단을 운영하는 처지로서 그러한 일에 개입하는 것은 불가하다. 이것은 너와 나만의 문제가 아니라, 수천의 상단 식구들과 나아가 그 가족들을 포함한다면 수만의 사람들의 행, 불행이 결정될 수도 있는 문제이기도 하다. 그런 까닭에 할아비는 네가 앞으로 이 일을 그저 하나의 악연으로 치부하여 깨끗이 잊어주기를 바란다."

하고 못을 박듯이 하였다. 그러나 유정이,

"할아버지, 아무리 그래도 한번 맺은 사문의 인연이 어찌 아주 없던 일로 될 수야 있겠습니까?"

하고 다시 하소연하기에 유직이,

“휴우!”

하고 나직이 한숨부터 내쉬고 이번에는 달래듯이,

“그래서 나는 네 사부께 사정이라도 하려는 터이다. 네가 더 이상 관여되지 않도록 해달라고 말이다.”

하고 말하였다. 그에 유정이,

“호오!”

하고 가만히 한숨을 내쉬었다. 그러나 유정이 다시 무슨 말을 이어내지는 못하였다. 조부의 결심이 정말로 굳고도 간절함을 여실히 실감하였기 때문이다.


5


보타암에서 최대한 서둘러 육지로 나가겠다는 연락이 있었기에 유정이 이제나저제나 하고 기다린 지가 벌써 여러 날이 지나고 있었다. 하필이면 태풍이 잦은 철이라 갑작스러운 풍랑과 일기 불순으로 뱃길이 순탄치 못한 때문이었다.

유직은 손녀더러,

“괜히 심란해하고만 있지 말고 기다리는 동안에라도 상단의 이런저런 일이나 살펴보도록 해라.”

하며 상단 조직도에서부터 재정 분석서, 그리고 주요 거래처 및 주요 고객 명단 따위의 서류들을 잔뜩 별당으로 가져다 놓았다.

　강산과 잡조가 흑사방과 한바탕의 사건으로 얽혀든 것이
마침 그럴 즈음이었다.

　유직이 보고를 받은 것은 사건 다음날이었다. 아마도 처음
에는 별로 대수롭지 않은 일로 치부하여 인재육성원장 선까
지만 알고 있으려 했던 것 같았다.
　그런데 그 사건으로 인해 사망자가 생긴 것을 알고서 뒤늦
게 계통을 밟아 보고가 이루어진 것이었다. 살인 사건이었다.
사망자는 항주의 흑도제일방파인 흑사방의 동주였고, 살인자
는 인재육성원에 소속된 말단의 행원이었다.
　살인 사건이라는 심각성에 비해서는 막상 관부에서 조사
를 나오거나, 혹은 보상이니 뭐니 하여 송사로 이어지거나 하
지는 않을 듯하였다. 일이 크게 번지는 것은 오히려 흑사방
쪽에서 원하지 않을 것이기 때문이다.
　그러나 흑사방 쪽에서는 필경 그들 나름의 방식으로 사고
처리를 하려 할 것이니, 그것에 대해서는 미리 방비가 있어야
할 일이었다. 흑사방의 행사가 어떤 것이든 두려울 것까지야
없겠지만 역시 적잖이 성가시기는 할 것이기에.
　사건에 대해 보다 상세한 보고가 다시 올라왔으나 유직은
여전히 석연치가 않은 점이 있었다. 흑사방의 동주를 비수로
찔렀다는 행원의 신상명세와 근무 평가 자료들을 살펴보았는
데, 살인을 하였다고는 도무지 믿기 어려운 인물이었다.

물론 직접 사람을 보지도 않고 다만 서류만으로 제대로 평가할 수 있겠는가만, 평생 수많은 사람을 접하고 다루어본 유직의 느낌으로는 그랬다.

상단에서 근 이십여 년을 최하위 말단 서기로만 일해온 자. 금번에 시행되었던 인적 구조 조정에서 임시 조직인 인재육성원으로 배치된 자.

모든 기록은 그자가 비록 무능하지만 결코 불성실하거나 행실이 나쁘지 않다는 것을 말해주고 있었다. 그런 자라면 설혹 누군가에 대해 웬만큼 분노하고 원한을 가졌더라도 막상 사람을 상하게 하거나 더욱이 살인까지 할 강단까지는 감히 내지 못할 일이었다.

유직이 그리 깊은 고민 없이,

'흠! 강산이라……. 결코 의도한 것은 아닐 터이고, 그 당시에 상황이 그렇게밖에는 될 수 없었던 무슨 불가피한 사정이 있었던 것일 테지.'

하고는 결정을 내렸다, 그를 보호해 주기로.

유직의 그런 결정이 단순히 '내 식구' 편을 든다는 것은 아니었다. 그런 중에는 유직의 다분히 상인다운 계산이 있는 것이었다.

유직이 간단히 짐작해 보기에 이 사건은 제법 성가시게 번질 여지가 다분히 있어 보였다. 그러나 그런 성가심을 감수해도 좋을 만큼 얻는 것 또한 작지 않을 것이다.

　바로 이천삼백여에 이르는 사해상단 구성원들의 상단에
대한 신뢰감을 높이고 나아가 충성심을 향상시키는 데 상당
히 효과적인 동기가 될 테니까 말이다.

　"네가 한번 처리해 보거라."
　유직은 그 사건의 처리를 일단 유정에게 맡겼다. 그러나
'일단' 이라고 해서 그냥 맡기는 흉내나 내려는 건 아니었다.
　비서조나 경호조에서 지레 나서 그녀를 돕지 못하게 하였
을 뿐만 아니라, 뒤에서 지켜볼 필요도 없이 그녀가 일을 망
치든 말든 아예 수수방관하라고 지시하였다. 정말로 그녀 스
스로의 힘으로 해보도록 할 작정인 것이다.
　물론 세상의 번다한 일에 대해 아직까지는 백지나 다름없
을 유정이니 그런 임무가 결코 가능하지 않다는 것을 유직이
모를 리는 없었다. 그러나 기왕에 그녀로 하여금 후계자 수업
을 받도록 하리라 하였으니,
　'상단 총수는 결코 편한 자리가 아니다. 온갖 별스럽고 잡
스런 일들을 겪으면서도 그 어떤 경우에도 결코 흔들리지 말
아야 하는 것이다. 그러니 크게 망치는 것으로부터 수업을 시
작하는 것도 그리 나쁘지 않으리라.'
　하는 게 유직의 생각이었다.
　하지만 정말 아무런 대책도 없이 유정을 아예 눈 밖에 내놓
을 수는 없는 일이었다. 바로 얼마 전에 가슴이 덜컥 내려앉

는 경우를 당한 바도 있지 않은가. 최소한 어떤 경우에도 손녀의 안위를 확실히 지킬 수 있을 방도는 마련해야 했다.

안 그래도 유정이 상단으로 돌아왔을 때를 대비하여 벌써 십여 년 넘게 준비해 온 특별 호위가 있었다. 유정과는 이제 처음으로 볼 것이지만, 또한 세상에도 전혀 알려지지 않은 호위였다. 겉으로 보기에는 그저 우둔한 시종 정도로 보여 남의 이목을 그다지 끌지 않으면서도, 막상 그 잠재된 힘은 놀라운 데가 있는 인물이었다.

무엇보다 만약의 경우에 유정을 위해 무조건적으로 목숨을 바치도록 세뇌된 인물이었다. 그런 인물이기에 유직은 그 인물이 장차 사해상단이라는 거대 집단을 이끌어갈 유정의 평생 호위가 능히 될 만하다고 여기는 것이었다.

# 十五
## 탄능(彈能)

### 1

　누구에게 폭력을 당한다는 것. 그것은 곧 파괴를 당하는 것이다. 육체적으로, 그리고 기어이는 정신적으로.

　강산은 그 자신이 폭력에 의해 끔찍하기 이를 데 없는 육체적, 그리고 정신적 파괴를 당해본 처지이다.

　그러나 그날 그 사건에서 그는 전혀 반대의 입장이 되어 누군가에게 가차없는 폭력을 행사했다. 스스로 늘 당하기만 해온 우중충한 삶이었다는 피해 의식을 가지고 있는 그의 서른세 해 생애에 처음으로 있는 일이었다.

　그 뒤 그가 떠올린 단상(斷想)들 중에는 희미하지만 아주 기묘한 희열의 느낌 같은 게 섞여 있었다. 역설적이게도.

탄능(彈能)!

흑사방 무리와의 싸움에서 자신의 몸이 보인 특별한 형태의 반사작용에 대해 강산은 그렇게 이름을 붙여보았다. 이를테면 튕기는 능력이라는 의미에서였다.

그러나 그것은 도무지 이해할 수 없는 능력이었다. 또한 그가 하고 싶대서 임의로 발휘해 낼 수도 없는, 재현 불능(再現不能)에다 통제 불능의 능력이었다.

그러나 강산은 일단 만족스럽다는 쪽으로 생각을 정리하기로 했다. 그러한 능력으로 인해 그의 몸에 무슨 다른 문제가 생긴 것은 없었고, 어쨌든 신체적 능력이 향상된 것으로 치면 되는 일이었다.

더욱이 그것을 일관통의 효과라고 치면, 이제 앞으로 그가 다시 그다음 단계의 관통들을 이루어감으로써 또 다른 능력들을 얻을 수 있는 가능성이 보장되는 셈이 아닌가. 물론 반드시 그리되리라 기대하거나 욕심까지를 내보는 것은 아니었지만 말이다.

이삼 일이 지났을 무렵, 강산에게 뜻밖의 문제가 하나 생겼다.

탄능으로 인해 몸에 다른 문제가 생기지는 않았다고 안심하고 있었는데, 뒤늦게 그 부작용으로 여겨지는 증상이 나타난 것이다.

가끔씩 갑자기 신체 부위들이 그의 의지나 생각과는 전혀 무관하게 제멋대로 놀았다. 다시 말하면 아무런 외부의 자극이나 위협이 없는데도 멀쩡히 있다가 전혀 예측할 수 없는 순간에 돌연히 팔이나 다리, 혹은 목이나 어깨 등 몸의 어느 한 부분이 갑자기 화들짝 놀라거나 경련을 일으키듯이 펄쩍 튀어나가거나, 혹은 관절이 무단히 저 혼자서 확 꺾이곤 하는 것이었다. 그러니 남들이 보기라도 한다면 그야말로 미친놈의 발작일 수밖에 없을 노릇이었다.

강산이 누구에게 말도 못하고 혼자서만 고민에 고민을 아무리 해봐도 그러한 증상이 정말로 일관통에 뒤따르는 부작용인지, 아니면 가려움증에 이어 뒤늦게 발현되는 벼락의 또 다른 후유증인지, 또 혹은,

'전신 혈맥이 산산이 파열되어 결국은 칠공에서 피를 토하고 죽을 것.'

이라던 그 빌어먹을 변태 X끼의 저주가 이제 와서야 뒤늦게 시작되는 것인지 도무지 알 수가 없었다.

그렇다고 강산이 그 부작용 내지는 후유증에 대해 특별히 좌절하거나, 혹은 분노하는 것은 아니었다. 그러기보다는 오히려 어떻게 해서라도 방법을 찾아 그 통제 불능의 능력, 즉

탄능을 자신의 진정한 능력으로 만들어볼 생각을 하였다.

3

　잡조는 며칠째 좁은 집무실에서만 죽은 듯이 지내고 있는 중이었다. 인재육성원장으로부터 별도의 명이 있을 때까지 근신(謹身)하라는 명을 받았기 때문이다.
　그동안 강산은 연일 원장에게 불려가서 일면 조사를 당하고 일면 박살이 나기를 지겹도록 되풀이하고 있었다. 흑사방과의 그 사건 때문임은 불문가지이다.
　그러나 강산이 그 정도의 일에 가슴 졸이고 두려워할 군번은 아니었다. 또한 그럴 만큼 잃을 것이나 앞날에 대한 희망 같은 것을 가진 처지도 아니었다. 솔직히 만년 말단의 군번으로 막장까지 내몰려 있는 터에 특별히 겁날 것이야 또 어디 있겠는가?
　겁을 내기는커녕 강산은 오히려 묘한 자부심 같은 것을 느끼고 있는 중이었다. 이를테면 조장으로서 잡조를 대표하여 깨진다는 뿌듯함 같은 것이랄까?
　그도 그럴 것이, 요즘 들어 이강과 선변이 강산을 대하는 태도에는 아주 각듯한 데가 있었다. 물론 그것은 연일 박살이 나고 있는 강산에 대한 일종의 위로이자 보상적 차원에서의 예우일 것이다.

비슷한 심정이었겠지만, 윤파 또한 은근히 강산을 조장으로 인정해 주는 태를 내며 나름 성의를 보이고 있었다.

4

선변의 발이 제법 넓다는 것에 대해서는 이제 정말로 인정하지 않을 수 없을 듯하였다.

오늘 아침에 선변은 소문 하나를 물어왔다. 그런데 그게 그 스스로가 조작하여 만들어낸 것이 아니라면 참으로 건지기가 쉽지 않았을 법한 소문이었다.

바로 흑사방에서 모종의 선을 통해 상단 고위층에다 이번 사건에 대해 강한 항의를 제기했고, 그로 인해 이제 사태는 인재육성원의 차원을 넘어 상단 상부로 넘어가게 되었다는 것이다. 그리고 상단 지도부에서 제법 고위급에 속하는 조사관이 곧 파견되리라는 것이었다.

원장이 낯선 얼굴의 두 사람을 대동하고 잡조로 온 것을 바로 그날 오후였다. 그래도 행수 급인 원장의 태도에 아주 은근하게 공손함이 배어나고 있는 것만으로도 그들 둘 중에 과연 고위급이 있는 건 분명한 모양이다.

그런데 강산 등은 물론이고, 마당발인 선변까지도 그 신분들을 도무지 짐작해 볼 수가 없었다.

두 사람 중 한 사람은 이십대 초, 중반쯤으로 보이는 평범한 용모의 청년이었다. 굳이 특징적인 것이라면 그 체형이 호리호리하다고 할 만큼 늘씬하였고, 얼굴색이 다소간 창백하고 무표정하여서 차가워 보이는 데가 있었다.

다른 한 인물은 청년을 수행하듯이 한 걸음 뒤쪽에 서 있었는데, 그 역시 그저 그러려니 하고서 지나치는 정도로 보자면 대충 평범한 모양새였다. 그런데 막상 조금만 유심하게 본다면 그의 모습은 은근히 특이하기 시작하여 이윽고는 사람의 흥미를 잡아끄는 데가 있었다.

특별히 근육질이라든지 다부진 체격은 아니었다. 오히려 둥글둥글한 체형인데, 가만히 살펴보자면 참으로 특이하달 정도로 굵은 몸통을 지녔다. 어깨통이며 가슴통, 허리통, 다리통 등등, 몸통과 사지의 통이 다 두껍다. 아마도 보통 사람의 두 배씩은 되어 보일 정도이다.

그런데도 그 체구에서 특별히 어떤 위압감 같은 것이 느껴지지 않는 것은 아마도 몸통만큼이나 둥글둥글하게 생겨먹은 그의 인상 때문일 터이다. 한마디로 무골호인(無骨好人)의 인상이었다. 좀 더 솔직히 말하자면, 어딘가 조금 모자란 것 같기도 하고, 또 가만히 보고 있자면 저절로 슬그머니 웃음이 나오고 마는 그런 인상이다.

그는 털이 없었다. 머리털이 한 올도 없는 민둥산이 머리였다. 거기에다 눈썹조차 아예 없었다. 그러니 숫제 머리와 얼굴의 구분이 어려운 정도였다. 그러니 그의 몸에는 아마도 한

오라기의 털도 없을 것 같다는 묘한 상상마저 들 법하지 않겠는가.

그런 중에 또다시 특이한 것은 그의 얼굴색이었다. 얼큰히 취기라도 오른 사람처럼 얼굴과 목, 그리고 민둥산이 머리까지도 적당히 보기 좋은 홍조가 돌았다.

게다가 습관적인지 내내 천진스러워 보이는 웃음기를 띠고 있는 눈매며, 온순하게 가라앉은 순한 눈망울은 영락없이 순진한 아이의 모습이었다.

그리하여 그의 나이는 영 종잡기가 어려웠다. 사오십대 같기도 하고 노인 같기도 하고, 또는 웃자란 소년 같기도 하고. 어쨌든 사람은 좋아 보였다. 너무 좋아서 탈이 되지 않을까 싶을 정도로.

다들 그의 특이한 생김새에 관심을 주고 있는 사이에, 윤파는 문득 그가 등 뒤로 메고 있는 물건에 흥미를 느꼈다. 반 장은 족히 되어 보이는 거무튀튀한 철봉(鐵杖)이었다. 철봉은 그의 머리 위까지 불쑥 튀어나왔는데, 그것이 꼭 전쟁터에서 기수(旗手)가 등 뒤에다 깃발을 꽂고 다니는 것과 비슷하였다.

그런데 가만히 보자니 철봉은 한 개가 아니라 두 개였다. 투박하니 제법 무거워 보이는 철봉이 두 개나 되니 윤파로서는 그것이 어디에 쓰이며, 또한 어떻게 쓰이는 물건인지에 대해 자못 궁금해지는 것이었다.

“이쪽은 순동(純童)이고 저는 유정(柳靜)이에요.”

원장이 인사를 시키기도 전에 청년은 스스로 자신들을 소개했다. 그런데 그 목소리가 뜻밖에도 맑고 고왔다.

이강이 슬며시 고개를 돌리며 벙싯거리는 미소를 떠올렸다. 아마도 순동이라는 이름 때문이리라. 순한 아이. 이름과 이름의 주인이 참으로 잘 어울리기에.

선변은 고개를 갸웃했다. 그는 아무래도 순동보다는 청년 유정에게 보다 관심이 있는 듯했다. 선변이 문득,

“그렇군. 인피면구로군.”

하고 혼잣말처럼 중얼거렸다. 그런데 옆에 있던 윤파가 또한 혼잣말처럼,

“인피면구?”

하며 슬쩍 되새겼다. 선변이 다시 혼잣말로,

“여인. 스물은 넘었고 서른은 안 된.”

하고 말하자 윤파가 다시,

“호?”

하고 자못 흥미롭다는 탄성으로 받았다. 여전히 그 혼자서 하는 짓거리처럼.

유정의 무표정한 얼굴에, 아니, 그의 반짝이는 눈빛에 일시 불쾌한 기색이 스쳐 갔다. 직급의 고하를 따지기 전에 그는, 아니, 그녀는 어디까지나 잠조의 과실 여부를 따지기 위한 조사관의 신분으로 이곳에 와 있는 것이다. 그런데 첫 대면에서

부터 조사 대상인 자들은 엉뚱하고도 무례한 언사들을 함부로 뱉고 있었다. 그러나 그녀는 눈빛으로 외에는 다른 불쾌한 표시를 딱히 내지는 않았다.

"원장님은 그만 가보셔도 되겠습니다."

하고 유정이 말하자, 원장은 잠깐 짐짓 위엄 서린 눈빛으로 조원들을 쭉 한번 훑어보고 나서 다시 유정에게 가볍게 고개를 숙여 보인 후 자리를 떴다.

유정이 대뜸 노달을 향해,

"흑사방과의 일 말입니다. 어떻게 된 일입니까?"

하고 물었다. 그런 그녀에게서는 조사관으로서의 분명한 입장과 의지가 드러났지만, 한편으로 노인을 대하는 공손함이 또한 있었다.

그러나 노달은,

"그건 이 늙은이가 대답할 사항이 아닌 것 같소이다."

하고 간단히 발을 뺐다. 유정이 다소간 난감한 빛으로 되고 마는데 노달이 엷게 웃으며 다시,

"조장은 여기 이 사람이외다. 그러니 그에게 물어보시오."

하고 강산을 가리켰다. 유정이 고개를 갸웃하며,

"그것 이상하군요? 제가 확인한 바로는 분명 여기 갑조의 조장이 노달이란 분으로 되어 있던데……?"

하고 짐짓 당혹스럽다는 기색을 보였다. 그때 선변이,

"저기, 우린 갑조가 아니고 잡조걸랑요? 그리고 노달 영감

님은 제일대 조장이시고, 지금 조장님은 제이대시걸랑요?"

하고 불쑥 끼어들었는데, 그 말속에 약간의 빈정거리는 투가 섞여 있었다. 유정이 선변을 직시하며,

"훗! 재미있군요? 그런데 조의 이름과 조장을 당신들 마음대로 바꾸나요?"

하고 물었다. 그 어조는 처음과 마찬가지로 부드러운 중에도 이번에는 분명한 질책의 의미가 들어 있었다. 선변이 곧바로 약간의 변명하는 투가 되어,

"그게 그럴 만한 사정이 있어서……."

하다가는 슬쩍 윤파를 향해,

"안 그렇습니까, 윤파 형님?"

하고 끌어넣으려고 했다. 윤파가 힐끗 선변을 노려보았을 뿐 대답을 하지는 않았다. 그러자 선변이 이번에는 이강을 향해,

"이강, 안 그래?"

하며 아주 노골적으로 인상을 쓰며 물었다. 순간 이강이 흠칫하는 기색이더니,

"그래."

하고 조심스럽게, 그리고 아주 조그만 소리로 대답을 내놓았다. 보고 있던 노달이 빙그레 웃었다.

유정은 차가워 보이는 인상에 비해서는 상당히 시원스러운 데가 있었다. 그녀가 예의 그 맑은 목소리로 새삼스럽게 물었다.

"좋아요. 조장이 누구이든 지금 그런 게 중요한 건 아니겠죠. 그런데 조장이 어느 분이라고 했죠?"

강산이 마치 자신과는 무관한 일인 듯이 있었는데, 이윽고 유정의 시선이 자신에게까지 옮겨왔을 때에야 문득 날 찾았느냐는 듯이,

"강산이요!"

하고 뜬금없는 자기소개를 했다. 그 모양이 일견 능청스럽기도 해 보이고 엉뚱해 보이기도 해서 유정이 실없이 가벼운 실소를 짓고 말았다. 그러다 그녀는 언뜻,

'강산이라고?'

하고 내심으로 반문해 보았다. 어디선가 한 번쯤 들어본 이름 같았던 것이다. 그러나 뭔가 생각이 날 듯 날 듯하더니 그 이름은 다시 영 낯선 이름이 되고 말았다. 유정이 잠시 모았던 미간을 다시 펴며,

"그럼 당신에게 다시 묻도록 하죠. 왜 그랬죠?"

하고 물었다. 강산이 조원들을 한차례 쓱 둘러보고 나서,

"기왕에 조사관까지 나온 마당이니 구구한 변명 같은 걸 늘어놓지는 않겠소."

하고는 허리를 꼿꼿하게 세우며,

"솔직히 말해 그날 난 내 개인적인 복수를 한 거요. 다른 사람들은 영문도 모르고 휘말린 것뿐이니 모든 책임은 나 혼자 지겠소."

하고 말하였다. 그런 강산의 기세가 자못 당당하였다.

그러나 유정은 일시 약간의 반감을 가졌다. 그가 말한 대로라면 동료들에 대해서나 상단에 대해서나 잘한 것이 하나도 없다고 해야 할 것인데, 그런 것치곤 너무도 당당하지 않는가. 유정이 잠시 강산을 바라보고 있다가,

"책임을 진다면 어떻게 지겠다는 거죠?"

하고 묻는데 어조는 담담했으나 마음속의 반감이 그대로 녹아 있었다. 그러나 이번에도 강산의 대답은 여전히 당당하면서도 또한 간단했다.

"내가 상단을 그만두면 되겠소?"

유정의 어조가 대번에 차가워졌다.

"흥! 당신이 책임을 지는 방식은 참으로 간단하고도 쉽군요. 그래요. 당신은 원하던 원한 풀이를 했으니 상단을 그만두는 것쯤 아무것도 아니라고 쳐요. 그러나 남은 사람들과 나아가 상단이 입을 직, 간접적인 손해는 어떻게 하죠? 그래, 당신으로 인해 지금 벌어져 있는 상황이 겨우 당신 한 사람 그만둔다고 해서 다 해결될 거라고 생각하나요? 당신은 이 조의 조장이라면서요? 그런데 어쩌면 그렇게 상황 파악이 안 되고, 어쩌면 그렇게도 무책임한가요?"

가차없는 질책이었다. 유정에게서 그렇게 매서운 질책이 당장에 되돌아오리라고는 미처 예상하지 못하였기에 강산과 조원 모두는 일순 당황스러운 기색들이 되고 말았다. 그러나

바로 다음 순간 강산은 곧바로 반발하여,

"제길! 그럼 나보고 대체 어떻게 하라는 거요? 그리고 그만두는 것으로도 다 감당 못할 책임이라면 그 넘치는 만큼의 책임은 상단 차원에서 져야 되는 것 아니오? 그렇지 않소? 내가 그날 그 자리에 있게 된 것은 어찌 되었든 상단의 지시에 의한 것이었는데, 그렇다면 상단은 내게 그런 지시를 내리기 전에 마땅히 내가 어떤 사람인지 제대로 파악했어야 할 것이며, 또한 그 일에서 파생될 책임의 크기를 능히 감당해 낼 수 있는 그릇인지를 제대로 판단했어야 할 것 아니오?"

하고 마치 그간에 심중에 삭여두고 있던 울화라도 있었다는 듯이 거칠게 내뱉고 말았다.

유정은 그대로 어이없다는 눈빛이 되고 말았다. 그러나 이어서 그녀를 더욱 어이없게 만든 것은 강산의 억지 항변에 대한 조원들의 동조였다. 그것도 사뭇 노골적인.

"조장님의 말씀이 아주 틀린 것은 아니네, 뭐. 안 그래, 이강?"

다분히 힘을 주어 하는 선변의 말에 이강이 얼떨결에 고개부터 끄덕이고 마는데, 선변이 이어 윤파를 향해,

"안 그래요, 윤파 형님?"

하고 동조를 구했다. 윤파가 확 째려보는 눈을 했다가는 이내 픽 웃고 말았다. 선변이 그에 힘입은 모양으로,

"조직이 일을 하다 보면 미처 예상하지 못했던 뜻밖의 상

황이 생길 수도 있는 건데, 그때마다 책임 운운하며 따져 대면 거 성가시고 재미없고 골치 아프고, 게다가 뒷감당할 일이 겁나서 어디 일할 맛이 나겠나? 제기랄! 다음부터는 어떤 상황에서는 뭘 어떻게 해야 하는지 하나하나 아주 세세하게 글로 써달래서 꼭 그대로만 해야 되겠네?"

하며 딱히 누구에게라고 정하지 않고서 혼잣말처럼 하여 자못 거창하게 말을 이어내는데, 그 분위기가 사뭇 삐딱하고도 반항적이었다.

유정이 어이가 없다 못해 이제는 아주 기가 차는 중인데, 그래도 나이 지긋한 사람은 좀 다르겠지 싶은 심정에 슬쩍 노달을 돌아보았다. 그런데 마침 안 그래도 잔주름 가득한 노달의 눈가가 더욱 자글자글해져 있었다. 그 또한 슬며시 웃고 있는 것이리라.

5

'눌러 버릴까, 아니면 적당히 어를까?'

고민을 한 끝에 유정이 선택한 것은 결국 유화책이었다. 유정이 새삼스럽게 정색을 꾸미며,

"이번 일은 상당히 엄중한 사안으로 번져 가고 있어서 자칫 상단 전체에도 영향을 미칠 수 있다는 판단이 나오고 있는 중이에요. 그러니 전후의 사정에 대해 조금의 가감도 없이 자

세히 말해줘야만 적절한 대응책을 강구할 수 있어요."

하고 말하였다.

강산이 일단은 피식 웃고 나서,

"하나도 빠짐없이 말이오?"

하며 한결 느긋한 투로 말을 받아주었다. 그리고는 슬쩍 농칠 기분까지 난다는 듯이,

"앞뒤 사정을 다 연결시키자면 내 개인적인 사생활까지 구구절절이 다 말해야 하는데, 흠! 술 먹고 오입한 거까지 시시콜콜 다 말하란 거요?"

하며 짐짓 능글맞은 투로 덧붙였다. 유정의 눈빛이 대번에 차가워지며 짙은 불쾌함을 드러냈다. 이어지는 유정의 목소리가 사뭇 단호했다.

"그래요. 조금이라도 관련이 되었다면 그것이 무엇이라도 하나도 빼놓지 말고 전부 다요."


막상 강산은 잠시간이라도 스스로의 심정을 정리해야만 했다. 단순히 조사에 응한다는 것보다는 그런 것과 무관하게 아무런 계산 없이 그동안 가슴속에 차돌처럼 뭉쳐만 놓았던 응어리를 이제 조금이라도 풀어내 보고 싶은, 그리하면 약간이나마 후련해질 것 같은 심정이 문득 되었기 때문이다.

사실 그런 충동을 느끼는 것이 이번이 처음은 아니었다. 전혀 모르는 누군가에게, 아니면 어디 깊은 산속에라도 들어가

혼자 외치더라도 도무지 풀리지 않을 그 응어리의 그림자라도 한번 입 밖으로 뱉어내 보고 싶은 충동은 '그때 그 일'이 떠오를 때마다 당연한 수순처럼 뒤를 따랐다.

물론 그렇게 해서 조금이라도 풀어질 응어리가 아니란 것은 너무도 분명하였다. 그러나 그러면 또 어떠랴 싶어지는 것이었다. 다만 그의 가슴속 응어리를 누군가에게 내보일 수 있다는 자체만으로도 깊숙한 의식 속에서 여전히 그의 정신을 옥죄고 있는 그 지옥 같은 기억으로부터 조금쯤은 더 자유로워지지지 않겠는가. 아주 조금이라도.


일단 입을 떼고 나자 생각했던 만큼 어렵거나, 혹은 사무치는 것은 없었다. 그렇게 강산은 마치 남의 애기를 하듯이 그냥 덤덤히 애기를 풀어내기 시작했다.

서호변의 단교주루(斷橋酒樓)에서 점소이 놈의 흉악한 시도를 목격한 일, 그리고 놈의 위협에 쫓겨나 다시 싸구려 잔설주루(殘雪酒樓)로 옮겨 울분을 푼답시고 만취한 일, 어찌어찌 집을 찾아들어 가서 곯아떨어졌다가 꿈같은 횡재(?)를 한 일, 그리고 세 명의 불청객이 들이닥친 일 등등.

그런데 강산이 주절주절 애기를 해나가는 중에 문득 유정의 눈빛이 크게 흔들렸다. 다른 사람들은 사뭇 흥미로운 강산의 애기에 집중하느라, 그리고 유정의 얼굴이 여전히 무표정했으므로 유정의 그 같은 격동을 알아채지 못했다.

그러나 처음부터 유정에 대해 짙은 호기심을 가지고 있던 선변만큼은 그것을 알아보고서 가볍게 이채를 떠올렸다. 선변이 유정을 잠시 살피다가 강산의 이야기에 방해가 되지 않도록 나직하게,

"괜찮으십니까?"

하고 물었다. 그러자 유정은 급하게 평정한 기색을 되찾으며,

"아! 괜찮아요! 제가 어지럼증이 좀 있어서……."

하고 적당히 얼버무리며 넘어갔다.

그때 강산의 목소리는 완연히 떨려 나오고 있었다. 그는 지금 부채청년에게 고문당하던 장면을 얘기하고 있는 중이었다. 그의 이마에는 언제부터인지 식은땀이 흥건하도록 맺혀 있었다. 선변이 어느새 강산의 얘기에 잔뜩 몰입해 있었던 듯,

"분근착골! 저런 쳐 죽일 놈! 무공도 모르는 사람에게……!"

하고 사뭇 분개하여 외쳤다. 그러는 바람에 강산은 문득 평정을 찾을 수 있었다.

가슴이 후련하지는 않았다. 원래는 켜켜이 묵혀두었던 얘기들을 주절주절 다 꺼내보리라 했던 것이지만, 이쯤에서 멈추는 것이 좋겠다 싶어졌다. 그 뒤의 얘기까지 마저 해서는 가슴이 너무 시릴 것 같았다.

문득 누군가의 시선이 유독 느껴지기에 강산이 마주 보니

유정이었다. 그녀는 굳이 초점을 정하지 않고서 조금은 모호해 보이는 눈빛으로 그를 바라보고 있었다. 강산이 겸연쩍은 마음이 들어,

"뭐 대충 다 말한 것 같소만?"

하고 말하자 유정이 그제야 퍼뜩 정신을 차린 듯이,

"그 흑사방의 동주에게서는 뭘 좀 알아낸 게 있나요?"

하고 사뭇 사무적인 투로 물었다.

"특별한 건 없소. 다만 그가 그때 받은 천 냥짜리 전표를 다시 흑사방주에게 바쳤는데, 흑사방주가 전표의 발행처를 한번 조사해 보겠다는 말을 했다는 것 외에는."


유정은 몇 마디를 더 물은 다음에 일단 돌아갔다.

그런데 한 가지 이상하다고 할 만한 것은, 어슬렁거리며 유정의 뒤를 따라 나서는 순동의 모습을 보고서야 사람들은 그제야 그의 존재를 새삼스럽게 인지하게 되었다는 것이다.

그러고 보니 그때까지 순동은 단 한마디도 하지 않았을뿐더러, 몸짓이나 표정으로도 어떤 의사표시를 하지 않았다. 그리하여 그는 사람들에게 그저 있는 둥 마는 둥 하는 존재로만 있었던 것이다. 그 두꺼운 덩치가 말이다.

十六
협상(協商)

1

그날 밤의 일에 대해 유정은 억지로라도 잊고자 했다. 그러기에 그동안 사저의 행방을 추적하고, 마침내 그 죽음을 확인하는 과정에서도 그 일만큼은 정말로 잊은 듯이 떠올리지 않을 수 있었다.

강산에게서 그의 이름을 듣고서도 처음에 유정은 그가 누구인지를 떠올리지 못했다. 그러나 그의 얘기가 이어지던 어느 한순간 홀연히 한마디의 기억을 떠올리고야 말았다.

"나는 사해상단의 항주본단에 다니는 강산이라는 사람이오!"

그 순간 유정은 벼락에 맞은 듯한 충격을 느꼈다.

'아아! 그 사람이다! 그날 밤 바로 그 사람!'

그러나 그는 그녀가 누구인지 전혀 알아보지 못하였다. 그러는 것이 좋았다. 그녀에게도, 그에게도.

유정은 나직이 중얼거렸다.

"그래요. 우리에게 그날 밤은 없었던 것입니다. 저도 당신도 지금 처음으로 서로를 보는 것입니다."


흑사방의 일에 대해 유정은 조부에게 상세한 보고는 하지 않기로 했다. 강산이 말한 내용 모두를 다 보고한다면 어쩌면 조부는, 아니, 분명히 조부는 적당한 선에서 이 일을 조율하거나, 혹은 아예 덮어버리려 할 공산도 배제할 수가 없었다. 어떻게 하든 그녀가 더 이상 이 일에 관련되도록 두지 않겠다는 조부의 결의가 그만큼 단단하기 때문이다.

그러니 일단은 그녀 독단으로 처리해 볼 수밖에 없다는 생각이었다. 물론 그에 뒤따를 것으로 예상되는 위험은 감수할 각오를 해야만 했다.

흑사방주에게 들어갔다는 그 천 냥짜리 전표는 지금껏 오리무중이던 사저의 피살 사건에 유일하면서도 결정적인 단서가 될 것이다. 그러니 그녀는 일단 나름으로 할 수 있는 데까지는 모든 노력을 다 해보고, 그런 다음에 조부께 도움을 청하든지 아니면 사부가 오실 때까지 기다려 볼 일이었다.

유정이 순동과 함께 다시 잡조를 방문한 것은 사흘이 지난 뒤였다. 보강 조사를 할 것이 있다고 했다. 두 사람을 보고 선변이 자못 다소곳하게,

"반갑습니다!"

하고 인사를 했다. 그런데 엉뚱하게도 그 인사는 유정이 아닌 순동을 향한 것이었다. 어쩌면 선변의 그 인사는 순동에 대한 호감의 표시라기보다는 지난번에 미처 다 풀지 못한 호기심의 표시일지도 몰랐다. 혹은 그가 유정에 대해 어떤 반발을 가지고 있어서 그것을 그런 식으로 표시한 것일지도.

순동은 예의 그 천진한 웃음으로 환하게 웃었다. 자신에 대한 선변의 관심이 정말로 기껍다는 듯이. 그러나 다만 그것뿐이었다. 역시 말을 하지는 않았다. 소리도 내지 않았다. 아마도 그는 농아(聾啞)인 듯했다.

유정이 조원들을 둘러보며,

"오늘부터 며칠간 여러분과 함께 직접 현장을 나가보려고 해요. 그러니 여러분은 제 지시를 따라주세요."

하고 말했다.

선변이 곧바로,

"그건 좀… 상당히 많이 곤란하겠는데요? 우리에게도 지휘

질서라는 것이 있는데……."

하고 은근슬쩍 거부감을 표했다.

그러자 유정이,

"그럼 이렇게 하죠!"

하고 곧바로 말을 받는데, 거기에 불쾌해하거나 당황하는 기색이 조금도 없어 보였다. 마치 선변의 그런 반응을 미리 예상하기라도 했다는 듯이 차분했다. 선변이 언뜻 호기심이 생긴 듯이,

"어떻게요?"

하고 바로 반문했다.

"조장님을 통해서 지시가 내려가도록 하죠. 아! 물론 조금 두고 보아서 만약 그 같은 방식이 너무 번거롭고 불합리하다 싶으면 그때는 곧바로 제가 직접 지시하는 체제로 전환하겠어요."

유정이 그렇게까지 양보를 하는 데야 선변도 당장에는 다른 토를 또 달 수가 없었다. 그러나 그때 강산이,

"지금 나더러 꼭두각시 조장 노릇을 하라는 거요? 그런 거라면 난 싫소!"

하고 불쑥 뱉었다. 그런데 말이 그쯤 되고 보니 상당히 노골적인 항명같이 되고 마는 것이었다. 선변의 얼굴에 금세 짙은 흥미가 떠올랐다.

유정은 잠시 이채로운 빛으로 강산을 보았다. 그러다가 그

녀는 문득 피식하고 웃었다. 물론 그녀의 창백한 무표정이 바뀐 것은 아니지만, 그녀의 눈빛에 묘한 웃음기가 담겼다. 이어 유정이 짐짓 목소리를 높여서,

"전 엄연히 당신의 상관이에요. 더욱이 당신이 저지른 문제를 처리하기 위해 나온 조사관이고요. 그런데 싫다니? 대체 무슨 배짱이죠?"

하는데 그녀의 눈빛에는 여전히 한 가닥의 미소가 머물고 있었다. 잠시 후 그녀는 한결 어조를 부드럽게 하였다.

"좋아요. 정히 그렇다면 방법을 조금 바꾸는 것으로 하죠."

"어떻게 말이오?"

강산이 짐짓 큰 관심은 없다는 체하며 물었다.

"일단 지시를 하지는 않겠어요."

"지시를 안 하면?"

"음, 글쎄요? 이러면 어떨까요? 제가 조장님과 조원들께 협조를 구하는 것으로."

그러자 선변이 가볍게 코웃음을 치며 끼어들었다.

"흥! 거 무슨 말장난하자는 것도 아니고……."

그러나 선변의 표정에는 막상 그다지 골난 기색이 실리지는 않아 보였다.

그때 강산이,

"하긴 뭐 위에서 하자는 대로 해야지, 우리 같은 처지가 달

리 무슨 주장을 할 수 있겠소? 까짓것, 뭐, 아무거나 편한 대
로 합시다!"
　하고 짐짓 수월히 말을 뱉었다. 제법 무쌍하다 할 그 변덕
에 유정이 웃는 빛으로 고개를 끄덕이며,
　"좋아요! 까짓것, 뭐, 그렇게 해요!"
　하고 강산의 말투를 흉내 내어 말했다.


　선변은 언뜻 묘한 표정이 되어서는 새삼스럽게 유정을 살
펴보았다. 젊은 여인답지 않게 시원시원하게 상황을 전환시
키는 단호함과 명쾌함, 그리고 줄 건 생색나게 주고 챙길 건
소리없이 챙기는 영리함까지 지녔으니, 과연 저 청백하고 무
표정한 인피면구 뒤에는 어떤 모습이 숨어 있을지 사뭇 흥미
로워졌기 때문이다.
　'제법인걸?'
　선변은 내심 그렇게 중얼거렸다.


3


　다음날 오후. 그동안 중단되었던 잡조의 수금 업무가 전격
적으로 재개되었다. 마치 아무 문제도 없었다는 듯이.
　그런데 선변은 영 꺼림칙하였다. 오늘 그들이 업무를 수행
하도록 할당받은 곳이 하필이면 서호 북쪽 지역의 유곽 밀집

지역이었기 때문이다. 그곳은 바로 흑사방이 주된 활동 거점
으로 삼고 있는 지역이었다.

"영 찜찜한데요?"

선변은 두 번째 같은 소리를 뱉고 있었다. 그러나 앞장선
강산은 대답없이 묵묵히 걷기만 했다. 선변이 뭐라고 작은 소
리로 연신 투덜거렸다. 그러나 일행에게 뒤처지지 않도록 재
게 걸음을 놀렸다.

사실 선변이 꺼림칙한 중에도 나름대로의 계산과 믿음이
있기는 했다. 물론 그것들이 조장인 강산에 대한 것이지는 않
았다. 바로 유정에 대해서였다.

선변은 유정에 대해 보다 상세한 정보 몇 가지를 수집한 바
있는데, 바로 그 정보들을 근거로 하는 계산과 믿음인 것이
다. 유정이 함께하는 이상 상단 차원에서 안배된 최소한의 어
떤 안전장치는 분명히 있을 것이라는.

그러나 위험 지역(?)으로 점점 더 깊숙이 들어가면서 선변
의 믿음은 조금씩 약해져만 갔다. 대신 자신의 정보와 판단이
잘못된 것일 수도 있다는 불신과 불안이 자꾸만 커져 가고 있
는 중이었다.


미로처럼 사방팔방으로 복잡하게 얽힌 골목길. 그리고 그
런 골목 양편으로 한 치의 공간 여유도 없이 다닥다닥 연이어
붙은 유곽들. 이곳이야말로 항주의 화려한 밤을 대표하는 곳

이었다.

그러나 대낮인 지금, 햇빛을 피해 음지로 숨어든 것처럼 모든 것들이 음침하게 웅크려 있는 지금의 이곳에서는 도무지 밤의 화려함을 상상해 볼 수 없었다.

지금 이곳은 마치 가사(假死) 상태에 있는 것 같았다. 이제 두어 시진 후면 찾아올 밤을 기다리며.

잡조가 막 하나의 골목을 돌아서 제법 탁 트인 삼거리로 나가는 순간이었다. 문득 앞쪽의 강산이 우뚝 멈춰 서는 바람에 바로 뒤쪽의 선변 또한 급하게 멈춰 설 수밖에 없었다. 그리고 선변 은 곧바로 얼굴을 확 일그러뜨리고 말았다.

"니미! 내 이럴 줄 알았다니까!"

세 갈래 삼거리 골목을 꽉 메우고 있는 자들. 못 잡아도 육십여 명은 되어 보였다. 게다가 손에는 이런저런 다양한 종류의 연장(?)들을 들었는데, 개중에는 도검을 제대로 갖춘 자들도 제법 눈에 띄었다.

선변이 급하게 뒤를 돌아보고 나서 다시,

"X팔!"

하고는 체념 섞인 욕설을 내뱉었다. 마찬가지였다. 어느 틈엔지 그들이 지나온 골목 또한 일단의 무리로 완전히 봉쇄되어 있었다. 사방의 통로가 다 막혀 버린 것이다. 굳이 염두를 굴려볼 필요도 없이 흑사방이었다. 그들은 미리 준비하고서 잡조를 기다리고 있었던 것이다. 그때,

삐걱!

조용하나 이때만큼은 유난히 크고도 신경을 거슬리게 만드는 장석(裝錫)의 마찰음이 들렸다. 잡조가 마주 보고 있는 골목의 첫 번째 유곽의 대문이 천천히 열리면서 내는 소리였다.

대문 안쪽에서 사내 하나가 걸어나왔다. 그는 제법 커다란 의자 하나를 들고 있었는데, 대문에서 다섯 걸음쯤 바깥쪽에다 그 의자를 놓았다.

잠시 후 대문 안쪽으로부터 천천히 걸어나온 자는 두둑한 몸집을 지닌 장년의 사내였다. 사내는 사십대 후반이나 오십대 초반쯤으로 보였는데, 짧게 기른 반백의 턱수염이 사뭇 강인한 인상을 풍겼다.

턱수염의 사내는 느긋하게 의자에 앉았다. 그런데 다만 그 느긋함만으로도 사내에게서는 결코 녹록하지 않은 관록이 엿보였다. 유심히 살펴보고 있던 선변이,

"흑사방주!"

하고 신음처럼 나직이 뱉었다.

그것이 선변의 짐작일 뿐인지, 아니면 적확한 사실인지는 아직 알 수 없는 노릇이었다. 그러나 잡조가 선변의 안목이 정확한지에 대해서 굳이 의심해 볼 필요는 없었다. 그때쯤 대문 안쪽으로부터는 다시 네댓 명의 중년 사내가 나와 그 턱수염의 사내 좌우로 벌려 서는 중이었으니까. 그리고 중년 사내

들이 풍겨내는 묵직한 기세만으로도 그들이 바로 흑사방의 수뇌부라는 판단을 더 이상 미루어둘 필요는 없었으니까.

잡조는 곧바로 극도의 긴장 상태로 돌입하였다. 그때 그들에게 한 가닥의 기대를 되살리게 해준 것은 역시 유정이었다. 정확하게는 유정이 품속에서 꺼내 든 하나의 은패(銀牌)였다.

은패를 본 흑사방주가 고개를 끄덕였다. 그리고 유정을 선두로 잡조는 흑사방주로부터 대여섯 걸음 정도 떨어진 곳까지 다가서는 것이 허용되었다.

흑사방주가 다시금 유정의 손에 들린 은패를 자세히 살피고 나서,

"좋아, 사해상단 총수의 신표를 가지고 왔으니 최소한의 협상 권한은 부여받아 왔을 거라고 일단은 인정해 주지."

하고 말했다. 순간 선변의 두 눈이 크게 떠졌다.

'협상이라고?'

하는 의아함이었다. 그때 흑사방주가 다시,

"서로의 요구 사항에 대해서는 다시 얘기할 필요가 없을 것이고… 그런데 협상에 들어가기 전에 먼저 해결해야 할 것이 하나 있어. 그러니 그것부터 먼저 처리하도록 하지."

하고 말하였다. 유정이 설핏 눈빛을 굳히며,

"말씀하신 대로 협상 내용에 대한 사전 조율이 이미 끝난 터에 지금 갑자기 새로운 요구 사항을 언급하시니 몹시 당혹스럽군요."

하고 불쾌하다는 기색을 표시했다.

창백하고도 차가운 표정과는 전혀 어울리지 않는 유정의 맑고 고운 음색 때문인지 흑사방주는 일시 의아해하는 기색이다가 곧 그 안의 사정을 짐작했다는 듯이 희미하게 웃으며 말했다.

"이건 협상과는 별개의 문제야. 전적으로 우리 쪽에서 그 쪽에 책임을 물어야 할 사안이란 말이지. 그러니만큼 그것이 선결되지 않고는 어떤 협상도 있을 수 없어."

유정이 잠시간 흑사방주의 시선을 팽팽히 맞받고 있다가,

"좋아요. 그 사안이란 것이 무엇인지 대해 일단 들어는 보기로 하지요."

하고 한발 물러섰다. 그러자 흑사방주는 돌연 차갑고도 단호한 어조로 되었다.

"간단해! 내 수하의 동주를 죽인 자, 그자를 내게 넘겨!"

순간 유정은 반사적이다시피 힐끗 강산을 돌아보았다. 강산은 일시 당황하는 기색이더니 이내 담담한 기색으로 돌아가고 있었다. 유정이 다시 노달 쪽으로 시선을 주었을 때 그는 미미하게 고개를 가로저어 보였다. 유정의 눈길은 마지막으로 선변에게로 향하였다. 선변은 무겁게 표정을 굳혀놓고 있었다.

유정이 이윽고 다시 흑사방주를 보며,

"아무래도 뭔가 오해가 좀 있는 것 같군요. 이번 불상사에

대해 본 상단에서도 내부적으로 충분한 조사를 한 바가 있어
요. 그러나 피차간에 약간씩의 부상을 입었고, 그런 중에 귀
측의 동주 한 사람이 조금 더 깊은 상해를 입긴 했으나 누구
도 사망에 이를 만큼 엄중한 상해를 입은 사람은 없는 것으로
조사되었어요. 적어도 그때의 현장 상황으로는 말이지요.”

하고 말했다. 그러자 흑사방주는 대번에 섬뜩한 눈빛으로
변하더니,

“호? 현장에서는 안 죽었다? 그러니까 뭔가? 결론적으로
그쪽에서 죽인 게 아니다? 허허! 그럼 내 수하가 억하심정에
자살이라도 했다는 건가? 이봐, 지금 대체 뭐 하자는 거야? 나
하고 말장난이라도 하자는 거야?”

하고 노갈을 터뜨렸다. 그러나 유정은 별로 흔들리는 기색
이 아니었다.

“그럼 귀측의 그 동주가 반드시 우리 측 사람으로 인해 사
망했다는 확실한 증거라도 있나요?”

“증거? 이미 무덤에 누워 있는 시체를 다시 꺼내오라는 얘
기냐?”

흑사방주가 걷잡을 수 없이 격앙된 모습으로 치닫자 유정
은 잠시 침묵을 지켰다.

유정이 이미 사건의 전말에 대해 자세히 알고 있는 바이나
그럼에도 억지를 써보는 것은 사실을 순순히 인정하는 그 순
간부터 협상은 물 건너가고 일방적으로 수세에 몰리고 말리

라는 판단에서였다. 그리고,

'죽은 자는 말이 없는 법이니 억지를 쓴다고 해서 상황이 더 나빠질 건 없다.'

하는 배짱 두둑한 계산이 있기도 했다.

그러고 보면 세상사에 대한 경험이 일천함에도 불구하고 그녀는 과연 천하제일상단의 후계자다운 본능적 상재(商才)를 지녔다고 해야 하는 것일까?

그때 격앙을 어느 정도 추슬렀는지 흑사방주가,

"호호호!"

하고 돌연 음산하게 웃고 나서 애써 차분하게 말했다.

"너희들의 꿍꿍이가 너무 뻔뻔하군. 그래, 좋다! 현장에서 즉사시키지 않았으니 너희가 죽이지 않은 걸로 쳐주지. 못나빠진 내 수하 놈이 저 혼자서 지랄 발광을 하다가 뒈진 걸로 치자고. 그러나 말이야. 그쪽에서 얘기를 그렇게 풀었으니 나도 말을 조금 바꾸도록 하지. 어쨌거나 그쪽에서 내 수하를 개 박살 낸 건 사실이잖아? 그것도 대낮에 공개적으로 말이야? 안 그래? 그러니 난 그것에 대해 상응하는 조치를 취해야겠어. 칼침 놓은 건 별개로 치더라도 내 수하의 전신 뼈마디를 모조리 으스러뜨려 놓은 그놈. 그놈에게 그저 딱 그만큼만 돌려주겠다는 거지. 어때, 이의없지? 내가 이 정도로까지 양보를 했는데 다시 이의가 있으면 안 되지. 그래도 항주의 밤을 지배한다는 우리 흑사방이야. 내 수하를 그 꼴로 만들어놓은 자에 대해 아무런 조치도 취하지 않는다면 그건 나보고 앞으로 항주 땅에서 더 이상 얼굴 들고 다니지 말라는 얘기나 마찬가지지. 안 그래?"

유정이 여전히 담담한 어조로 말을 받았다.

"협상이라는 것은 결국 양측 모두의 이익을 도모하는 과정이겠지요. 다시 말해 어느 한쪽만 일방적으로 손해를 보거나 혹은 이득을 보아서는 안 된다는 것이지요. 그런 취지에서 양측 모두가 원만한 협상을 위해 조금씩 각자의 입장을 양보하겠다는 마음이 있어야만 하겠고요. 단도직입적으로 말하겠어요. 지금 우리는 이미 벌어져 돌이킬 수 없게 되어버린 과거의 일을 따지기보다는 서로 원만히 사태를 수습한다는 전제 조건을 가지고서야 비로소 이 협상은 시작될 수 있을 것입니다."

흑사방주가 비릿한 미소를 머금었다.

"이봐, 그런 먹물 같은 소리는 뒷간에 가서나 지껄이고, 내가 말한 것에 대한 여부(與否)나 대답해. 아! 그전에 한 가지 더 말해두지. 지금까지 우리 흑사방과 사해상단은 웬만한 일에 대해서는 서로 좋은 관계를 유지해 왔어. 지금 내가 구차스럽게 너희 같은 애송이들을 만나주고 있는 것도 가능하면 그런 관계를 깨고 싶지 않기 때문이란 걸 알아주면 좋겠어. 하지만 너의 대답 여부에 따라서는 그러한 모든 것은 그 즉시로 무시된다. 뭔 말인지 모르겠나? 이 자리에서 죽을 것인지,

아니면 협상을 하고 살아서 돌아갈 건지 둘 중 하나만 택하란 얘기다."

유정이 차갑게 눈빛을 굳히며,

"흑사방의 협상 방식이 이런 것이었다니 정말 실망스럽군요. 귀 측에서 끝내 이렇게 나온다면 우리는 차라리 이 협상을 처음부터 없었던 것으로 하고 돌아가겠어요."

하고 단호한 투로 말했다. 흑사방주가 일시 어이없다는 빛이 되더니 이윽고는 크게 소리 내어 웃었다.

"으하하하하! 그렇게는 안 되지! 적어도 이곳에서는 말이야, 내가 곧 황제고 법이야! 모든 결정은 오로지 나만이 할 수 있다!"

그때 유정이 문득 안타깝다는 듯이,

"할 수 없군요."

하고 나직이 중얼거리듯이 말했다. 그런데 그 말이 의미하는 바에 대해 사람들이 언뜻 의아해하는 순간, 유정의 모습은 순간적으로 사람들의 시야에서 사라졌다.

놀란 사람들이 다시 유정의 모습을 따라잡았을 때 그녀는 이미 흑사방주의 바로 앞까지 도달해 있었다. 흑사방주의 입에서,

"막아!"

하는 다급한 고함 소리가 터져 나오고, 동시이다시피 그 주위에서,

채챙!

차차창!

하고 병기를 뽑아 드는 금속성이 잇달아 터져 나왔다. 그러나 그러한 행위들은 한참이나 늦은 감이 있었다. 그때 유정은 어느새 흑사방주의 의자 뒤로 돌아가 있었고, 한 자루 검을 흑사방주의 목에 겨누고 있었으니 말이다.

유정이 찰나의 순간에 섬광처럼 이루어낸 그 일련의 일은 참으로 놀랍지 않을 수 없어서 피아를 막론하고 경악의 기색이 되지 않은 사람이 없었다.

그러나 사람들이 미처 주목하지 못한 또 한 가지의 놀라운 일이 있었다. 바로 순동이었다. 어느 틈엔지 그는 유정의 뒤쪽에 가서 버티고 서 있었다. 예의 그 아이 같은 천진한 얼굴로.

유정이 마치 아무 일도 벌이지 않은 사람처럼 차분하게, 그러나 단호하게 말했다.

"어쩔 수 없이 협상은 포기해야겠군요. 그러나 나는 당신에게 꼭 듣고 싶은 얘기가 있으니 당신을 상단으로 압송해 가야겠어요."

흑사방주는 의외로 태연하였다.

"흐흐흐! 아주 보기 좋게 한 방 먹었군. 그러나 겨우 이런 정도로 날 어떻게 할 수 있을 것이라 생각한다면 그건 큰 오산이야."

　그의 이 말은 유정에게가 아니라 주변을 겹겹이 에워싼 채 살벌하게 도검을 겨누고 있는 자신의 수하들에게 하는 말 같았다.

　흑사방주가 천천히 의자에서 일어섰기에 유정은 검끝에다 가볍게 힘을 실었다. 흑사방주의 목에 엷은 혈흔이 생긴 끝에 이내 주르륵 피가 흘렀다.

　그러나 흑사방주는 멈추지 않고 끝까지 몸을 일으켜 세웠다. 유정이 차마 더 이상은 힘을 주지 못하고 슬쩍 손목의 힘을 거두어 그저 겨누기만 하였다. 흑사방주가 천천히 유정을 향해 돌아서며,

　"우리 같은 사람들이 살아가는 이 바닥이 어떤 곳인지 아나? 온갖 더럽고 비열하고 험한 일들이 난무하는 밑바닥 중에서도 밑바닥이야. 그런 이 바닥에서 매일같이 죽음을 각오하고 살아온 지 벌써 이십 년째다. 뭔 말인지 알아? 너희들이 나의 적이라는 것이 확실해지는 순간, 내가 먼저 죽는다는 각오로 반드시 너희들을 죽이고 말 것이란 뜻이야. 그러나……."

　하고 슬쩍 말끝을 흐리더니 다시,

　"나는 아직 너희들을 적이라고 판단하지는 않았다."

　하며 짐짓 느긋한 웃음기를 떠올렸다.

　유정이 가만히 흑사방주와 시선을 맞추고 있다가 문득 가볍게 한숨을 내쉬며 검을 거두었다. 그러나 이어 말하는 그녀의 목소리에는 여전히 상대를 압박하려는 힘이 들어가 있

었다.

"좋아요. 당신의 호의를 존중하기로 하지요. 그러나 저 또한 호의에서 한 가지를 말해 드리죠."

하고 말한 유정이 잠시 시선을 들어 먼 곳을 바라보았다가 다시 시선을 거두며 천천히 말을 이었다.

"우리 사해상단은 어떤 경우에도 결코 허술한 법이 없죠."

"호오? 그건 또 무슨 뜻인가?"

"어떤 경우에도 귀하는 결코 오늘의 상황을 주도할 수 없다는 뜻이에요."

"과연 그럴까?"

흑사방주의 입가에 한 가닥의 냉소가 섬뜩하게 번져 올랐다. 그러나 유정은 그것을 간단히 무시해 버리며 오히려 목소리에 당당한 기세를 실었다.

"사해상단의 주인이 바로 내 할아버지세요. 귀하가 그래도 항주제일의 흑도 방파를 운영하는 입장이라면 그것이 무엇을 의미하는지 모르지는 않겠죠? 하면 내가 아무런 준비도 없이 여기에 왔을 거라고 생각하나요? 귀하가 그동안 보아온 사해상단은 그처럼 허술했던 모양이죠?"

유정이 담담한 빛으로 주변을 한번 돌아본 다음에 다시 흑사방주를 직시하더니 문득 차가운 빛이 되며 또박또박한 투로 말을 이었다.

"좀 더 쉽게 말해볼까요? 당신들 흑사방은 오늘부로 영원히 사라지고 싶은가요?"

　유정의 그 말은 흑사방주뿐만이 아니라 주변의 모든 사람들을 일시 침묵하도록 만들었다.

　그중에는 선변도 포함되었다. 선변은 지금쯤 어쩌면 경호조와 호부(護部)가 총동원되어 이 지역 일대를 완전히 포위하고 있을지도 모른다는 짐작을 문득 해보았다. 그리고 짐작은 이내 정말로, 당연히 그래야만 한다는 것으로 바뀌었다. 유정이 누구인가. 바로 사해상단을 이을 후계자 신분이 아니던가.

　다시 잠시의 침묵이 더 흐른 다음, 흑사방주가 문득 차분한 표정으로 입을 열었다.

　"좋아, 인정해 주지. 네가 바로 사해상단 총수의 유일 혈육이라는 소문의 그 손녀라는 것과 그럼으로써 너를 경호하기 위해 사해상단의 무력이 총동원될 수 있다는 것과 그럴 경우 네가 장담한 대로 우리 흑사방이 오늘부로 문을 닫게 될 수 있음도 또한 인정해 주지. 그러나……."

　흑사방주는 잠시 말끝을 흐렸다가 입술을 한번 힘주어 다문 다음에 다시 말을 이었다.

　"그러나 그러한 것들이 모두 다 사실이라고 해도 너는 아무래도 우리 흑사방을, 아니, 나를 너무 만만히 보았다. 무엇을 만만히 보았는지는 굳이 내 입으로 말하지 않겠다. 네가 방금 장담한 것을 실행하고자 하는 그 순간부터 저절로 깨닫게 될 테니까."

유정이 잠시 생각을 정리하려는 듯 천천히 뒤를 돌아보았
는데, 마침 그녀 쪽을 향하고 있던 강산과 눈길이 마주쳤다.
그 마주침에서 강산은 유정의 눈빛에서 한 가닥의 당혹스러
움을 발견했다.

순간 강산은 피식 웃고 말았다. 별 뜻이 있는 것은 아니었
고 그냥 그렇게 태연히 웃는 모습을 보여주고 싶어서였다. 그
리고 유정의 두 눈에,

'왜?'

하는 의아함이 담길 때, 강산은 한 걸음을 앞으로 나서며,

"나요!"

하고 외치듯이 말을 뱉었다. 앞뒤없는 한마디였다. 그러나
지금껏 진전되어 온 상황을 보아온 사람이라면 흑사방주를
향해 불쑥 뱉어낸 강산의 그 한마디가 가지는 의미는 확연할
것이다.

"조장님?"

얼마나 당황하였던지 유정은 안 하던 '님' 자까지 붙였다.
그러나 강산에게서 돌아온 말은 기껏,

"미리 말 안 해주고 사람 엿 먹인 것에 대해서는 나중에 다
시 따져 보기로 하고, 일단은 내가 몇 대 맞아주면 일은 간단
해지는 거 아니오?"

하는 핀잔뿐이었다. 이어 강산이 유정에게는 뭐라고 말할
틈을 주지 않고서 흑사방주를 향해,

"더 이상 긴 말은 필요없겠고, 몇 대면 되겠소?"

하고 물었다. 그에 벌써부터 묘한 호기심을 떠올려 놓고 있던 흑사방주가,

"재미있군. 한데 네가 벌여놓은 짓거리가 있는데 고작 몇 대 정도로 될까?"

하고는 다시 비릿한 음소를 흘리며,

"흐흐흐! 하긴 뭐 몇 대냐 하는 게 중요한 건 아니겠지만, 어쨌든 네가 그렇게 물으니 오히려 물어보고 싶군. 그래, 몇 대나 맞을 수 있겠나?"

하고 반문했다. 그에 강산이 생각하는 기색 없이 피식 웃으며,

"훗! 내가 한 만큼 돌려주겠다지 않았소? 뭐 몇 대를 패든 그건 댁이 알아서 하되 죽지 않을 만큼만 패쇼!"

하고 짐짓 배짱을 튕겨 뻗대는 듯이 말했다. 흑사방주가 잠시간 매섭게 강산을 노려보고 있다가 문득 유정을 향하며,

"저자가 딴에는 우리의 원만한 협상을 위해 애를 써보겠다는 모양인데… 어때? 우리가 접수하는 데 이의는 없겠지?"

하고 떠보듯이 물었다. 유정은 곧바로 단호하게 고개를 저었다. 그러나 유정은 미처 '이의'를 제기하지는 못했다. 그때 강산이,

"내가 그래도 명색이 조장이오. 조원들이 보는 앞에서 조장이 일단 하겠다고 했으면 그냥 하게 두는 게 예의 아니겠

소? 아무리 총수의 손녀라고 해서 함부로 조장 체면을 깔아뭉
개도 된다는 법은 없는 거요!"

하고 거칠게 퇴박을 준 때문이었다.

4

가운데의 그리 넓지 않은 공터를 중심으로 삼거리의 골목
길을 가득 메운 흑사방도들의 눈빛이 저마다 번들거리고 있
었다. 복수와 응징이라는 명제하에 이제 곧 벌어질 통쾌, 혹
은 잔인함에 대한 기대 때문이리라.

강산의 앞에 서 있는 사내는 회색 무복의 바깥으로 근육의
불끈거림이 그대로 느껴지는 탄탄한 체구였다. 그때 흑사방
주가 강산을 향해,

"아! 소개하자면, 그 친구는 우리 흑사방의 형당 소속인데
사람 몸에 대해서라면 제 손바닥의 손금처럼 잘 아니까 결코
너를 실망시키지는 않을 거야!"

하고 말하였는데 그 목소리가 컸다. 그에 호응하여 사방의
흑사방도들 중에서는 벌써부터,

"부숴 버려!"

"박살 내버려!"

하고 웅성거리는 소리들이 나왔다. 흑사방주가 천천히 사
방을 둘러본 다음에 다시 말을 계속했다.

"우리 흑사방은 받은 만큼 돌려주는 걸 철칙으로 삼고 있다. 그러나 네가 지금 어쨌든 스스로 벌을 청하였고, 또한 사해상단에서도 문제를 해결하려는 성의를 보이고 있는 만큼 죽음으로 죄를 묻지는 않겠다. 하지만 아마도 병신이 되는 정도는 각오해야 할 거야."

흑사방도들의 웅성거림이 더욱 커지더니 이윽고는,

"죽여라!"

"아주 죽여 버려라!"

하는 고함 소리가 터져 나왔다. 그때 흑사방주가,

"시작해!"

하고 짤막하게 외치자 회색 무복의 사내가 곧바로 주먹을 쳐냈다.

퍽!

퍼억!

사내의 주먹은 둔탁한 타격 소리 간에 확연한 간극이 느껴질 정도로 느릿하였다. 그러나 강산이 처음부터 반항하거나 피할 작정이 조금도 없었기에 사내의 주먹은 고스란히 강산의 몸통으로 꽂혀들었다.

콱!

콰악!

사내의 매번 주먹에 반응하여 강산의 몸은 격렬하게 충격을 호소하고 있었다. 그리고 서너 주먹마다에는 거의 예외없이 바닥으로 무너져 내렸다. 그러나 강산은 그때마다 기어코 다시 일어서고 있었다. 또한 그럴 때마다 삼거리는,

"와!"

"와아"

하는 통쾌한 환호와,

"더!"

"더!"

하는 잔혹한 재촉으로 와자해지다가 어느 순간부터는,

"죽여!"

"죽여!"

"죽여!"

하고 수십 명의 입이 일제히 음을 맞춰 마치 주문을 외우는 것처럼 반복하여 부르짖는 광기로까지 진전되었다.


강산이 피투성이로 변한 지는 벌써 전이다. 그러나 그보다 더욱 피투성이의 형상인 것은 그를 타격하는 사내였다. 사내의 회색 무복은 그 자신이 한주먹 한주먹 내지를 때마다 통렬히 튀기는 강산의 피를 고스란히 빨아들였다.

선변의 얼굴은 벌겋게 달아올라 있었다. 이강은 안타까움으로 어쩔 줄 몰라 하는 기색이었다. 윤파는 차갑게, 또 노달은 차분하게 상황을 지켜보고 있었다.

그런 중에 유정은, 아니, 그녀의 인피면구는 조금도 변함없

이 내내 창백하고 무심하기만 하였다.

　그들 모두는 알고 있었다. 사내가 지금 사정을 봐주고 있다는 것을. 통쾌함을 기대하며 지켜보는 수많은 눈들을 만족시키기 위해 보다 격렬하게 피를 튀기고, 또한 자신의 몸에까지 온통 피칠을 하고 있다는 것을. 그러나 또한 최대한의 요령으로 막상 강산에게 가해지는 충격이 도가 넘지 않도록 절제하고 있다는 것을.

　그러나 어쨌든 강산을, 그리고 사내를 온통 범벅으로 만들고 있는 그 피는 가짜가 아닌 진짜 피였다. 강산의 몸 안에서 흐르고 있어야지, 저렇게 바깥으로 쏟아져 나와 범벅이 되어서는 안 되는 것이었다. 선변이 억눌린 목소리로,

　"어이구! 저 꽉 막힌 양반! 기왕에 맞는 거 비명도 좀 지르고 살려달라고 애원도 하고, 그러다가 대충 기절한 체 쓰러지고 좀 그러면 안 되냐? 하여간 매를 벌어요, 벌어! 융통성이라곤 조금도 없다니까!"

　하고 격동된 심정을 토로하였다. 그러자 유정의 지그시 다문 입술에 더욱 힘이 들어갔다.

　사내의 주먹이 집요하게 꽂히고, 강산의 몸이 격렬하게 충격을 호소하고, 쓰러지고, 다시 일어나고 하는 일련의 과정들이 반복되고 있었다.

　똑같이 반복되는 것들은 필경 지겹거나 질리게 마련이다. 아무리 격렬한 것이라도, 흥미로운 것이라도, 재미있는 것이

라도, 그것이 무엇이든 말이다.

어느 순간부터 흑사방도들의 환호성과 고함 소리는 시들 해졌다. 그리고 이윽고 조금씩 잦아든다 싶을 때쯤 주변의 모든 소음을 누르는 짤막한 외침이 있었다.

"그만!"

흑사방주였다. 그와 동시에 유정은 앞으로 달려나갔다. 누구보다도 먼저. 그리고 마침 휘청거리며 무너지는 강산의 몸을 한쪽 어깨로 받쳤다. 바로 그 순간,

부르르!

강산의 몸이 마치 전율을 일으키듯 격렬하게 떨린다고 유정은 느꼈다. 그리고 강산이 힘겹게 중얼거렸다.

"아아! 당신은……!"

그러나 그때 강산의 얼굴은 온통 붉은 칠이었고, 잔뜩 부어오른 눈두덩에 파묻힌 눈은 보이지도 않았고, 더욱이 엉망으로 터지고 부풀어 오른 입술 사이로 새어 나온 발음은 분명치 않았기에 유정은 강산이 뭐라고 중얼거리는지 제대로 알아듣지 못하였다.

5

흑사방주는 유정과 단둘이서 얘기하는 자리를 만들고 싶다고 했다. 선변이 강하게 우려를 표했지만, 유정은 대범하고

도 단호한 태도로 흑사방주의 제안을 받아들였다. 그리고 잡
조의 사람들에게 말하기를,

"어떤 상황에서도 내 한 몸 지킬 자신은 있으니 염려들 마
세요!"

하는데 잡조의 누구도 더 이상의 이의를 제기할 수는 없었
다. 사실은 그녀의 고절한 무공을 이미 본 바 있지 않은가.

뒤이어 유정이 흑사방주에게,

"수행원 한 사람은 대동하기로 하죠."

하고 제안하여 합의가 되었기에 조원들은 보다 안심할 수
있었다. 유정의 수행원은 당연히 순동이었으니까.

그러나 순동이 따라 들어간다는 사실만으로 그들이 한결
안심하게 되는 근거 내지는 이유가 무엇인지에 대해서는 잡
조의 누구도 뚜렷이 생각해 보지 않았다.

어쨌든 유정과 흑사방주, 그리고 순동이 대문 안으로 들어
간 뒤 대문은 굳게 닫혔다.


6


"먼저 지금부터의 애기는 절대 비밀로 해주겠다고 약조부
터 하게. 다시 말해, 어떤 경우라도 우리 흑사방을 통해 나온
애기는 아닌 걸로 해달라는 걸세."

흑사방주의 말에 대해 유정은,

“좋습니다. 오늘 이 자리에서 오간 얘기로 인해 귀 방에 조금의 피해도 가지 않도록 할 것을 약조하겠어요.”

하고 일단 흔쾌히 대답을 해주었다. 흑사방주는 잠시간 생각을 정리하는 듯 틈을 두었다가,

“그 일천 냥짜리 전표는 아무래도… 무벌(武閥)과 어떤 관련이 있는 것 같네.”

하고 말했다. 순간 유정의 두 눈이 크게 떠졌다. 흑사방주가 소매 속에서 전표 한 장을 꺼내 유정에게 건넸다.

“바로 이 전표인데, 만금전장에서 발행된 진본일세. 그리고 이서(裏書)가 전혀 없으니 발행된 뒤 내 수하에게 처음으로 쓰였다는 얘기가 되겠지.”

“음! 그리고 전표의 발행자가 바로 무벌의 사람이었군요?”

“그렇다네. 만금전장 쪽으로 은밀히 선을 넣어 알아본 결과 몇 달 전 무벌의 내총관(內總官) 명의로 일천 냥짜리 전표 다섯 장이 발행되었는데, 그중 하나가 바로 그것이었네.”

“그럼 그날 밤 이 전표를 사용한 자가 무벌의 누구인지는…….”

유정의 그렇게 말을 꺼내자마자 흑사방주는 언뜻 표정부터 굳혔다.

“알아보지 않았을뿐더러, 우리로서는 감히 알아볼 엄두조차도 낼 수 없는 문제일세. 천 냥짜리 전표를 그처럼 간단히 쓸 정도라면 필시 무벌 내에서도 요직에 있는 인물일 터인데,

우리가 어찌 감히 그러한 데까지 건드려 볼 엄두를 낼 수 있
겠나?"


7


상단으로 돌아가는 길에 선변이,
"뭐 새롭게 건진 거라도 좀 있습니까?"
하고 넌지시 묻자 유정은 그저 무심히 대답했다.
"지금은 아무것도 말해줄 수 없어요. 비밀로 하겠다고 약
속을 했으니, 어긴다면 곧 사해상단의 신용을 떨어뜨리는 일
이 되겠죠?"

# 十七
## 신공(神功)

### 1

　유정은 다시 며칠이 지나도록 아무런 소식이 없었다. 사실 그녀와 순동은 아무 말 없이 그냥 슬그머니 사라져 버린 것이었기에 선변이,

　"제길! 사람들이 최소한의 예의는 있어야지 말이야. 우리가 아무리 하찮은 잡조라지만 그래도 지난 며칠 동안 그 험한 일을 함께 겪은 정리가 있는데, 적어도 온다 간다 한마디 말은 있었어야 하는 거 아냐?"

　하고 투덜거리는 말은 적잖이 다른 사람들의 공감을 얻는 데가 있었다. 선변이 심통이 덜 풀렸는지 내내 가라앉은 얼굴로 묵묵히만 있는 강산을 놀리듯이 슬쩍 건드렸다.

“조장님, 거 혹시 유 소저가 그리워져서 그러는 겁니까?”

“괜히 가만있는 사람 가지고 장난질할 생각 마라!”

강산이 성가신 체를 하자 선변은 얌전히 있는 이강을 괜스레 흘깃 쏘아보았다.

“뭐, 꼭 조장님 보고 하는 말씀은 아니고, 그냥 혹시 해서 하는 하는 말인데요. 흠! 아무리 시간이 남아돌더라도 괜히 엉뚱한 상상으로 힘들 빼지 말라는 겁니다. 유 소저는 화중지병(畵中之餠), 한마디로 그림의 떡이라는 겁니다.”


2


수금 업무는 더 이상 하달되지 않았다. 잡조뿐만 아니라 여타의 다른 조에게도 마찬가지였다. 잡조는 또다시 하루 종일 일없이 빈둥거리는 것이 곧 일이 되었다.

강산은 하루 종일 꼼지락거리고 있었다. 그러나 다른 조원들의 빈둥거림과는 조금 다른 ‘꼼지락거림’이었다.

사실은 강산이 탄능의 부작용이라고 생각했던 몸의 이상 현상, 즉 몸의 일부분이 그의 의지와는 상관없이 갑자기 움직이거나 관절이 꺾이는 현상이 약간의 변형(?)을 일으킨 때문이었다.

즉, 부작용이 일어나는 주기가 더욱 잦아진 대신에 그 강도는 상당히 완화되는 형태로 변형된 것이다.

　그러나 그 안의 사정이야 어찌 되었든, 그런 것이야 어디까지나 강산의 개인 사정일 뿐이지 다른 사람들이 보기에 그의 그런 꼼지락거림은 아주 심심해 미치겠다는 발버둥 내지는 발악쯤으로 보일 법했다.

　중식 후, 잡조원들은 여느 때와 다름없이 후원의 커다란 소나무 그늘 아래에 모여 있었다.

　선변과 이강, 그리고 노달은 이런저런 얘기를 나누고 있었고, 윤파는 평소 모습대로 그 변두리쯤에 얹히듯이 앉아서 다만 귀를 열어두는 것으로 그들의 대화에 끼고 있었다.

　그런데 강산은 조금 떨어진 곳에 홀로 앉아서 다른 짓을 하고 있었다. 앉은 주변에서 작은 돌조각들을 주워 툭툭 던져대고 있는 것이었다. 이 장 정도 떨어진 곳에 있는 베고 남은 작은 나무둥치가 있었는데, 그것을 맞추려는 시도였다. 그러나 쉽지 않아서, 그가 던지는 돌은 계속 빗나가고만 있었다.

　그런 강산의 심심풀이 장난을 마침 보았던 모양으로 선변이,

　"조장님, 뭐 하세요?"

　하고 물었다. 강산이 괜히 멋쩍어서,

　"어? 그냥!"

　하고 얼버무리는데, 선변이 자신의 발아래서 돌조각 하나를 주워 들더니 강산이 맞추려던 나무둥치 쪽을 대충 가늠하고는 손목만으로 가볍게 던졌다.

그런데 '휙!' 하고 제법 힘차게 직선으로 날아간 돌조각이 그대로 나무둥치를 정통으로 맞추는 것이었다. 강산이,

'어라?'

하고 흘깃 쳐다보자 선변은 싱긋 웃어 보이며 다시 '휙! 휙!' 하고 잇달아 몇 개의 돌조각을 던졌다. 그런데 던지는 족족 돌조각들이 백발백중 나무둥치를 명중시켰다. 그에 강산이 이윽고는 진정으로 감탄하는 마음이 생기는지라,

"어떻게 한 거야?"

하고 물었다. 선변이 다분히 장난기 서린 얼굴로,

"왜요? 배워보시게요?"

하고 슬쩍 운을 뗐다. 강산이 곧바로,

"뭐, 가르쳐만 준다면야……."

하고 장난기없이 받았다.

그때 다른 사람들은 자못 흥미로운 기색으로 두 사람의 싱거운 장난질을 보고 있었다. 사실 선변이 지금 선보인 재주가 제법 숙련된 암기술인 까닭이었다. 그리고 암기를 다루는 일이 얼마나 섬세한 감각을 요하며, 숙련을 위해서는 또한 얼마만큼의 지독한 반복 훈련을 필요로 하는지를 다는 몰라도 대강은 알기 때문이었다.

선변은 마침 따분한 중에 좋은 소일거리라도 생겼다는 기색이었다. 마치 이제 막 입문한 제자를 가르치는 나이 지긋한 사부라도 된 양 짐짓 목소리를 가라앉혀,

"암기는 글자 그대로 은밀한 무기를 말하는데, 그 형태와 종류가 셀 수 없을 정도로 다양한 바라. 그 사용법에 따라 굳이 나누어본다면 던지는 종류와 튕기는 종류와 뿌리는 종류, 그리고 특수한 기구 장치를 이용하여 발사하는 종류 등등이 있음이라. 흠! 우선 던지는 종류로는 비표, 나한전, 비황석, 비겸, 비두, 비조, 표도, 비차, 비요, 철환, 철련화, 매화침, 비침 등등 거의 대부분의 암기가 여기에 속하는데, 강호 도상에서 유명한 것으로는 마도의 투골정과 귀왕령, 그리고 화산파의 매화표, 개방의 타개정 따위가 있느니. 에, 또, 그리고 튕기는 종류에는……."

하고 제법 거창하게 암기론에 관해 줄줄이 늘어놓았다.

그런데 처음에는 장난이 반이지 싶었는데, 막상 그 내용을 듣고 있자니 그저 그럴듯하게 겉만 훑는 것이 아니라 제법 체계적이고 깊이가 있어져 가는 것이 적어도 이강과 윤파가 짐작하고 있던 바는 능히 뛰어넘는 데가 있었다.

처음에는 그저 심심파적으로 듣던 이강과 윤파가 조금씩 귀를 기울이는 모습인데, 한쪽에서는 노달이 마치 귀여운 손자의 재롱을 보는 할아비의 모양같이 빙그레 미소를 떠올려 놓고 있었다.

장황하고도 긴 설명 끝에 선변이,

"자! 그럼 우리 조장님께서는 어떤 종류에 관심이 있으십니까?"

하고 묻는데, 그 기색이 제 나름으로는 이미 답을 정해놓고서 다만 강산의 주의를 환기시키기 위해 묻는 것 같았다. 아니나 다를까, 선변이 강산의 답을 기다릴 것도 없이 곧바로,

"아아! 튕기는 것과 뿌리는 것은 최소한의 내공을 전제로 하니 안 되겠고, 발사류 또한 특수 장치를 구하자면 거금이 드니 역시 안 되겠고, 그렇다면 아무래도 던지는 쪽이 좋겠군요. 에… 일단 던지는 것 중에서 적당한 것을 다시 골라보자면……."

하고 일사천리로 말을 이어나갈 태세였다. 그런데 그때 강산이 간단하게 선변의 말을 잘랐다.

"아니야!"

"예?"

"난 튕기는 게 좋아!"

선변이 잠시 강산을 빤히 쳐다보다가,

"아니, 제가 금방 말씀드렸지 않습니까? 그걸 하자면 어느 정도의 내공이 필요하다고!"

하는데 그 어조에 어쩔 수 없는 짜증이 배어 있었다. 그러나 강산이,

"어쨌든 난 튕기는 게 좋다니까?"

하고 은근히 목소리를 높이자 선변은 잠시 어이없다는 표정이 더니 이내 넙죽 허리를 굽혀 보이며,

"예예! 조장님께서 꼭 그게 좋다고 하신다면 제가 또 어떻

게 한번 방법을 찾아보죠, 뭐."

하고 나서 짐짓 열심히 '튕기는 것'에 대한 추가 설명을 늘어놓았다.

그러나 이강과 윤파가 듣기에 이번에 선변의 설명은 그다지 체계적이지 않았고 깊이가 있지도 않았다. 그저 뭔가 있는 것처럼 보이도록 복잡하기만 하였고, 까다롭기만 하였다. 그러나 강산은 여전히 선변의 말을 경청했다.

마침내 선변의 일장설파(一場說破)가 끝났을 때 강산이,

"그거 있잖아?"

하고 사뭇 진지하게 물었다.

"예?"

"철환(鐵丸) 말이야!"

"아… 예!"

"그거 좀 가지고 있는 거 있어?"

"예, 뭐, 두어 가지 정도는……. 하지만 철환 종류는 대개가 다 던지는 건데……."

"보여줄 수 있어?"

선변이 방금까지 강산의 요구(?)에 따라 '튕기는' 쪽으로 열심히(?) 설명을 한 터라 돌연 다시 '던지는' 종류를 보여달라는 강산의 변덕스러움과 엉뚱함에 그만 머쓱해지고 마는 기색이었다.

그러면서도 선변이 소매 안쪽을 주섬주섬 뒤지는데, 정말

로 뭔가가 나왔다. 호두알만 한 쇠 구슬 하나, 그리고 좁쌀 크
기만 한 쇠 구슬 한 줌이었다.

강산이,

"이것들, 쓸 줄 알아?"

하고 물었다. 선변이 괜히 꺼림칙한 표정이 되며,

"예? 그야 뭐……."

하고 말끝을 흐렸다. 그러나 선변의 그런 반응에 관계없이
강산은 다시 자신의 말을 하고 있었다.

"이건 너무 크고, 이건 너무 작고… 한 콩알 정도 크기면 좋
을 것 같은데? 혹시 그런 것도 있어?"

"아, 예! 뭐, 요즘 세상에 구하려고만 들면 못 구할 게 있겠
습니까? 돈이 좀 들어서 그렇지."

하다가 선변은 슬쩍 사족을 달았다.

"그런데 튕기는 게 좋다고 하시더니……?"

강산이 별일도 아니라는 듯 대답했다.

"그래, 난 이런 것들로 한번 튕겨볼 생각이야. 그냥 한번
해보고 싶어서… 해보고 안 되면 마는 거고."

선변이 크게 고개를 주억거리며,

"아, 예!"

하였다. 그러나 선변은 더 이상 강산에게 말을 시키지 않았
다.

저녁 무렵. 선변은 한 자루의 철환, 즉 쇠 구슬을 구해 숙소로 가져왔다. 작은 자루에 든 쇠 구슬은 한 줌 남짓이었고, 강산이 말한 대로 콩알 크기였다.

강산이 선뜻 자루를 받아 들고는 선변에게 '들어와라!', 혹은 '잘 가라!' 는 말도 없이 곧장 방 한쪽 구석으로 갔다.

선변이 멋쩍게 문간에 서 있다가 조용히 돌아섰다 하긴 강산이 쇠 구슬의 사용법에 대해 시범을 보여달라는 등 다시 귀찮게 굴지 않는 것만으로도 얼마나 다행인가. 사실은 선변이 자신은 팅기는 쪽만큼은 영 재주가 없다고 말하리라 미리 변명거리를 만들어두었던 참이다. 그런데 선변이 막 걸음을 내디디려는 바로 그때였다.

툭!

또르르!

무슨 소리가 들리는데, 바로 쇠 구슬이 땅바닥에 떨어져 구르는 소리였다. 선변이 슬그머니 고개를 돌려보았다. 강산이 도대체 뭘 어떻게 하고 있는지에 대해 궁금하지 않을 수는 없었기 때문이다.

틱!

톡!

또르르!

강산은 아무 생각 없는 사람처럼 무료히 쇠 구슬을 팅기고 있었다. 바닥으로 떨어진 쇠 구슬이 또한 무료하게 굴렀다.

강산이 하는 모양을 잠시 보다가 선변은 실없이 피식거리며,

'과연 튕기긴 튕기는구나. 허허! 저건 뭐 애들 구슬치기도 아니고………'

하고 내심 가소로운 생각을 금치 못하였다.

사실이지, 강산의 '튕기는' 방법이란 것이 참으로 가소로웠다. 오른손 검지를 말아 그 위에 쇠 구슬을 올려놓고 엄지로 튕겨내는데, 쇠 구슬은 기껏 한 걸음 정도나 튕겨 나가서는 힘없이 바닥으로 떨어지고 말았다. 선변이 잠시 더 보고 있다가,

"조장님, 열심히 한번 해보십시오. 솔직히 암기의 수련법에는 달리 비결이라고 할 게 없습니다. 그냥 무식하게 반복에 또 반복을 해서 자신에게 맞는 방법을 찾아 숙달시키는 수밖에 없지요."

하며 웃음 참는 소리로 말하고는 미련없이 돌아서서 잽싼 걸음으로 가버렸다. 그 가벼운 뒷모습에서는 괜히 말꼬리라도 잡힐까 저어하는 가벼운 걱정이 비쳤다.

그러나 정작으로 강산은 선변이 가거나 말거나 돌아보지도 않은 채 쇠 구슬 튕기는 일에만 몰입해 있었다.

틱!

톡!

또르르!

틱!

톡!

또르르!


그 뒤로 며칠 동안 조원들은 밥 먹을 때 외에는 강산을 잘 볼 수 없었다. 기껏 본다고 해도 집무실 바깥의 화단 구석진 곳에 돌아앉은 뒷모습이 고작이었다.

다시 하루 이틀이 더 지나고 난 어느 날 아침, 강산이 선변을 찾았다. 그리고는 기껏 한다는 말이,

"한 자루만 더 구해주게. 다 잃어버렸거든."

이었다. 물론 쇠 구슬 얘기였다. 선변이 짐짓 곤란하다는 표정으로,

"예에… 한데 그게… 사실은 좀 비싼 게 되어놔서……."

하고 말끝을 길게 늘였다. 사실 선변이 괜히 해보는 소리인 것만은 아니었다. 그런 종류의 쇠 구슬은 원체 좋은 재질인데다 강도를 높이기 위한 특수한 담금질 과정을 거쳐서 제작이 되는 까닭에 그 가격이 같은 무게의 은 값에 거의 육박하였다.

물론 그렇다고 해서 선변이 정말로 돈을 따지겠다는 건 아니었다. 다만 그런 줄이나 알고 있으라는 생색과 또한 하나의 놀이로서는 이제 그만했으면 되었지 않느냐 하는 뜻에서 하는 말이었다. 그런데 강산의 반응이 영 삐딱했다.

"그래?"

하고는 그냥 횡하니 가버리는 것이었다. 선변으로서는 생
각지 않게도 무안한 꼴을 당하고 만 셈이었다.

그날 오후였다. 강산은 다시 화단 구석진 곳에 터를 잡고
뒤돌아 앉아 있었다.

선변이 안 그래도 아침나절의 일로 약간은 미안한 마음도
있고 해서 슬쩍 그 뒤로 다가갔다. 그런데 강산의 옆에 놓인
자루 하나가 눈에 띠었다. 제법 큰 자루였다.

선변이 슬쩍 들여다보니 그 안에는 구슬이 잔뜩 들어 있었
다. 그런데 그 색깔이 노랬다.

'노란 구슬?

선변이 언뜻 의아해하며 다시금 자루 속을 들여다보고는
그만 실소를 참지 못하였다. 콩이었다. 진짜 콩알.

그러나 뒤에서 선변이 콧바람을 내거나 말거나 강산은 오
로지 '튕기기'에만 여념이 없었다.

선변이 자꾸만 실실 새어 나오는 웃음을 도저히 참지 못하
다가 끝내는 강산에게 말 한마디 건네보지 못한 채 서둘러 자
리를 뜨고 말았다. 그러나 그 바람에 선변은 몇 가지의 또 다
른 특이한 현상들에 대해서는 미처 눈치를 채지 못하였다.

핏!

핏!

그것은 아주 미약한 소리였다. 바로 곁에서도 귀 기울여 듣

지 않으면 잘 안 들리는 소리.

그런데 그 소리가 날 때마다 누런빛이 시차를 두고서 공간을 가르고 있었다. 그 빠르기가 사뭇 대단해서 자세히 보지 않으면 보이지 않을 정도였다. 바로 콩알이었다. 누런빛이 번뜩하는 순간에 콩알 하나가 이십 보 저쪽의 화단 속으로 사라지고 있었다.

그런데 그 정도의 거리라면 가벼운 콩알로 던져서는 도달하기 어려운 거리였다. 그러니 정확성은 제쳐 놓더라도 그 속도와 비행 거리만으로도 충분히 특이하다고 할 만한 것이다.

더욱이 지금 강산은 아무런 예비 동작도 없이 단지 엄지만을 튕겨서 그러한 결과들을 만들어내고 있는 것이었다.


3


탄두신공(彈豆神功)!

그것에 강산은 그런 이름을 붙였다.

'무슨 신공(神功)씩이나?'

너무 거창하다거나 유치하다는 생각을 안 해본 건 물론 아니었다. 그러나 그동안에 무림의 무슨 절학이니 무슨 신공이니 하는 것들을 풍월로 들어본 바 있었고, 더욱이,

'그게 탄지신공(彈指神功)이랬지, 아마?'

하는 자신의 콩알 튕기는 재주와 비슷하다(?)고 할 만한 것

이 생각났기에,

　‘에라! 기왕이면……!’

　하는 심정으로 확 질러 버린 작명이었다.

　하긴 작명이야 어쨌거나 그게 무슨 대수일까? 그리고 나중에 그가 풍월로 들었던 것이 사실은 ‘탄지신공(彈指神功)’이 아니라 ‘탄지신통(彈指神通)’이었단 것을 알게 된다고 해도 그것이 무슨 상관이 될 것도 아니었다. 강산이 정말로 의미를 두는 것은 그가 이제 드디어 탄능을 진정한 자신의 것으로 만들기 시작했다는 데 있었다. 비록 아직까지는 기껏 오른손 엄지와 검지 두 손가락에 불과하지만 말이다.

「잡조행」 1권 끝

은하의 계곡

# 무천향 武天鄕

허담 新무협 판타지 소설

뿌리를 찾아가는 목동 파소의 여행.
그 여정의 끝에서
검 든 자들의 고향 대무천향 (大武天鄕)을 만난다.

**검객 단보, 그는 노래했다.**

…모든 검 든 자들의 고향 무천향.
한 초식의 검에 잠든 용이 깨어나고, 또 한 초식의 검에 잠든 바다가 일어나네.
검의 흐름을 따라가다 보면 어느새, 세월도 잊어버리고, 사랑도 잊어버리고,
무공도 잊어버려…….
결국에는 자신조차 잊어버리는…….

은하의 가장 밝은 빛이 되어버린다는
그 무성(武星)들의 대지(大地).

아, 대무천향(大武天鄕)이여!

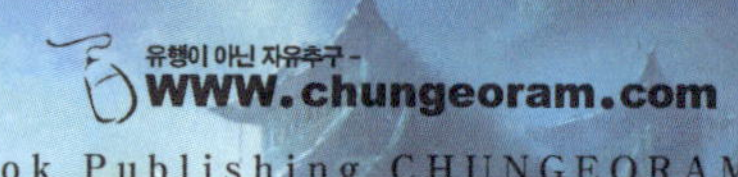


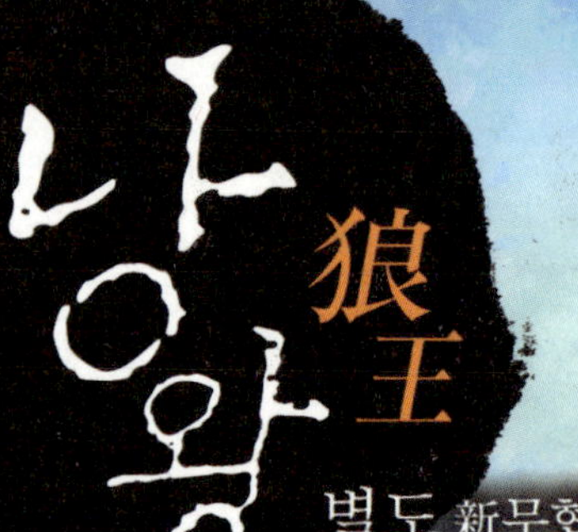


살내음 나는 이야기에 여러분은 가슴 졸인 적이 있는가?
남들이 볼까 두려워하며 책을 가리면서 읽었던 구절을 몇 번이나 반복하며
읽은 적이 없는가?

구무협의 향수를 그리워하던 별도가 결국은
〈무협의 르네상스〉를 부르짖으며 직접 자판 앞에 앉았다.

"제가 무협을 쓰기 시작한 이유는 더 이상 읽을 책이 없었기 때문입니다."

모든 일은 4년 전부터 시작되었다.
살인사건을 배경으로 펼쳐지는 음모와 배신, 사랑과 역공작,
그리고 정사!

우리 시대의 이야기꾼, 별도의 새로운 글, 〈낭왕狼王〉!
〈천하무식 유아독존〉, 〈그림자무사〉, 〈검은여우壽心狐狸〉에
이은 그의 또 하나의 역작!

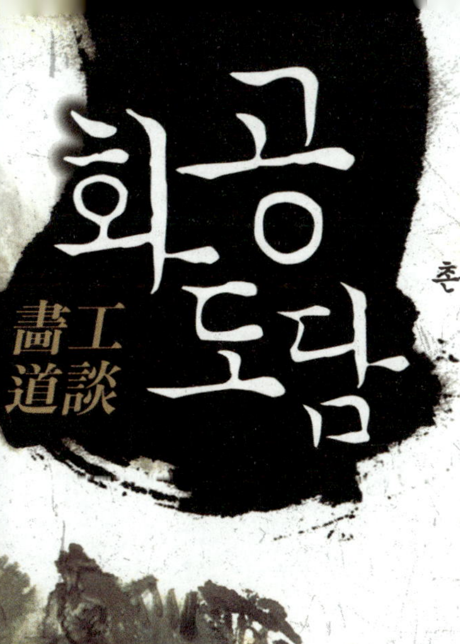

# 화공 도담

## 畫工 道談

춘부 新무협 판타지 소설

예(禮)와 법(法)을 익힘에 있어
느리디 느린 둔재(鈍才).
법식(法式)에 얽매이기보다 마음을 다하며,
술(術)을 익히는 데는 느리지만
누구보다 빨리 도(道)에 이를 기재(奇才).

큰 지혜는 도리어 어리석게 보이는 법[大智若愚]!

화폭(畫幅)에 천지간(天地間)의 흐름을 담고
일획(一劃)에 그리움을 다하여라!

형식과 필법을 익히는 데는 둔하나
참다운 아름다움을 그릴 수 있게 된
화공(畫工) 진자명(陳自明)의 강호유람기!

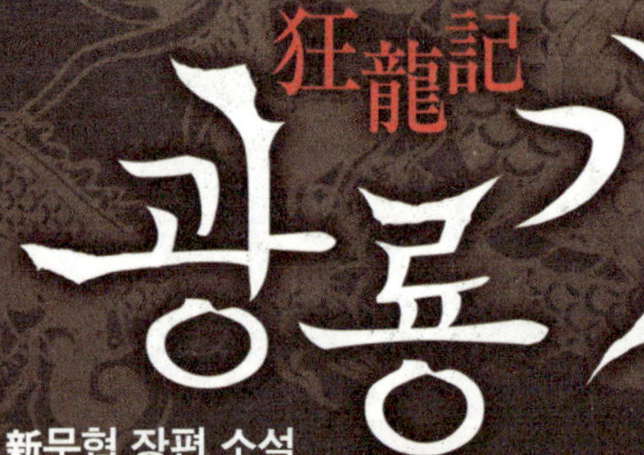


미친 바람이 동해에서 불기 시작했다!
둥지를 떠난 광룡(狂龍)이 강호에 나타났다!

내가 가고 싶은 대로 간다.
내가 하고 싶은 대로 한다.
누구도 내 앞을 막지 마라!

한겨울, 마침내 광룡의 전설이 시작되고,
천하가 광룡과 빙심에 뒤집어졌다!